S. A. S.

TORNADE SUR MANILLE

DU MÊME AUTEUR

CHEZ LE MÊME ÉDITEUR

Nº 1 S.A.S. À ISTANBUL
Nº 2 S.A.S. CONTRE C.I.A.
Nº 3 S.A.S. OPÉRATION APOCALYPSE
Nº 4 SAMBA POUR S.A.S.
Nº 5 S.A.S. RENDEZ-VOUS À SAN FRANCISCO
Nº 6 S.A.S. DOSSIER KENNEDY
Nº 7 S.A.S. BROIE DU NOIR
Nº 8 S.A.S. CARAÏBES
Nº 9 S.A.S. À L'OUEST DE JÉRUSALEM
Nº 10 S.A.S. L'OR DE LA RIVIÈRE KWAI
Nº 11 S.A.S. MAGIE NOIRE À NEW YORK
Nº 12 S.A.S. LES TROIS VEUVES DE HONG-KONG
Nº 13 S.A.S. L'ABOMINABLE SIRÈNE
Nº 14 S.A.S. LES PENDUS DE BAGDAD
Nº 15 S.A.S. LA PANTHÈRE D'HOLLYWOOD
Nº 16 S.A.S. ESCALE À PAGO-PAGO
Nº 17 S.A.S. AMOK À BALI
Nº 18 S.A.S. QUE VIVA GUEVARA
Nº 19 S.A.S. CYCLONE À L'ONU
Nº 20 S.A.S. MISSION À SAIGON
Nº 21 S.A.S. LE BAL DE LA COMTESSE ADLER
Nº 22 S.A.S. LES PARIAS DE CEYLAN
Nº 23 S.A.S. MASSACRE À AMMAN
Nº 24 S.A.S. REQUIEM POUR TONTONS MACOUTES
Nº 25 S.A.S. L'HOMME DE KABUL
Nº 26 S.A.S. MORT À BEYROUTH
Nº 27 S.A.S. SAFARI À LA PAZ
Nº 28 S.A.S. L'HÉROÏNE DE VIENTIANE
Nº 29 S.A.S. BERLIN CHECK POINT CHARLIE
Nº 30 S.A.S. MOURIR POUR ZANZIBAR
Nº 31 S.A.S. L'ANGE DE MONTEVIDEO
Nº 32 S.A.S. MURDER INC. LAS VEGAS
Nº 33 S.A.S. RENDEZ-VOUS À BORIS GLEB
Nº 34 S.A.S. KILL HENRY KISSINGER !
Nº 35 S.A.S. ROULETTE CAMBODGIENNE
Nº 36 S.A.S. FURIE À BELFAST
Nº 37 S.A.S. GUÊPIER EN ANGOLA
Nº 38 S.A.S. LES OTAGES DE TOKYO
Nº 39 S.A.S. L'ORDRE RÈGNE À SANTIAGO

Nº 40 S.A.S. LES SORCIERS DU TAGE
Nº 41 S.A.S. EMBARGO
Nº 42 S.A.S. LE DISPARU DE SINGAPOUR
Nº 43 S.A.S. COMPTE À REBOURS EN RHODÉSIE
Nº 44 S.A.S. MEURTRE À ATHÈNES
Nº 45 S.A.S. LE TRÉSOR DU NÉGUS
Nº 46 S.A.S. PROTECTION POUR TEDDY BEAR
Nº 47 S.A.S. MISSION IMPOSSIBLE EN SOMALIE
Nº 48 S.A.S. MARATHON À SPANISH HARLEM
Nº 49 S.A.S. NAUFRAGE AUX SEYCHELLES
Nº 50 S.A.S. LE PRINTEMPS DE VARSOVIE
Nº 51 S.A.S. LE GARDIEN D'ISRAËL
Nº 52 S.A.S. PANIQUE AU ZAÏRE
Nº 53 S.A.S. CROISADE À MANAGUA
Nº 54 S.A.S. VOIR MALTE ET MOURIR
Nº 55 S.A.S. SHANGHAI EXPRESS
Nº 56 S.A.S. OPÉRATION MATADOR
Nº 57 S.A.S. DUEL À BARRANQUILLA
Nº 58 S.A.S. PIÈGE À BUDAPEST
Nº 59 S.A.S. CARNAGE À ABU DHABI
Nº 60 S.A.S. TERREUR À SAN SALVADOR
Nº 61 S.A.S. LE COMPLOT DU CAIRE
Nº 62 S.A.S. VENGEANCE ROMAINE
Nº 63 S.A.S. DES ARMES POUR KHARTOUM

L'IRRÉSISTIBLE ASCENSION DE MOHAMMAD REZA, SHAH D'IRAN
LA CHINE S'ÉVEILLE
LA CUISINE APHRODISIAQUE DE SAS

AUX PRESSES DE LA CITÉ

LES SOUCIS DE SI-SIOU
PAPILLON ÉPINGLÉ
LES DOSSIERS SECRETS DE LA BRIGADE MONDAINE
LA MORT AUX CHATS
LES DOSSIERS ROSES DE LA BRIGADE MONDAINE

GÉRARD DE VILLIERS

S. A. S.

TORNADE SUR MANILLE

PLON

Conseiller technique pour les armes
Gérard P. Alloncle
P-D G de Raymond Gérand S.A.

Photo couverture : Renée BROWN

ISBN : 2 - 259 - 00852 - 6

CHAPITRE PREMIER

La chaleur implacable enveloppa Malko comme une caresse brûlante et moite dès qu'il émergea du 747 d'Air France. Puis l'odeur frappa ses narines, cocktail de kérosène, d'effluves de la jungle toute proche, des senteurs lourdes de fleurs tropicales, de la pourriture des rizières. Le parfum inoubliable et indéfinissable de l'Asie. Derrière l'aérogare de Don Muang, on apercevait dans un halo de chaleur la ligne sombre de la forêt thaïlandaise se reflétant dans les rizières bordant la route rectiligne Don Muang-Bangkok. A perte de vue, ce n'était qu'une immensité de ce vert profond de la végétation des tropiques.

Grâce au jet, l'Asie était à quelques heures de l'Europe, avec un confort dont n'aurait même pas osé rêver la génération précédente. Le temps de descendre la passerelle, le costume de lin blanc de Malko était déjà froissé ! Une minuscule et ravissante hôtesse thaï en uniforme mauve susurra d'une voix de souris :

— *Transit or Bangkok ?*

— Bangkok.

Elle lui désigna un minibus climatisé réservé aux passagers des premières. Seulement quatre des passagers *first* descendaient à Bangkok. Un vieux couple qui n'avait cessé de se goinfrer de caviar et de foie gras depuis Paris que pour s'imbiber de champagne, un businessman allemand gai comme un furoncle et lui-même.

L'aéroport de Don Muang s'était modernisé, mais grouillait toujours autant d'une foule hétéroclite. Malko franchit rapidement l'Immigration, puis traversa la salle où l'on récupérait les bagages, vers la sortie. Un douanier thaï lui jeta un regard surpris.

— *No luggage ?*

— *Luggage lost* (1), annonça Malko avec un sourire désarmant.

Le douanier hocha la tête d'un air compatissant. En fait, il s'en moquait éperdument. Malko fendit la foule agglutinée près de la sortie, fonçant vers le bureau où l'on achetait les tickets des taxis pour Bangkok. Un jeune homme, aux cheveux frisés, avec d'étonnants yeux bleus, guettait les voyageurs. Il fit un pas vers Malko dès qu'il l'aperçut.

— Malko Linge ?

— Vous avez gagné, fit Malko en lui serrant la main.

— William Carter. Appelez-moi Bill. *Welcome to Bangkok*... Vous avez vos reçus de bagages ?

— Les voici, dit Malko.

L'Américain se retourna vers un jeune Thaï et les lui tendit. Le garçon se perdit aussitôt dans la foule.

— Bon voyage ?

— Superbe ! affirma Malko. Ils ont de nouveaux sièges sur Air France où l'on dort comme dans une couchette. Je ne vous parle pas de la nourriture... ni des vins.

— Ne me faites pas rêver, soupira l'Américain. A Manille, c'est infect...

William Carter était chef de station de la Central

(1) Pas de bagages ? Egarés.

Intelligence Agency, à Manille. Un ancien du Viêtnam et de l'Asie.

Il écarta les chauffeurs de taxi qui les assiégeaient et regarda sa montre.

— Nous avons peu de temps. Le vol repart dans quarante minutes. Laissez-moi vous présenter le major Ayutiya.

Un Thaï à la stature de garçonnet et au visage intelligent se matérialisa à côté d'eux et serra longuement la main de Malko. Aussitôt, William Carter ajouta avec un sourire entendu :

— Sans le major Ayutiya, notre petit tour de passe-passe était impossible. Allons-y.

Ils ressortirent du petit hall des « Arrivées » pour rejoindre l'immense caravansérail des « Départs ». La chaleur, de nouveau, frappa Malko en plein visage. William Carter s'arrêta et tira de sa poche un passeport vert qu'il tendit à Malko, sous l'œil indifférent de l'officier thaï. Un document de la Bundesrepublik allemande.

— Voilà votre passeport. Vous vous appelez Hans Vogel. Nationalité allemande. Ancien légionnaire. Fait prisonnier par le Viêt-cong en 1954. « Retourné » par les communistes. A travaillé à l'instruction de l'armée nord-vietnamienne. Ensuite, en Tchécoslovaquie dans des camps d'entraînement des terroristes palestiniens. A participé à de nombreuses « actions ponctuelles » pour les Services tchèques et est-allemands. Officiellement domicilié à Hambourg et travaillant dans une boîte d'import-export, filiale de OMNIPOL

Malko feuilleta rapidement le passeport. La photo était la sienne, le timbre sec la gaufrant, imité à la perfection. Observé avec un sourire entendu par le major Ayutiya...

— Où se trouve le véritable Hans Vogel ? demanda-t-il.

— Je vous expliquerai ça, promit William Carter. Dans l'avion. J'ai pris soin de vos bagages, afin qu'ils continuent sur Manille. Allons-y... Major...

Ils échangèrent de longues poignées de main avec l'officier thaï qui partit vers sa voiture et ils entrèrent dans le hall de départ, heureusement climatisé. Deux nouveaux passagers se présentaient à l'enregistrement des *first* d'Air France. Vol AF 190. L'Américain tendit les deux billets et choisit les sièges. Malko balaya la grande salle du regard. Cela lui coûtait de quitter si vite Bangkok.

Une splendide jeune femme brune attendait au guichet voisin, insolite métissage de races, un tailleur de toile moulant des courbes parfaites, le regard dissimulé derrière des lunettes noires, légèrement déhanchée, un sac Hermès accroché au bras. Malko sentit son regard se poser sur lui, sans voir ses yeux. Cependant, un courant invisible passa. Il esquissa un sourire et l'inconnue le lui rendit. Il se dit que s'il prenait le même vol qu'elle, pour Dieu sait où, ils finiraient sûrement dans le même lit, à l'arrivée.

Hélas ! déjà William Carter le houspillait, lui tendant sa carte d'embarquement.

— *Let's go.*

L'inconnue secoua ses cheveux noirs et tourna la tête. Une fois de plus, Malko maudit la Central Intelligence Agency et les contraintes de la vie.

— A propos, demanda-t-il, que fait Hans Vogel à Bangkok ?

— Hans Vogel adore l'Asie, récita l'Américain. Il profite de son voyage à Manille pour prendre un peu de bon temps en Thaïlande. Rien d'étonnant, non ? Il y a plus d'Allemands dans ce pays que de Thaïs...

L'amour de l'Asie était bien le seul point commun entre Malko et l'homme dont il usurpait l'identité.

— Et officiellement, que vais-je faire à Manille ?

— Acheter du mobilier en bambou et en bois de fer, pour votre boîte... Spécialité locale.

Malko hocha la tête, de mauvaise humeur. Avant d'être avalé par les guichets de l'Immigration, il se retourna pour contempler une dernière fois la splendide brune. William Carter suivit son regard et dit en riant :

— *Take it easy !* Il y a des filles fabuleuses à Manille. Des centaines et elles ne demandent qu'à se faire sauter pour un bol de riz...

L'inconnue au sac Hermès coûtait sûrement plusieurs bols de riz, mais Malko eut du mal à abandonner la silhouette racée et sensuelle. Il franchit le portique de la sécurité comme dans un rêve. La salle de départ débordait d'échoppes vendant toutes les mêmes horreurs, des inévitables soieries à l'argenterie en laiton. Le haut-parleur appela le vol Air France 190. Malko regarda l'Américain qui descendait d'un pas vif la rampe en ciment.

Dans quel guêpier l'entraînait-il ?

*
* *

— Champagne, sir ?

William Carter vida son verre de Moët et Chandon d'un coup, aux anges. La cabine des *first* du 747 d'Air France était délicieusement fraîche, après la moiteur de Don Muang. L'équipage avait changé, aussi personne ne s'étonnait de voir Malko continuer pour Manille sous un autre nom, alors qu'il était censé stopper à Bangkok sous le sien... Les réacteurs grondèrent et l'énorme appareil s'arracha de la piste, grimpant au-dessus des rizières, filant vers le nord. Le train claqua en rentrant dans son logement et le fracas du départ laissa la place à un silence reposant. Malko trempa les lèvres dans son verre et demanda :

— Maintenant, parlez-moi de Hans Vogel...

— C'est une crapule ! fit avec conviction Bill Carter. Un mercenaire, dans le pire sens du terme. Prisonnier chez les Viets, il a vendu ses copains, et ensuite, a carrément trahi. S'il retombe un jour dans les pattes de la Légion étrangère, ils le transformeront en pulpe... Pendant longtemps, il s'est occupé de fournir des armes aux Vietnamiens, jusqu'à ce que les Tchèques le « récupèrent » pour leurs basses besognes. Ils se servent de lui un peu comme les Libyens utilisent Carlos. Des actions ponctuelles qu'un grand service ne ferait pas lui-même. Mais en Allemagne, il se tient tranquille.

— Charmant personnage, remarqua Malko.

C'était gai pour un authentique représentant de la plus vieille noblesse européenne, Altesse Sérénissime, margrave de Basse Lusace, chevalier de Malte, chevalier de l'Aigle noir et de l'ordre du Saint-Sépulcre, de se retrouver dans la peau d'un personnage de cet acabit. Il faisait décidément un drôle de métier...

L'hôtesse se pencha vers eux :

— Agneau ou Sole, pour le déjeuner ?

— Agneau, dit l'Américain.

— Agneau, demanda Malko. Bien cuit. Que va réellement faire Hans Vogel à Manille ?

Bill Carter posa son verre.

— C'est une longue histoire. Vous avez entendu parler de Ferdinand Marcos, le président des Philippines ?

— Oui.

— Il n'a pas que des amis. On compte à Manille environ un complot par mois et une douzaine de tentatives d'assassinat contre lui chaque année. Des amateurs mal organisés. Alors, il est toujours là. Il va même se faire réélire le seize juin pour six ans. Or, il y a quelques jours, un de nos informateurs, à Manille, infiltré dans les milieux de l'opposition communiste nous a parlé d'un énième complot contre Marcos, baptisé opération « June Bride ». Mais, cette fois, on faisait appel à un tueur de l'extérieur. Un professionnel. Ce n'est pas nouveau. Des opposants à Marcos, réfugiés aux Etats-Unis avaient déjà tenté de sous-traiter avec la mafia... Nous nous sommes activés un peu et on a pu découvrir qu'il s'agissait d'un Allemand travaillant pour la filière tchèque, venant d'Allemagne. Nous avons transmis l'information à la station de Bonn, qui, eux, se sont mis en rapport avec Pullach (1). Nos homologues allemands connaissent bien Vogel. Ils ont procédé à quelques vérifications et ont découvert qu'il venait d'acheter un billet d'avion Hambourg-Zurich-Bangkok-Manille ! Du coup, ils se sont *vraiment* activés, avec filatures, écoutes, etc.

« Ça les a menés d'abord à Bruxelles où Vogel a rencontré quelqu'un d'intéressant qui répond au nom de code de « Maxime ». En réalité, son « officier traitant » tchèque. Malheureusement, nous n'avons pas pu écouter leur conversation. Cependant, Maxime ne se déplace que pour les choses importantes. Il a formellement été identifié sur les photos prises au téléobjectif. Hans Vogel est comme un faucon, posé sur le poing de Maxime. Quand ce dernier tire l'anneau, Vogel décolle, tue et revient se mettre au vert. D'ailleurs, à peine revenu à Hambourg, il a annoncé qu'il partait à Manille acheter des meubles. C'est à ce moment que nous avons demandé à Langley le feu vert pour intervenir.

— Pourquoi ne pas transmettre toutes ces informations aux Philippins ? suggéra Malko, jetant un coup d'œil à travers le hublot au tapis de jungle verte,

(1) Services spéciaux ouest-allemands, situés à Pullach, près de Munich.

au-dessous d'eux. Ils survolaient maintenant le Cambodge.

— Bonne question, approuva Bill Carter. Le problème, c'est que nous ne faisons pas totalement confiance aux Philippins pour déjouer un complot *sérieux*. Ensuite, nous avons obtenu ces informations par *nos* réseaux, et vous savez bien comme on est cachottier dans nos métiers. C'est plus amusant de traiter le problème jusqu'au bout. Quitte à refiler le bébé à nos amis de Manille, au stade final.

Il se tut. Malko avait ramené son attention sur lui.

— J'ai maintenant une troisième raison pour ne pas mettre immédiatement la NISA (1) philippine dans le coup, dit-il avec gravité. Je viens de découvrir un fait qui pourrait s'avérer très gênant pour nous : le « contact » de Hans Vogel, à Manille, fait partie de l'opposition catholique à Ferdinand Marcos, des gens qui ont des bases chez nous, à Los Angeles et qu'on nous soupçonne d'aider... L'université de Harvard vient de nommer le principal opposant de Marcos, le chef spirituel de cette tendance, le sénateur Aquino, docteur *honoris causa*. Il ne faudrait pas que Marcos s'imagine que nous avons de mauvaises intentions envers lui...

— Je ne comprends pas, dit Malko, vous m'avez dit que ce Vogel avait été recruté par les Tchèques, sur la demande des communistes philippins.

— Justement. Hans Vogel a été recruté par l'intermédiaire du NPA (2). Il semble que les opposants communistes à Marcos, pour cette opération, se soient alliés avec les catholiques. Il y a encore beaucoup de points obscurs ; mais une chose est certaine : Hans Vogel n'a pas froid aux yeux. S'il prend Ferdi-

(1) National Intelligence Security Authority.
(2) New People Army.

nand Marcos dans sa ligne de mire, il ne le ratera pas. Cela change des précédents... Il y a six mois, deux jeunes Américains, les frères Lovely, étaient venus à Manille pour assassiner Marcos. Ils se sont fait sauter la gueule dans leur chambre d'hôtel, en manipulant leurs propres bombes... Jusqu'ici, c'était du folklore : des amateurs ou des illuminés. Hans Vogel, c'est du sérieux. Heureusement qu'il s'est arrêté à Bangkok pour s'amuser un peu...

— Pourquoi ?

Bill Carter tendit son verre à l'hôtesse pour demander plus de champagne.

— Parce que sans cela, vous ne seriez pas là. Bangkok était le seul endroit possible pour le mettre hors circuit...

L'hôtesse vint remplir leurs verres de Moët et Chandon. Malko se sentait en pleine forme malgré le long voyage et le récit de l'Américain le tenait en haleine. Cela sentait la combine bien tortueuse particulière à l'Asie. Manille, après tout, n'était qu'à mille kilomètres de la Chine. La station de la CIA à Vienne lui avait seulement dit qu'il s'agissait de déjouer un complot contre la vie du président Marcos, taisant pudiquement les détails.

— Qu'avez-vous fait de Hans Vogel ? demanda-t-il.

Bill Carter eut un sourire ravi, croisant ses poignets l'un sur l'autre, en un geste expressif.

— A la prison de Lard-Yao, à Bum-Bud, trente kilomètres de Bangkok. Avec des chaînes aux pieds. Au secret pour au moins deux semaines.

— Heureuse coïncidence ? remarqua ironiquement Malko.

Les yeux bleus de l'Américain pétillaient d'une joie enfantine. Il ne répondit pas directement, mais continua son récit :

— Hans Vogel est arrivé à Bangkok il y a trois jours et s'est installé à l'*Oriental*. Le lendemain, il a rencontré dans le hall une Thaïe superbandante qu'il a draguée. Ils ont dîné dans un restaurant chinois de Silom Road, *le Shangarila*. Ensuite, il a passé la nuit à la sauter comme un fou. Les flics ont débarqué le matin suivant dans sa chambre et ont trouvé treize grammes d'héroïne dissimulés dans sa trousse de toilette... Interrogée, la fille a « avoué » que c'était elle qui lui avait vendu la came sur sa demande. Les flics ont expliqué à Hans Vogel qu'ils la surveillaient parce qu'elle était soupçonnée de trafic de drogue... Sentant l'arnaque, il a failli en étrangler un, tellement il était ivre de rage. Ils ont été obligés de l'enchaîner.

— Comment avez-vous monté ce beau piège ?

— Le chef de station de Bangkok a pas mal d'amis, fit évasivement l'Américain.

— Vous êtes une belle ordure, remarqua Malko. Qu'est-ce qu'il risque ?

— Entre trente et cinquante ans de prison. Mais rassurez-vous. L'opération « June Bride » doit avoir lieu avant le seize juin, date de l'élection de Marcos, donc, dans quinze jours. Dès que l'affaire sera réglée, la police thaïe reconnaîtra son « erreur » et le relâchera. Nous ne sommes pas des monstres.

Ils se turent quelques instants, tandis que l'avion traversait une zone de turbulences. Malko essayait mentalement de se mettre dans la peau de Hans Vogel. Ce n'était pas facile... Le plan de Bill Carter semblait bien risqué.

— Comment savez-vous que Hans Vogel ne pourra pas communiquer avec l'extérieur ? demanda-t-il.

— Nous avons un accord avec les Thaïs. Pour commencer, ils l'emprisonnent sans l'inculper officiellement. Cela peut durer une dizaine de jours. Plus qu'il ne faut.

— Mais il va protester, demander un avocat !

Bill Carter sourit :

— Vous ne connaissez pas les Thaïs. Il peut toujours hurler, il va seulement se faire matraquer. Ces prisons thaïes, c'est l'horreur.

— Et les journaux ?

— Rien à craindre. Ils n'ont pas parlé de l'arrestation de Hans, ils ne la connaissent pas. La police a gardé un secret absolu. D'ailleurs, il n'y a pas de semaine sans que les douaniers thaïs ne piquent un trafiquant...

Malko écoutait. Une foule de questions aux lèvres. Les hôtesses leur servirent à dîner. Dès qu'elles se furent éloignées, il demanda :

— Maintenant que je suis Hans Vogel, comment vais-je faire à Manille ? Il doit y avoir toute une procédure, un code de reconnaissance, des rendez-vous préétablis. Vous m'envoyez au massacre...

— N'exagérez rien, fit l'Américain. Mais c'est la partie délicate. Nous avons au moins un point de chute. Les Thaïs nous ont laissé fouiller les papiers de Hans Vogel. J'ai trouvé ça plié dedans, annonça-t-il, tendant à Malko une carte de visite au nom de Hans Vogel. Au verso il y avait quelques mots écrits. Octavo Limay. 5 Kawayan Street. Forbes Park North. Metro Manila. 8156437.

— Son contact ? Le catholique dont vous me parliez ?

— Exactement ! Activiste catholique anti-Marcos. Ceux qui ont recruté Vogel sont dans la clandestinité et je pense qu'ils avaient besoin d'un relais « officiel » comme ce Limay. En plus, ce dernier est également dans l'import-export. Ce qui justifie leur rencontre. De toute façon, c'était tout ce qu'il y avait dans les papiers de Vogel... Si vous vous cassez le nez, vous en serez quitte pour une promenade.

Une « promenade » de vingt-deux mille kilomètres. Même avec le confort Air France, c'était long. Et coûteux... se dit Malko.

Il but un peu de champagne. Il faisait délicieusement frais et le siège inclinable permettait d'allonger ses jambes, comme dans un lit. Mentalement, il passait en revue les obstacles. L'Américain, discrètement, redemanda du caviar.

— Et si cet Octavo Limay connaît physiquement Hans Vogel, cela risque d'être intéressant, non ? demanda Malko.

— Impossible, trancha l'homme de la CIA. Il n'a jamais quitté les Philippines et Hans Vogel n'est jamais venu à Manille. Nous avons vérifié.

— Il a pu envoyer une photo ? suggéra Malko. Et ils doivent avoir mis au point un code...

— C'est possible, mais pas certain, reconnut Bill Carter. Cela se passe toujours avec le maximum de discrétion. Il est parfaitement vraisemblable qu'Octavo Limay sache seulement qu'on viendra le contacter et que Hans Vogel n'ait qu'un nom et une adresse. Cela arrive tous les jours...

— J'aurai quand même intérêt à être sur mes gardes...

— Nous veillerons sur vous, affirma Bill Carter. Vous êtes réservé au *Manila Hotel*. Une de mes amies philippines en qui j'ai toute confiance maintiendra le contact. Si cela se passe mal, j'avertirai aussitôt les Philippins.

Malko se pencha vers le hublot. Dans le lointain, on apercevait le scintillement bleu marine de la mer de Chine. Ils survolaient le Viêt-nam.

— Ensuite, demanda-t-il, une fois qu'Octavo Limay m'a accueilli à bras ouverts, j'assassine Ferdinand Marcos ?

Bill Carter sourit jaune.

— *Very funny !* Vous allez apprendre beaucoup de choses sur les organisateurs et les méthodes de l'attentat. Il faut aller le plus loin possible. Au dernier moment, nous avertirons la police philippine et nous vous sortirons du circuit. Avant, nous voulons pénétrer ce complot. Savoir qui est derrière. Ne pas nous borner à coincer les exécutants, comme font les Philippins. Que cela ne recommence pas dans quelques mois. Je voudrais pouvoir prendre des vacances, l'esprit tranquille.

Malko se renversa en arrière, calant sa tête sur le petit oreiller bleu et dit rêveusement :

— Je risquerais d'entrer dans l'histoire comme un héros si j'abattais *vraiment* Marcos...

D'après ce qu'il savait des Philippines, la seule viande à la portée du Philippin moyen était le rat, et les vraiment pauvres, en bas de l'échelle, devaient se contenter de cancrelats. Alors qu'il existait quelques fortunes colossales, résultat tangible de l'amitié agissante et reconnaissante du président Marcos... Sans parler de quelques menus massacres de « rebelles », par l'armée, dus sûrement à la chaleur trop énervante... Les Philippins, métis de Malais et d'Espagnols étaient, paraît-il, imprévisibles : habituellement d'une douceur d'ange, ils étaient capables de se déchaîner brutalement, sans raison apparente, de devenir « amok ». Alors, ils vous tuaient pour une queue de poisson.

— Ecoutez, dit Bill Carter, je sais ce que vous pensez de Marcos. Que c'est un salaud. C'est probablement vrai. Seulement, c'est *notre* salaud... Au moins, avec lui, on n'a pas de problèmes. Il est dans notre camp. De toute façon, s'il disparaissait, vous ne croyez pas que les Philippines deviendraient une démocratie du jour au lendemain, non ?

— Sûrement pas.

— Un de ses généraux prendrait le pouvoir et se mettrait à voler encore plus. Au moins, Marcos ne massacre pas, à part des paysans dans le sud, mais ça...

D'un bout à l'autre de la planète, on massacrait des paysans. C'était pratiquement le sport national du tiers monde. Humbles vaqueros d'Amérique latine liquidés par l'oligarchie, Nha-Qués cambodgiens exterminés par les Khmers rouges au nom du communisme, Noirs de tous les bords massacrés pour d'obscures raisons tribales. Cela n'avait jamais empêché Kurt Waldheim de dormir d'un sommeil de bébé. Bill Carter avait en partie raison...

— En dehors de moi, demanda Malko, qui veut tuer Marcos ?

L'Américain acheva son gâteau avant de répondre, la bouche encore pleine.

— Vous avez l'embarras du choix... D'abord, le New People Army, dans différentes zones rurales. Le bras armé du parti communiste clandestin. Aidés de quelques prêtres qui préfèrent le colt au goupillon. Ils ne représentent encore aucun danger pour Marcos. L'armée tient bien en main le pays... Au sud, à Mindanao et Basilan, il y a les Moros, minorité musulmane. Aucun danger non plus, parce que le reste de la population est catholique. Cependant, les Moros aimeraient bien voir la tête de Marcos se balancer au bout d'une pique... Plus tous ceux qui veulent le pouvoir et les dollars. L'oligarchie manillaise. Eux ont des contacts chez nous, de l'argent et l'habitude des complots... Mais jusqu'ici, Marcos a été assez habile pour partager avec tout le monde.

— Et l'armée ?

— Ils ne feront rien pour liquider Marcos. C'est un des leurs. Si quelqu'un d'autre s'en chargeait, ce serait différent... Mais nous allons découvrir ce qui se trame, grâce à vous...

Malko ne répondit pas. Le côté jovial et sûr de lui qu'affichait Bill Carter l'agaçait un peu. La côte du Viêt-nam venait d'apparaître sous les ailes de l'appareil. Un long ruban sablonneux et découpé. Il eut un choc au cœur : c'était Da Nang, l'ex-grande base américaine abandonnée dans la furie et la pagaille en 1975. Il revoyait encore les grappes de Vietnamiens essayant de monter dans les avions qui décollaient, des fuyards accrochés même au train d'atterrissage. Une des hontes de la puissante Amérique, tandis que l'ineffable Gerald Ford jouait au golf...

Il donna un coup de coude à son voisin.

— Bill, vous voyez en bas. C'est Da Nang... Ça ne vous rappelle rien ?

L'Américain devint aussitôt blanc comme sa chemise et ne répondit pas. Malko soupira cruellement :

— Espérons que notre petite équipée se terminera mieux...

*
* *

La mousson avait commencé en avance, et une humidité pourrissante et torride prenait à la gorge. Manille justifiait sa réputation de ville la plus chaude d'Asie. Le thermomètre indiquait quarante-huit degrés et de gros nuages noirs s'avançaient, promettant une nouvelle averse torrentielle...

Le temps de récupérer ses bagages, Malko semblait avoir pris une douche tout habillé. Son costume de lin ressemblait à un chiffon. Bill Carter l'avait quitté dès la descente de l'avion. Il prit place dans un taxi, non climatisé, bien entendu. Celui-ci se fraya un chemin à grands coups de klaxon dans la foule entourant l'aérogare et, un peu plus loin, rejoignit Roxas Boulevard, la grande artère rectiligne montant vers le nord, le long de la baie de Manille. En dépit de la chaleur inhumaine, quelques acharnés faisaient du jogging le long de la mer...

Brutalement, la pluie commença à tomber. Des gouttes énormes, comme déversées par un arrosoir géant. En quelques secondes, la rade, qui ressemblait à celle de Singapour, se noya d'un voile gris. L'averse tambourinait furieusement sur les tôles du taxi et le pare-brise s'obscurcit à peu près totalement. Dans les « jeepneys », taxis collectifs ouverts à tous vents construits sur des châssis de jeep, bariolés de décorations criardes, le capot encombré de chevaux miniatures et de rétroviseurs, les malheureux passagers se recroquevillaient, trempés jusqu'aux os... Des piétons attendaient stoïquement, collés contre le tronc d'un cocotier.

Lorsque le taxi atteignit Rizal Park, le centre de la ville, il y avait déjà trente centimètres d'eau sur la chaussée, dissimulant les trous énormes de l'asphalte.

Les vieux buildings bordant Roxas Boulevard semblaient encore plus lépreux sous la tornade. A travers la brume humide, Malko aperçut enfin le toit vert du *Manila Hotel,* juste après le parc. Très colonial avec ses modestes six étages. Derrière, on y avait adjoint une énorme aile moderne de trente étages, terminée par un penthouse tout en glaces, la suite Mac Arthur. Malko remarqua en face de l'hôtel une longue Cadillac noire immatriculée IM 777. Une des nombreuses voitures de la *first lady,* Imelda Marcos, à qui appartenait le *Manila.*

A l'entrée, on le fouilla poliment. Comme tous les visiteurs. Devant lui, un Philippin joufflu à l'aspect pacifique sortit de sous sa chemise un petit revolver nickelé, en enleva les cartouches qu'il mit dans sa poche et confia son arme à la sécurité... A l'approche des élections, quelques bombes avaient explosé dans des lieux publics et cela faisait mauvais effet auprès des rares touristes...

Le hall immense, tapissé de boiseries, respirait un luxe colonial raffiné, avec son plafond de cathédrale, ses ravissants meubles en para, le bois de fer philippin, et d'innombrables serveuses toutes plus ravissantes les unes que les autres. Au cinquième, devant la porte de Malko, stationnait un garde en uniforme avec un revolver plus gros que lui... Manille fourmillait de ces policiers privés à la détente facile. Chaque immeuble de bureau disposait de sa garde personnelle armée.

— *Do you need something, Mr Vogel ?* (1) demanda poliment l'employée qui l'avait accompagné jusqu'à la suite meublée en style colonial, un ravissant tanagra éperdu de timidité.

— *No, thank you,* dit Malko.

C'est vrai, il était Hans Vogel, venu à Manille assassiner Ferdinand Marcos.

*
* *

La pluie avait cessé, mais le ciel demeurait lourd et gris. Malko leva le nez de la carte étalée sur le bureau. Il venait de se mettre Manille dans la tête. Huit millions d'habitants, plus grand que Bangkok. Forbes Park, où habitait Octavo Limay, se trouvait au sud-est de la ville, après le quartier des affaires de Makati.

Il s'était changé et avait pris une douche. Espérant un peu qu'on le contacterait. Puisque rien ne s'était

(1) Avez-vous besoin de quelque chose, monsieur Vogel ?

passé, c'était à lui de faire le premier pas. A cause de la sécurité à la porte de l'hôtel, il allait être obligé de garder son pistolet extra-plat dans la voiture louée à Avis.

Il composa le numéro d'Octavo Limay. Occupé. Il le refit. Occupé encore. Au sixième essai, une voix d'homme répondit enfin.

— *Hello.*

— *Mr Limay ?*

— *Who's speaking ?*

Bien que tous les noms soient espagnols, aux Philippines on ne parlait qu'anglais ou tagalog, la langue du pays, mélange de malais, de chinois, d'espagnol et d'anglais.

— Hans Vogel.

— *Wait a moment.*

Celui qui parlait n'était sûrement pas américain. Malko entendit quelques bruits, les échos d'une conversation, puis on reprit l'appareil.

— *Mr Limay is busy but he is expecting you,* dit la même voix. *Can you come ?* (1)

— *OK,* dit Malko. *I will be there in half an hour.* (2)

Il raccrocha. A la fois soulagé et tendu. Le contact était établi, mais il ignorait où il allait mettre les pieds. Avant de partir, il inspecta soigneusement ses poches. Aucun indice ne permettait de remonter à sa véritable identité. Bill Carter avait gardé ses papiers pour les enfermer dans le coffre de la station. Que Malko les récupère, sa mission terminée... ou qu'on les envoie à sa veuve. Il avait même abandonné sa chevalière et se sentait tout nu.

Comme chaque fois qu'il allait affronter un danger,

(1) M. Limay est occupé, mais il vous attend. Pouvez-vous venir ?

(2) OK. Je serai là dans une demi-heure.

il se mit à penser à sa vie réelle, son existence de gentleman-farmer autrichien.

La pulpeuse Alexandra, sa fiancée de toujours, boudait de nouveau. Il ne lui avait même pas dit où il allait cette fois. Ils n'avaient pas fait l'amour depuis des semaines et Alexandra lui avait déclaré qu'ils ne le feraient plus. Elle en avait assez de cette situation ; du coup, Malko fantasmait sur son rêve perdu, sur la fabuleuse chute de reins d'Alexandra, son corps que le temps ne semblait pas altérer. La dernière fois qu'il l'avait vue, elle était en jean avec un haut de laine sous lequel ses seins jouaient librement, le visage amaigri mettant encore plus en valeur ses pommettes saillantes, belle comme une gravure de mode rétro. Et tout aussi inaccessible...

La voiture louée à Avis attendait devant la porte. La pluie n'avait pas fait baisser la température d'un degré. Après la climatisation du *Manila*, c'était oppressant.

Malko descendit Roxas Boulevard. La circulation était intense, mais pas trop cahotique. Des flots de jeepneys décorés comme des arbres de Noël, le capot mangé de rétroviseurs et de chevaux miniatures, occupaient toute la chaussée. Les Philippins semblaient avoir une véritable dévotion pour les chevaux. Dans certaines îles de l'archipel, on disputait encore des combats de chevaux. Malko tourna en face du centre culturel qui ressemblait à un blockhaus oublié par les Japonais, pour s'enfoncer dans Buendia Avenue. Là, le bidonville reprenait ses droits. Avec les débris de vieilles demeures à l'espagnole. Puis, brutalement, après un terrain vague, Malko eut l'impression de se trouver à Houston ! Une énorme avenue bordée de buildings hypermodernes, avec de larges trottoirs, s'ouvrait devant lui. Seule tache à cette perspective grandiose : le premier d'entre eux avait brûlé jusqu'à la racine et il n'en restait qu'une carcasse noircie. Un hélicoptère décolla du toit d'un des buildings et s'éleva gracieusement au-dessus d'Ayala Avenue. C'était un autre monde : Makati, le quartier des banques et du business, encadré par les différents « villages » résidentiels, véritables ghettos de luxe, entourés de hauts murs, protégés jour et nuit par une milice privée. Un kilomètre plus loin, Malko trouva l'entrée de Forbes Park. Un poste de garde avec des vigiles armés jusqu'aux dents. La qualité d'étranger de Malko lui évita de s'arrêter. Il s'enfonça dans ce qui ressemblait à un modeste Beverly Hills, îlot de richesse au milieu de l'océan de pauvreté manillais. Des villas bien entretenues bordaient de larges allées impeccablement soignées. Pas un piéton. Même les domestiques avaient des voitures ici...

Malko trouva facilement Kawayan Street. Une allée d'une centaine de mètres se terminant en cul-de-sac.

Le numéro 5 était une villa longue, basse et blanche à qui son toit de tôle ondulée rouge enlevait un peu de charme. Mais en cas de cyclone, cela se réparait plus facilement...

Malko gara sa voiture dans le drive-way. Ses « complices » semblaient en tout cas aisés. Seuls les riches habitaient Forbes Park.

Il sonna. La chaleur semblait de plus en plus étouffante ; ou alors c'était l'angoisse. La porte s'ouvrit sur un gros Philippin en chemise à fleurs, avec des bajoues et des cheveux huileux soigneusement peignés. Ses petits yeux noirs et brillants comme ceux d'un serpent balayèrent Malko et il s'arracha un sourire.

— *Mr Vogel ?*

— *Yes.*

— *Mabuhay* (1). *Come on in.*

(1) Bonjour.

Le hall au sol de marbre sentait légèrement le moisi. Le Philippin demanda :

— *Do you come to see Mr Limay ?* (1)

— *Yes.*

— *He is there.*

Passant devant Malko, il ouvrit une porte donnant sur un grand living dont les baies donnaient sur un jardin tropical enrichi d'une superbe piscine. Les meubles de bois sombre, les tableaux modernes aux murs, les bibelots, tout respirait un luxe de bon aloi. C'était visiblement la demeure d'un homme riche, bien que la température y soit aussi étouffante qu'à l'extérieur.

L'ouverture de la porte s'élargit davantage et le regard de Malko découvrit un objet posé sur le plancher sombre de teck verni, à deux mètres devant lui. L'horreur lui serra la gorge. C'était la tête d'un homme proprement décapitée. Le sang suintait encore, les yeux ouverts semblaient le regarder.

Un énorme éclat de rire retentit derrière lui et, d'une bourrade, celui qui l'avait accueilli le poussa au milieu de la pièce. Malko ne dut qu'à un brusque écart de ne pas marcher sur la tête qui l'attendait au milieu du living-room.

— *Here is Mr Limay !* fit la voix derrière lui.

(1) Vous venez voir M. Limay ?

CHAPITRE II

Malko se reçut sur les mains et tomba sur le parquet verni en face d'un autre Philippin surgi de derrière la porte. Mince, la bouche réduite à un trait, le nez fin. Chemise blanche et jean, un petit colt Cobra au poing. Souriant. D'un geste, il fit signe à Malko de se relever.

— *Dali kamo.* (1)

Le cerveau en ébullition, Malko se remit sur ses pieds, essayant de garder son sang-froid. Celui qui l'avait poussé dans la pièce s'approcha par-derrière, le fouilla rapidement mais efficacement, puis le fit avancer au milieu du living-room en l'ayant soulagé de son passeport et d'une liasse de dollars. Il empocha le tout après avoir feuilleté le passeport. Il était armé lui aussi. Un browning automatique glissé sous la chemise dans la ceinture, à même la peau.

— Qui êtes-vous ? demanda Malko en anglais. Que voulez-vous ?

Le Philippin au browning, au lieu de répondre, se baissa et ramassa la tête tranchée en la tenant par les cheveux, la brandissant à quelques centimètres du visage de Malko.

— Vous le connaissez ?

(1) Viens ici.

— Non, dit Malko.

Le Philippin eut un sourire amusé.

— Comment, vous ne veniez pas voir Octavo Limay ?

— Si.

— Alors, pourquoi ne voulez-vous pas le reconnaître ?

Il y avait déjà une menace dans sa voix...

— Je ne l'avais jamais vu, corrigea Malko. Je l'ai appelé tout à l'heure, et quelqu'un m'a dit qu'il m'attendait. C'est la première fois que je viens aux Philippines...

— C'est à moi que vous avez parlé tout à l'heure, dit l'homme au nez fin. Nous aussi, étions venus voir notre ami. (Il appuya lourdement sur le mot *ami.*) Malheureusement, il était très nerveux et cela s'est mal terminé... Venez voir.

Le parquet de teck craquait sous ses semelles. Sans climatisation, l'atmosphère était telle qu'on se serait cru dans un bain de vapeur. Il précéda Malko dans une chambre spacieuse avec un grand lit à même le sol, des tableaux modernes, une télé et un magnétoscope Akaï, plus une pile de magazines érotiques. Un des murs disparaissait sous le faisceau de grandes machettes. La penderie était ouverte... Un corps gisait en travers de la porte-fenêtre ouverte, sur le ventre. Le dos de la chemise n'était qu'une énorme tache rouge. Un pistolet de gros calibre était tombé à côté du cadavre auquel il manquait la tête... Malko se figea horrifié. Le Philippin s'arrêta et dit :

— Il a tiré sur nous, il a fallu riposter. Ensuite, comme nous savions que vous alliez venir, nous avons voulu nous amuser un peu. Octavo Limay aimait bien collectionner les *talibangs*... Cela a servi...

Il ramassa par terre une grande machette à la lame maculée de sang, semblable à celles du mur, la montra à Malko puis la jeta sur le lit. Atterré par cette cruauté souriante et gratuite, Malko contemplait le cadavre de l'homme qui devait le mener au reste du complot... Apparemment, les Philippins étaient moins incapables que Bill Carter ne le pensait... Il aperçut, dans le jardin, les silhouettes de plusieurs policiers en uniforme. Le Philippin le poussa hors de la chambre. Son compagnon attendait, les pouces dans sa ceinture.

— Nous allons vous emmener, annonça-t-il.

— Où ? Qui êtes-vous ?

— Je suis le colonel Rodolfo Galvez, du Metro Com Intelligence Security Group, annonça le moustachu. Voici le major Cesar Araneta. Vous êtes en état d'arrestation.

— Pourquoi ? demanda Malko, sentant le sang se retirer de son visage. Je ne comprends pas. Je n'ai rien fait.

Le colonel Galvez avança d'un pas et, sans préavis, le gifla violemment. Malko esquissa un geste agressif et aussitôt, le browning se braqua sur lui.

— Nous détestons les menteurs, Mr Vogel, dit le Philippin. Vous êtes venu dans notre pays pour assassiner notre président, Ferdinand Marcos, avec des complices locaux. Vous n'avez pas entendu parler de l'opération « June Bride » ? ajouta-t-il avec un rien d'ironie. Nous sommes en juin, n'est-ce pas...

C'était vraiment la seule chose que Malko pouvait reconnaître sans se compromettre !

Il se dit qu'il serait toujours temps de révéler son appartenance à la CIA. La « Company » n'aimait pas qu'on se découvre inutilement. Le second policier lui passa rapidement des menottes, puis les deux l'encadrèrent et ils sortirent de la villa, abandonnant le cadavre et la tête jetée sur un canapé. Le major Araneta ramassa au passage un petit sac de cuir noir.

Une Toyota marron attendait devant la porte, avec un chauffeur. Malko et le colonel s'installèrent à l'arrière.

Dans Kawayan Street, Malko aperçut une voiture de police embusquée. Il était tombé dans un beau guet-apens... Il pensa à Bill Carter. Heureusement que l'Américain savait où il s'était rendu... Cela allait être une mission avortée.

La Toyota n'avait pas de climatisation et le colonel ouvrit sa glace, laissant entrer un air humide, brûlant, chargé d'effluves de gas-oil. Ils descendaient l'avenue Epifanio de Los Santos, au milieu des bus et des jeepneys, passant totalement inaperçus. Ils rejoignirent enfin un grand nœud routier et la Toyota s'engagea sur le South Super Highway, la grande autoroute filant vers l'aéroport et le sud de Manille. Grâce à la vitesse, la température devint plus supportable. Malko se tourna vers le colonel :

— Où allons-nous ?

— A Camp Crame.

— Vous n'avez pas le droit de m'arrêter, fit remarquer Malko. Je suis étranger. Je veux être mis en rapport immédiatement avec l'ambassade d'Allemagne fédérale. Je suis un businessman, pas un terroriste, comme vous le prétendez.

Le colonel Galvez eut un sourire ravi.

— Bien sûr, Mr Vogel, je connais la loi. Nous ne vous arrêtons pas. Nous vous *interrogeons*. C'est tout à fait différent. D'ailleurs, si vous acceptez de coopérer, cela sera très vite terminé. Ce n'est pas vous que nous voulons, mais ceux qui vous ont fait venir ici... Avec un peu de chance, vous coucherez au *Manila Hotel* ce soir et vous pourrez aller vous distraire à Mabini... Nous sommes corrects avec ceux qui nous aident. J'espère pour vous que cela se passera ainsi.

— Pourquoi ? ne put s'empêcher de demander Malko.

— Parce que nous pouvons vous interroger pendant un temps assez long, si c'est nécessaire. Nous ne relevons que du NISA. C'est-à-dire directement de la présidence. Nos pouvoirs sont très étendus.

Il soupira et ajouta d'un ton faussement désolé :

— Nous sommes un pays pauvre, Mr Vogel. Nos installations sont rudimentaires pour un Européen...

Malko se sentit pâlir, réalisant brutalement que les deux hommes qui se trouvaient avec lui étaient des tortionnaires professionnels. Un bus roulait à côté d'eux, avec des bancs de bois, sans côtés. Abrutis de chaleur, ses passagers semblaient dormir sur place. Il les envia.

***

Un militaire massif, style boxeur empâté, boudiné dans une tenue kaki tachée de sueur, le ceinturon retenant péniblement un « œuf colonial », les cheveux lisses séparés par une impeccable raie au milieu, les traits grassouillets éclairés d'un sourire méchant, se planta en face de Malko et dit en anglais :

— Bienvenue au Fifth Constabulary Security Unit. Je suis le caporal Robustano.

Il ne tendit pas la main, c'eût été inutile. Malko se trouvait ligoté étroitement sur un châlit en bois, dans l'impossibilité de bouger autre chose que la tête. Une corde rugueuse lui entravait la gorge, l'étranglant dès qu'il cherchait à se redresser. Peu avant d'arriver à Camp Crame, le colonel Galvez lui avait bandé les yeux avec un foulard. Quand la Toyota s'était arrêtée, on l'avait fait marcher au soleil, traverser des couloirs, descendre des escaliers et on l'avait finalement libéré dans une petite pièce sans fenêtre, en ciment, où régnait une chaleur étouffante. Deux soldats, sous la direction du major Araneta, l'avaient attaché avant de disparaître. Une demi-heure s'était écoulée. Maintenant, il regrettait amèrement de ne pas avoir immédiatement décliné son appartenance à la CIA. Et encore ! L'aurait-on cru ?

Le caporal Robustano s'approcha et s'assit sur un tabouret en face de lui, ses petits yeux noirs pleins de jovialité.

— Juste une question, demanda-t-il d'un ton badin. Qui t'a payé pour venir ici ? Pour rencontrer cet Octavo Limay ?

— Personne ne m'a payé, dit Malko. Je suis venu aux Philippines pour faire des affaires. De l'importation. Je suis un businessman. Détachez-moi immédiatement.

Le caporal secoua la tête avec un air désolé et dit d'un ton résigné :

— C'est toujours la même chose ! Les gens sont stupides et après ils nous reprochent d'être méchants ! Bon ! je vais te donner une « water cure », cela va t'aider à retrouver la mémoire...

Il disparut pour revenir quelques instants plus tard, un torchon à la main, suivi d'un soldat portant un grand seau d'eau. Malko sentit son estomac se contracter... Avant qu'il ait pu ouvrir la bouche pour protester, le torchon sale lui recouvrit le visage. Le soldat le prit par les cheveux, lui rejetant brutalement la tête en arrière. Il tenta de se redresser et la corde en travers de sa gorge l'étrangla. Aussitôt, l'eau inonda son visage, s'introduisant dans ses narines, car il maintenait sa bouche obstinément fermée. La sensation fut atroce. Très vite, il étouffa, chercha sa respiration, tandis que l'eau tiède continuait à l'asphyxier. Il se dit qu'il allait mourir de suffocation au fond de cette cave. Comme il avait réussi à desserrer certains de ses liens, quelqu'un s'assit sur son estomac, achevant de l'immobiliser.

Puis tout devint noir et il perdit connaissance d'un coup.

Le premier son qu'il entendit en revenant à lui, fut la voix du caporal Robustano.

— Alors, ça t'a rendu la mémoire, cette « water cure » ?

Le torchon avait disparu. Malko ouvrit les yeux. Ses poumons lui faisaient horriblement mal et il était encore à demi inconscient. La corde mouillée lui comprimait encore plus la gorge. Il eut une quinte de toux qui lui déchira la poitrine. Ses vêtements étaient trempés de sueur et d'eau. Il faisait plus de quarante degrés dans la petite cellule. Il ignorait combien de temps s'était écoulé. Il se souvenait seulement de s'être évanoui, et d'avoir été ranimé par le caporal tortionnaire. Celui-ci se pencha vers lui :

— Tu me dis ce que je veux ? Le colonel Galvez sera content et toi aussi, sinon...

La porte de la cellule s'ouvrit, le caporal se retourna et se redressa. Un officier, jeune, tiré à quatre épingles, venait d'entrer et posait quelques questions en tagalog. Malko ne comprenait pas ce dialecte mais surprit le mot « rebelde » qui devait signifier « rebelle ». La plaisanterie avait assez duré. Réunissant toutes ses forces, il cria en direction de l'officier :

— Sir, il s'agit d'une erreur. Je ne suis pas un terroriste.

Etonné, le jeune officier s'avança dans la cellule. C'était rare qu'on torture un étranger au 5th Constabulary... Il contemplait comme une bête curieuse Malko attaché sur le châlit. Ce dernier précisa :

— Je suis un agent de la CIA infiltré dans un réseau antigouvernemental. Prévenez l'ambassade américaine de ma présence ici.

L'officier philippin eut l'air surpris... Il échangea quelques mots en tagalog avec le caporal Robustano qui se lança dans un long discours. Malko attrapa au passage le nom du colonel Rodolfo Galvez. Toute sympathie disparut aussitôt du regard de l'officier. Il dit sèchement à Malko :

— Vous êtes un criminel ! Vous devriez avouer au lieu de raconter n'importe quoi, cela serait plus facile. Le caporal est très fatigué, il voudrait aller se reposer.

C'était un comble !

Malko vit avec désespoir la porte se refermer sur l'officier. Le caporal s'approcha, une lueur méchante dans ses petits yeux noirs, et lui allongea un violent coup de pied dans les côtes.

— *Patyou ta ka !* grommela-t-il. *Putang ma ka !* (1)

Fou de rage, il sortit et revint avec son adjoint, traînant l'habituel seau d'eau. Le caporal Robustano jeta avec violence le torchon sur le visage de Malko. Cette fois, celui-ci avait compris le système pour abréger son supplice. Lorsque l'eau commença à s'écouler à travers le tissu rugueux, il se força à ouvrir la bouche, jusqu'à ce que l'eau arrive à ses bronches, déclenchant un violent spasme et la suffocation. Il était certain qu'ils ne voulaient pas le tuer. Du moins pas tout de suite... Ils cherchaient un nom qu'il était bien incapable de leur donner...

De nouveau, ce fut la sensation horrible d'étouffement, avec l'eau qui coulait toujours, la corde qui lui serrait la gorge et le voile noir libérateur. Il s'affaiblissait et glissa avec soulagement dans l'inconscience.

Une sensation de brûlure atroce le fit revenir à lui. Comme si on lui avait ramoné les sinus avec de l'huile bouillante ! Le feu descendit jusqu'à ses bronches, déclenchant une quinte de toux effroyable. Le torchon

(1) Je te tuerai ! Ta mère est une putain !

avait glissé et il distingua le caporal Robustano en train de se tordre de rire ! Belle nature. Des larmes plein les yeux, il manqua s'étrangler, luttant de longues minutes pour retrouver un semblant de souffle. Enfin, il aperçut dans la main de son bourreau une bouteille. Du gin ! Le tortionnaire lui avait versé du gin dans les narines pour le faire revenir à lui... Ses oreilles bourdonnaient. Ses yeux se refermèrent. Il n'en pouvait plus.

Ce ne fut pas du goût du caporal Robustano qui le réveilla d'un coup de poing dans l'estomac.

— Tu vas parler ?

— Je travaille pour la CIA, répéta faiblement Malko. Nous sommes vos amis. Je devais infiltrer les opposants au président Marcos pour savoir qui voulait le tuer. Je ne suis pas un rebelle...

Robustano le contemplait avec un regard découragé.

— *Unggoy !* (1) murmura-t-il.

Sans un mot de plus, il sortit de la cellule. Malko ferma les yeux, cherchant à récupérer un peu. Son sang se glaça en voyant le caporal Robustano revenir, traînant un tuyau d'arrosage sous le regard ravi de son adjoint. Ce dernier s'installa aussitôt sur la poitrine de Malko et lui pinça violemment les narines. Malko retint son souffle le plus longtemps possible, puis fut obligé d'ouvrir la bouche pour respirer un peu d'air. Le tuyau heurta ses dents douloureusement et un jet violent d'eau sale fila directement dans sa gorge, le suffoquant en quelques secondes. Il reprit connaissance en vomissant, la tête inclinée de côté, sous l'œil dégoûté de son tortionnaire. Ce dernier se pencha sur lui.

— Ça va mieux ? dit-il.

(1) Singe !

Un large sourire éclaira les traits brutaux du Philippin et il tapota affectueusement la joue de Malko. Ce dernier comprenait maintenant dans sa chair, comment on brisait les gens les plus durs. Et il n'était là que depuis quelques heures à peine...

— Alors, qui est notre homme ?

Malko n'eut pas le courage de répondre tout de suite, de le détromper. Quelques secondes de répit, c'était bon à prendre. Sa tête tournait, il avait l'impression qu'un poids énorme pesait sur sa poitrine. Comment sortir de ce cauchemar ?

— Je ne sais pas, dit-il, je ne sais rien. Prévenez l'ambassade américaine...

Le choc s'abattit sur sa gorge et il poussa un grognement rauque, le larynx écrasé. Ivre de rage, le caporal Robustano le bourrait de coups en l'injuriant. A la fin, il se pencha sur lui, visage contre visage et cracha :

— *Putla ta ka sa li og ! I am going to cut your head...* (1)

Cette perspective ne fit aucun effet à Malko. Dans son état, il ne craignait pas la mort, seulement la douleur. Le Philippin dut le comprendre car il ne réitéra pas sa menace. Continuant à le frapper, à le gifler, à lui tirer les cheveux, le temps que son assistant revienne avec un nouveau seau d'eau. Lorsque Malko vit le torchon s'approcher de son visage, il fit semblant d'être évanoui, mais cela ne le protégea pas. L'assistant lui tira la tête en arrière, de nouveau, l'eau emplit ses poumons et il suffoqua. Sa dernière pensée fut l'angoisse que son cœur ne tienne pas. Il ne serait pas la première victime d'une « bavure ».

(1) Je vais te couper la tête...

CHAPITRE III

Avec une expression dégoûtée, le caporal Robustano, les mains sur les hanches, contemplait Malko. La tête rejetée en arrière, la mâchoire décrochée, les yeux fermés, il respirait lourdement.

A regret, le caporal rabaissa les manches de sa chemise. Il savait d'instinct les limites à ne pas dépasser. Et puis, un Européen était un animal inconnu pour lui. Il ne connaissait pas sa résistance. S'il lui claquait entre les mains, il aurait des problèmes.

Malko rouvrit les yeux au moment où Robustano achevait de boutonner les manches de sa chemise. Il comprit que c'en était fini pour le moment, et retomba dans une torpeur bienfaisante. Son larynx était à vif et la corde trempée réduisait sa respiration à un filet. Ses liens, en séchant, s'étaient resserrés, entrant dans sa chair.

Il chercha à se persuader que Bill Carter devait s'inquiéter de sa disparition. Pourvu que l'Américain pense à la seule hypothèse qu'ils n'aient pas envisagée : que les Services de sécurité philippins soient au courant de l'attentat. Amèrement, Malko se dit que son « homonyme » et lui partageaient le même sort. Seulement, le vrai Hans Vogel ne devait pas être torturé, lui, par les policiers thaïs...

Peu de temps après, un jeune soldat entra dans la

cellule, lui défit les mains et posa à côté de lui un petit sac en plastique contenant du riz et quelques morceaux de *tinapa,* du poisson séché. Malko essaya de manger un peu, mais seul le riz passait. Le poisson déclencha une horrible quinte de toux et il dut abandonner.

Plus tard, le soldat revint, lui donna à boire dans une calebasse et le rattacha avec un sourire d'excuse. Sans un mot. Malgré la chaleur et la douleur, Malko s'endormit aussitôt. Les seuls bruits étaient un pas dans le couloir ou un gémissement lointain.

*
* *

La porte de la cellule s'ouvrit sur l'inévitable caporal Robustano, rasé de frais, accompagné d'un soldat. Malko ouvrit les yeux. Tout son corps le faisait souffrir, à chaque inspiration, ses côtes semblaient prêtes à se briser, et il avait l'impression d'avaler du feu ! Il avait peu et mal dormi. Ce qu'il savait, c'est qu'une nouvelle journée difficile allait commencer... Il fallait, coûte que coûte, rompre le cercle de l'horreur.

Le caporal Robustano s'approcha, souriant, une main cachée derrière le dos, comme un enfant qui fait une farce.

— *I bring your breakfast...* (1)

Malko le vit poser délicatement quelque chose sur son visage. Il sentit un contact froid et une odeur pestilentielle. Machinalement, il secoua la tête et l'objet tomba à terre. Le caporal le ramassa et le brandit devant le nez de Malko. Un rat mort qu'il tenait par la queue !

Lorsqu'il le lui posa sur la bouche, Malko poussa un hurlement de dégoût. Silencieux, le soldat arriva

(1) Je t'apporte ton petit déjeuner...

derrière lui, lui immobilisa la tête entre ses genoux et lui pinça les narines. Il tint jusqu'à l'explosion de ses poumons, puis sa bouche s'ouvrit. Aussitôt, le caporal y enfourna le rat crevé avec un rire joyeux. Malko eut un tel réflexe de dégoût que sa gorge heurta violemment la corde, écrasant son larynx. Le rat tomba à terre et il perdit de nouveau connaissance.

Un peu plus tard, il rouvrit les yeux. Le caporal était debout près de lui, dans une attitude respectueuse. Le rat avait disparu. A sa place se trouvait le colonel Rodolfo Galvez, en uniforme kaki, avec une superbe casquette et une brochette de décorations.

Malko se dit que le rat n'était pas compris dans le programme. Il hésitait à en parler à l'officier. Robustano risquait de se venger... C'est à des petits réflexes de cette espèce qu'on réalise qu'on a perdu sa dignité...

— Avez-vous passé une bonne nuit ? s'enquit le colonel d'une voix plaisante, mondaine.

Malko n'entra pas dans le jeu.

— Non, dit-il, j'ai été torturé pendant des heures par cette brute et je n'ai pu dormir. J'exige que vous me libériez immédiatement. Je suis un agent de la Central Intelligence Agency. Vous pouvez le vérifier auprès du chef de station de la CIA, à l'ambassade américaine, Mr William Carter.

Le colonel le fixa, un peu surpris, avant de sourire d'un air entendu.

— Tiens, je croyais que vous étiez un businessman allemand...

— C'était ma couverture pour infiltrer ce complot, expliqua Malko. La CIA ignorait que vous étiez au courant...

Le colonel haussa les épaules :

— Vous êtes à la fois très stupide et très bien renseigné, Mr Vogel. Il va falloir que vous expliquiez au caporal Robustano comment vous savez toutes ces choses. Ensuite, nous nous reverrons.

Il fit demi-tour, prêt à partir. Malko le retint d'un cri :

— Mais enfin, vous connaissez Bill Carter ?

Le Philippin secoua la tête :

— Non, je n'ai pas de contacts avec les Américains. Mon cher ami, vous devriez comprendre que vous ne vous en sortirez pas avec des histoires de cette sorte. Nous avons tout le temps. Le caporal est un homme consciencieux et je suis certain qu'il finira par trouver un terrain d'entente avec vous. C'est stupide de vous entêter. Il y a des endroits plus agréables, pour un séjour à Manille, que cette cellule. Je vous donne ma parole d'officier que si vous parlez, nous vous relâcherons immédiatement et nous vous expulserons.

C'était kafkaïen !

— Je ne connais pas celui dont vous parlez, assura Malko. Nous le cherchons aussi.

Le colonel philippin tira à lui la porte de la cellule et dit d'un ton grondeur :

— Mr Vogel, cette enquête a déjà coûté beaucoup d'argent au gouvernement philippin. Elle doit aboutir. Vous ne nous rendez pas les choses faciles, en dépit de notre bonne volonté. Vous devriez vraiment coopérer avec nous, afin de gagner du temps. Nous voulons le nom de celui qui veut assassiner le président.

Malko sentait le désespoir l'envahir. Une fois bien « abîmé », il serait hors de question de le rendre à l'ambassade allemande, avouant implicitement qu'il avait été détenu et torturé illégalement. Ils le liquideraient. Le colonel ne croyait pas qu'il appartenait à la CIA. Donc la seule façon de s'en sortir aurait été de parler. D'avancer quelque chose qu'il ignorait... Il ferma les yeux, prêt à mourir. La voix du colonel le fit sursauter.

— Nous savons beaucoup de choses. Octavo Limay était sur table d'écoute. C'est un membre important du complot, mais ce n'est pas le chef. Qui est le chef ?

— Je l'ignore, répéta Malko. Je suis de votre côté. Si vous vous obstinez, cela risque de vous causer des problèmes avec mes amis de l'ambassade américaine...

Le colonel Galvez se rembrunit et dit d'un ton sec :

— Mr Vogel, il est plus facile de résister à un interrogatoire en Europe qu'ici. Nous disposons de méthodes différentes. Plus efficaces, disons. Vous allez en juger.

Tourné vers le caporal Robustano, il se lança dans une longue diatribe en tagalog et sortit de la cellule sans un regard pour Malko.

Ce dernier n'attendit pas longtemps. Aidé d'un soldat, le caporal le délia. Les jambes de Malko étaient tellement ankylosées qu'il manqua de tomber. Ils le traînèrent jusqu'à un massif tabouret en bois de fer. Rapidement, le soldat défit la ceinture de son pantalon et le fit descendre sur ses jambes en même temps que son slip.

Le caporal Robustano pesa sur ses épaules pour le forcer à s'asseoir, et lui attacha les mains derrière le dos avec des menottes, tandis que le soldat lui liait les jambes aux pieds du tabouret. Il était totalement en leur pouvoir, le ventre à nu, le corps dégoulinant de sueur, l'estomac creux, épuisé par la torture de la veille et le manque de sommeil.

Le caporal Robustano s'assit sur un tout petit banc, à ses pieds. Dans la main droite, il tenait un maillet de bois, presque un jouet d'enfant. L'autre passa sous le ventre de Malko, saisissant ses testicules. D'un coup sec, le maillet s'abattit sur le gauche. Malko hurla. Il avait l'impression qu'on venait de le transpercer avec une épingle. Le souffle coupé, il lutta contre l'évanouissement. Le caporal l'observait attentivement.

— Qui est le *kumander* (1) ? demanda-t-il, mélangeant l'anglais et le tagalog.

Malko était trop essoufflé pour répondre. La douleur irradiait à travers tout son ventre. Le maillet s'abattit de nouveau. De l'autre côté. Un coup sec, pas très fort. Il sentit son front se couvrir de sueur froide, et il eut une violente nausée. Le caporal, le visage impassible, s'écarta, attendit que la tête de Malko retombe sur sa poitrine et frappa de nouveau. Le hurlement de Malko dut s'entendre très loin. De temps en temps, Robustano s'arrêtait pour s'essuyer le front. Malko avait la sensation que ses testicules avaient doublé de volume...

— Si cela continue, dit soudain Robustano, je crois que je vais les abîmer sérieusement. C'est dommage pour un bel homme comme toi. Le kumander, il s'en moque de ce que vous endurez. Il va louer un autre tueur...

Malko ne répondit même pas, maudissant la CIA. Que s'était-il passé ? Comment la station de Manille n'était-elle pas au courant des fuites ? Le maillet de bois s'abattit et ses pensées se dissolurent dans une gerbe éblouissante de douleur... Cette fois, Robustano avait frappé trop fort. Malko bascula en avant et tomba sur le sol, entraînant le tabouret.

*
* *

Quand il ouvrit les yeux, la cellule était vide. On l'avait allongé sur le bat-flanc, la main droite et la cheville droite entravées à un gros tuyau. Par terre,

(1) Chef.

il y avait une bouteille de Pepsi-Cola et un sachet en plastique plein de riz et de morceaux de poisson.

Malko se pencha et retint un cri de douleur. Ses testicules semblaient à vif tant ils étaient douloureux. Il pouvait à peine bouger. Sa tête tournait et il se sentait incroyablement faible. De la main gauche, il parvint à boire et à mettre un peu de nourriture dans sa bouche. Impossible de savoir l'heure, on lui avait retiré sa Seiko à quartz. Il tâta avec précaution ses parties vitales, retira vivement ses doigts. Le moindre contact ressemblait à une brûlure. Sa barbe avait poussé, sa gorge était toujours aussi douloureuse. Il pensa au vrai Hans Vogel. Il ne devait pas valoir mieux. Comment tout cela allait-il se terminer ?

La porte de la cellule s'ouvrit sur deux soldats qui y poussèrent un homme très maigre, vêtu d'une sorte de pyjama blanc. Il s'assit sur le bat-flanc, à côté de Malko et attendit que les soldats aient disparu pour lui parler. Ses yeux vifs contrastaient avec l'allure délabrée de son physique...

— Je m'appelle Santos Deogracias, dit-il rapidement. Je suis détenu au camp depuis huit mois. Pour appartenance au NPA. Nous avons appris votre arrivée et ce qu'on vous a fait. Je suis venu vous prévenir.

— De quoi ? fit Malko méfiant.

Cela sentait le « mouton » à plein nez... L'autre dit à voix basse :

— Ils vont essayer de vous transférer. Dans un petit camp dans la jungle. Là-bas, c'est très dangereux. On n'en revient pas... Il faut que vous protestiez, que vous fassiez un scandale. Inventez quelque chose...

Sa voix était pressante, chaude, pleine de sincérité. Malko regarda cet allié inattendu, presque en aussi mauvais point que lui.

— Pourquoi m'aidez-vous ?

— Nous savons pourquoi vous êtes venu à Manille, dit Santos Deogracias. Les internés de ce camp voudraient vous aider. J'ai donné cent pesos aux gardiens pour qu'ils me mettent ici pendant un moment. Le caporal Robustano s'est vanté de ce qu'il vous a infligé. Nous avons entendu vos cris, vous êtes des nôtres... Mais vous êtes en danger. Terriblement.

— Pourquoi ?

— Vous les effrayez. Vous êtes étranger. Ils ont l'intention de vous tuer même si vous parlez, et de vous enterrer dans une zone militaire. Officiellement, vous n'avez jamais été arrêté.

— Que faut-il faire ? dit Malko, qui commençait à se sentir glacé de terreur.

— Je ne sais pas... Essayez de les intimider, dites que vous avez dit à des amis où vous vous rendiez. Qu'il y aura une enquête. Mais cela risque de ne pas suffire.

— Où suis-je ? demanda Malko, qui n'avait plus aucune notion du temps ni du lieu.

— A Camp Crame. Au siège du 5th Constabulary. Ce sont les pires. Ils ont torturé et tué des dizaines d'opposants. Ils sont tout-puissants... Au sous-sol, il y a les cellules et au-dessus, des dortoirs pour ceux qui sont internés des mois sans jugement. Comme moi.

— On ne peut pas communiquer avec l'extérieur, demander un avocat ?

— Si, mais ils ne le laisseront pas passer...

— Je suis allemand, il faudrait prévenir mon ambassade. Vous connaissez quelqu'un ?

Santos Deogracias hésita.

— C'est très difficile. Vous avez de l'argent ?

— Non, ils m'ont tout pris.

— Alors, c'est pratiquement impossible.

Il y eut un bruit de verrou. Les deux soldats étaient

là. Santos Deogracias se leva, serra longuement la main de Malko et la porte de la cellule claqua sur lui.

Resté seul, Malko essaya de chasser de son esprit l'angoisse des supplices à venir. Il ne pourrait pas supporter beaucoup de séance comme celle de la veille.

La matinée passa calmement. Il commençait à reprendre espoir et s'assoupit en dépit de la chaleur inhumaine.

Puis, les verrous claquèrent. C'était l'horrible caporal Robustano, un sac vide en jute à la main, accompagné de deux soldats. Malko eut du mal à ne pas céder à la panique. Quelle horreur allait-on encore lui faire subir ?

Le caporal défit ses menottes et le fit lever, lui attachant les mains derrière le dos, avec une solide cordelette.

— Que voulez-vous ? demanda Malko. Où m'emmenez-vous ?

Pour toute réponse, le caporal lui enfila le sac sur la tête et tira un lacet qui se resserra aussitôt autour du cou de Malko. Celui-ci, aveuglé, commença à se débattre furieusement, et à hurler. La cordelette lui écrasait le larynx et les carotides. Il reçut un coup violent dans la poitrine.

— Tais-toi, fit la voix du caporal Robustano.

On l'entraîna vers la porte, il essaya de résister désespérément, reçut de nouveaux coups de pied dont un dans le bas-ventre qui lui arracha un hurlement de douleur. Il tomba à genoux sur le ciment. De nouveau, la bile lui monta aux lèvres. Une volée de coups sur la tête acheva de l'étourdir. Puis, brutalement, on serra davantage le lacet autour de son cou. Il suffoqua, perdit conscience et sa dernière pensée fut qu'ils avaient décidé de l'achever.

*
* *

Il revint à lui un peu plus tard, à l'extérieur d'après les bruits. On le maintenait par les bras et la brûlure du soleil à travers la toile qui lui recouvrait toujours la tête, lui fit l'effet d'un nouveau supplice. Quelqu'un tenait le lacet, maintenant la pression sur son cou, l'étranglant à moitié et l'empêchant de crier. Il sentit qu'on le faisait monter dans un véhicule qui démarra aussitôt. D'après le bruit du moteur et la suspension, ce devait être une jeep. Ensuite, toujours au bruit, il devina qu'ils étaient sortis du camp et roulaient sur une voie à grande circulation. Il se dit qu'il pourrait sauter de la jeep, mais aveuglé, les mains et les chevilles liées, c'était du suicide, quatre-vingt-dix-neuf chances sur cent de se faire écraser. D'un autre côté, chaque tour de roue qui l'éloignait de Manille signifiait un risque accru. Les sadiques du 5th Constabulary n'avaient pas l'habitude de payer des vacances à leurs victimes...

Peu à peu, la circulation semblait moins intense. Ils roulèrent une heure environ, puis brusquement, la jeep se mit à cahoter d'une façon effroyable. Presque aussitôt, on desserra le lacet qui l'étranglait et on arracha le sac de sa tête.

La réverbération éblouissante l'aveugla. Il distingua un chemin de terre serpentant au milieu d'une jungle épaisse. Le caporal Robustano conduisait, Malko à côté de lui. Deux soldats, à l'arrière, tenaient contre leur cœur des Armalites (1) plus grands qu'eux.

Le tortionnaire tourna la tête vers Malko tapotant l'étui de son colt 45.

— Je t'avais dit d'être raisonnable. Profite bien de la promenade, parce que c'est la dernière.

(1) Arme standard de l'armée philippine.

Malko sentit sa gorge se serrer. Dans son métier, il fallait toujours envisager la mort. Elle venait souvent de la façon la plus idiote. Comme ici. Abattu à la place d'un autre... Il essaya de se vider le cerveau, de ne pas penser. A quoi bon ? Dans ces moments-là, tout ce qui restait, c'était un peu de dignité...

Les essuie-glaces de la vieille jeep balayaient le pare-brise de gauche à droite, légèrement désynchronisés. Il s'était mis à pleuvoir, avec une force terrifiante et la pluie noyait les rizières et les morceaux de forêt. Ils roulaient depuis plus d'une heure et tous étaient trempés. Malgré la chaleur effroyable, c'était une sensation déprimante. On se serait cru dans un sauna. Malko tenta de s'intéresser au paysage. Quelques arbres, vivants ou morts, se dressaient au milieu de rizières abandonnées et inondées, émergeant, comme de gigantesques crocodiles, de la boue noirâtre.

Quelques huttes en *nipa* (1) surgissaient de temps à autre avec des enfants jouant sous la pluie.

Une agglomération apparut. Des huttes et une *tindera* vendant des biscuits et des boissons. Un peu plus loin, à la sortie du village, Malko aperçut un bâtiment en dur, long de vingt-cinq mètres environ, avec quelques rares ouvertures ornées de gros barreaux. Une clôture de barbelés l'entourait et un petit poste de garde avec quelques soldats en interdisait l'entrée.

La jeep pénétra dans l'enceinte et fila directement derrière le bâtiment pour stopper devant un morceau de terrain nu où deux hommes étaient en train de creuser.

Malko reconnut avec horreur la forme d'une

(1) Bambou.

tombe... Tout autour, on distinguait les tumuli d'autres sépultures. C'était un cimetière ! Le caporal Robustano sauta de la jeep et le fit descendre.

— Nous sommes dans notre centre d'interrogatoire privé, un de nos « safe-houses », annonça-t-il. C'est un grand honneur qu'on te fait.

Malko ne répondit pas. Le Philippin lui envoya un coup de coude, lui désignant les hommes en train de creuser.

— Tu as vu ? Je me demande comment ces deux-là ont deviné qu'on allait avoir une tentative d'évasion ce soir... Et qu'elle ne réussirait pas... Ils doivent parler aux sorciers.

Ses petits yeux noirs pétillaient de méchanceté. Plusieurs soldats s'étaient rassemblés, examinant Malko avec curiosité.

Soudain, sans préavis, le caporal Robustano balaya les jambes de Malko d'un violent coup de pied, lui faisant perdre l'équilibre. Aussitôt, les soldats se ruèrent sur lui et l'entraînèrent vers une sorte de potence dissimulée derrière un pan de mur. A l'aide d'une corde passée entre ses chevilles liées, ils le hissèrent par les pieds jusqu'à ce que sa tête soit à cinquante centimètres du sol. Etourdi, Malko sentit le sang se ruer à sa tête, déclenchant de douloureux bourdonnements d'oreilles. Il eut un éblouissement et pensa que son cerveau allait exploser sous l'afflux sanguin. Il vit vaguement le caporal Robustano s'accroupir à côté de lui, un petit poignard à la main et pensa que le Philippin allait l'égorger. Mais celui-ci se contenta de lui caresser les deux tempes avec le tranchant de son arme qui devait être affûtée comme un rasoir. Malko sentit une légère brûlure, puis un liquide tiède se mit à couler dans ses cheveux et la pression de ses artères sembla diminuer. Le Philippin l'avait seulement « saigné » afin de pouvoir prolonger ce nouveau supplice sans que Malko ait une congestion cérébrale rapidement.

— Tu as retrouvé la mémoire ? demanda Robustano qui s'était redressé.

Comme Malko ne répondait pas, il lui envoya un violent coup de pied dans l'oreille. Eblouissement. Puis, sur un ordre du caporal, les soldats commencèrent à se servir de Malko comme d'un punching-ball. Il perdit connaissance, sous les coups et la pression qui grondait dans ses tempes, malgré le sang qui coulait.

De nouveau, ce fut le noir bienfaisant.

*
* *

Quelque chose de dur heurta ses incisives, arrachant à Malko un cri de douleur. Il ouvrit les yeux. Sa tête semblait peser cent tonnes. La nuit était en train de tomber avec une brutalité toute tropicale. Il reconnut la silhouette massive du caporal tortionnaire. Ce dernier tentait de lui enfoncer dans la bouche le canon de son colt 45.

— Tu ne nous amuses plus ! jeta le Philippin. Ils ont fini de creuser ta tombe. Tu ne veux pas parler, tu ne sers plus à rien.

Malko était tellement mal qu'il ne put répliquer. Ses mâchoires endolories laissèrent passer le canon du pistolet qui s'enfonça dans sa bouche, déclenchant un réflexe nauséeux. Il y eut un sec cliquetis métallique. Le pouce du caporal Robustano venait de ramener en arrière le chien extérieur de l'arme. Malko ferma les yeux. Quelques images passèrent en vrac dans sa tête, floues. Il allait mourir et il était surpris de ne pas avoir peur, plus d'angoisse, plus rien, presque plus de douleur.

CHAPITRE IV

Malgré sa vision déformée par le sang qui affluait à sa tête, Malko vit le gros index du caporal philippin se crisper sur la détente du 45. Une fraction de seconde plus tard, celle-ci s'enfonça et le chien partit en avant. Malko ferma les yeux, mais au lieu de la détonation prévue, il n'y eut qu'un claquement sec, suivi d'un rire énorme. Le canon du pistolet fut arraché de sa bouche et le caporal Robustano lui frappa le visage de son arme. Ravi de sa bonne plaisanterie.

— Tu croyais que j'allais te tuer ! rugit-il, attends, ce n'est pas fini !

Le bourdonnement dans les oreilles de Malko augmentait. Le sang battait à ses tempes, oppressant son cerveau. Il entendit son bourreau donner un ordre et un soldat, d'un coup de machette, trancha la corde à laquelle il était suspendu. Il tomba lourdement à terre et de nouveau, sous le choc, bascula dans l'inconscience. Il sentit à peine qu'on le tirait près de la bâtisse. Il reprit peu à peu connaissance et demeura immobile, pour qu'on ne recommence pas à le torturer tout de suite. C'était un repos inespéré. Ensuite, le supplice reprendrait, jusqu'à la fin inéluctable.

Un peu plus tard, les échos d'une conversation en tagalog, toute proche de lui, le poussèrent à ouvrir les yeux. A la lueur d'un des projecteurs éclairant les barbelés, il distingua deux hommes en train de parler à voix feutrée. Le caporal Robustano, et un autre militaire. Ce dernier tendit au caporal un papier qu'il empocha en secouant la tête. Les deux hommes échangèrent une poignée de main et, aussitôt, Robustano se dirigea vers Malko.

Celui-ci referma les yeux, faisant le mort.

Il sentit le Philippin le prendre par l'épaule et le retourner sur le ventre. Il se raidit, s'attendant à une nouvelle horreur. Puis, brusquement, ses poignets retombèrent de chaque côté de son corps : Robustano venait de trancher ses liens. Il fit de même pour ceux de ses chevilles, puis hissa littéralement Malko sur ses jambes. Ce dernier tenait à peine debout et le moindre déplacement envoyait des élancements atroces dans ses testicules enflés. Le soutenant d'un bras, le caporal Robustano le fit avancer vers l'autre militaire. Malko perçut la voix lontaine de son tortionnaire.

— *Mr. Vogel, you are very, very lucky*... (1)

Un autre bras se substitua à celui du tortionnaire. Une autre voix demanda à Malko en anglais s'il pouvait marcher. Il répondit d'un grognement et se traîna, étouffant à chaque pas un cri de douleur. Le frottement de son pantalon sur la peau de ses testicules lui causait une douleur insupportable. Il n'arrivait pas à croire que son cauchemar soit fini. Le nouveau venu semblait le traiter avec plus d'égards que Robustano.

Tout à coup, il distingua le poste de garde. De l'autre côté, sur la route, il y avait un véhicule haut sur pattes, style Range-Rover, avec un homme à côté en train de fumer. Il sembla à Malko qu'il avait la peau bien claire pour un Philippin. Mais sa vision

(1) Monsieur Vogel, vous avez beaucoup, beaucoup de chance...

n'était pas encore nette. Il dut parcourir quelques mètres de plus avant d'être certain que ses yeux ne le trompaient pas.

C'était un Blanc !

Son cœur se mit à battre follement, il voulut crier, mais seul un son inarticulé sortit de sa gorge. Déjà, il franchissait le poste de garde, soutenu par le militaire. L'homme qui attendait près du véhicule se précipita vers eux. Il entendit le militaire annoncer :

— *Here is your friend !*

Les deux hommes l'aidèrent, l'entraînant vers la voiture. Sans eux, il serait tombé. Malko entendit une voix incontestablement américaine s'exclamer :

— *My God, that's scary !* (1)

C'était un homme d'une trentaine d'années, très blond, presque albinos, avec un visage enfantin. Il aida Malko à s'installer sur un des profonds sièges avant et monta à côté de lui, tandis que le militaire philippin prenait place à l'arrière. Malko se tassa contre la portière ; la tête lui tournait, il se sentait prodigieusement faible, et tout son bas-ventre était en feu. Les simples vibrations du moteur transmises à la carrosserie lui arrachèrent un grognement de douleur. Le véhicule démarra, direction Manille. Il s'installa sur son siège et ferma les yeux, ne pensant qu'à une chose : dormir. Le jet d'air frais de la climatisation lui sembla la chose la plus merveilleuse du monde. Il entendit une voix anxieuse demander :

— *You OK ?*

Malko répliqua d'un grognement, il n'avait pas la force de parler et n'arrivait pas encore à croire qu'il avait échappé à ses tortionnaires. Quand il ouvrait les yeux, il apercevait dans la lueur des phares la masse sombre de la jungle.

(1) Mon Dieu, c'est abominable !

Le silence s'établit dans la Blazer, troublé seulement par les crissements de pneus et les reprises du moteur. L'Américain, au volant, conduisait le plus vite possible, compte tenu de l'état de la route, jetant sans cesse des regards inquiets à Malko. A l'arrière, le Philippin s'accrochait pour ne pas être baladé d'un bout à l'autre de sa banquette. Malko sombra dans une torpeur profonde, sans même s'en rendre compte et lorsqu'il rouvrit les yeux, il vit des lumières : ils étaient en ville. Avec effort, il reconnut Roxas Boulevard et les lumières de la rade. Peu après, la Blazer stoppa. Le Philippin descendit et se perdit dans l'obscurité. Malko se redressa alors, attirant à lui le rétroviseur pour s'examiner.

L'image renvoyée par le miroir lui fit peur. Des traînées de sang sur tout le visage, des hématomes, la barbe noirâtre et surtout les yeux, enfoncés dans leurs orbites. Leur or semblait avoir pâli, comme dilué. Sa trachée- artère le brûlait encore et il avait du mal à respirer. Il se sentait atrocement faible et une faim tenace commençait à le tenailler.

— Ça va mieux ? demanda le conducteur. Nous arrivons.

— Ça va, dit Malko.

— Nous devons passer à l'ambassade avant de vous conduire à l'hôpital, annonça l'Américain. Je m'appelle Stanley Reisner et je travaille avec Mr Carter. Il nous attend.

— Je ne veux pas aller à l'hôpital, dit Malko avant de refermer les yeux.

***

La grille de l'ambassade américaine s'ouvrit sur la Blazer qui contourna la pelouse où se trouvait le mât des couleurs, pour stopper devant le bâtiment blanc aux volets verts, un peu en retrait de Roxas Boulevard, abritant tous les services diplomatiques. On devait la guetter, l'ambassade étant fermée à cette heure tardive, car deux « Marines » surgirent aussitôt et aidèrent Stanley Reisner à extraire Malko du véhicule. Celui-ci entendit leur exclamation d'horreur lorsque la lumière violente du hall éclaira son visage.

Il aperçut des boiseries claires, entendit des murmures incrédules sur son passage, retrouva la délicieuse fraîcheur de la climatisation et fut poussé dans un ascenseur. La montée lui sembla infiniment longue. Lorsque la porte s'ouvrit, il entendit une voix qu'il connaissait pousser un cri terrifié.

— Malko ! Qu'est-ce qu'ils vous ont fait ?

William Carter était très élégant, avec une chemise jaune et un pantalon blanc, et ses yeux semblaient encore plus bleus. Il jeta à Stanley Reisner :

— *Call a doctor, immediately !* (1)

Puis, prenant Malko sous les aisselles, il le traîna jusqu'à son bureau, marmonnant des injures à l'égard de ceux qui l'avaient mis dans cet état. Ce dernier mourait d'envie de lui dire ce qu'il pensait de lui, mais n'en avait pas la force. Il s'allongea sur le sofa du bureau. Il voulait dire qu'il n'irait pas à l'hôpital, mais les mots ne sortaient pas. Bill Carter tenta de lui faire boire quelque chose qui déclencha une horrible quinte de toux. Puis, une fois de plus, il se réfugia dans la torpeur qui le submergeait chaque fois qu'il s'affaiblissait trop.

Lorsqu'il reprit ses esprits, un homme âgé, avec un stéthoscope, était penché sur lui et l'auscultait. Il prit ensuite sa tension, le palpa sur toutes les coutures après l'avoir déshabillé. Malko hurla quand il effleura

(1) Appellez un docteur, tout de suite.

ses testicules enflés. Il entendit une voix horrifiée murmurer :

— *My God ! They broke his balls !* (1)

Cela le paniquait. Il sursauta. Une aiguille venait de s'enfoncer dans son bras. On le fit boire de nouveau. Du Vichy. Il parvint à ouvrir les yeux. Plusieurs minutes avaient dû s'écouler. Une seule personne se trouvait à côté de lui : Bill Carter, l'air embarrassé. Il ne laissa pas à Malko le temps d'ouvrir la bouche.

— Je suis désolé, dit-il. Vraiment désolé. Nous n'avions pas prévu cela. C'est terrible, ils auraient pu vous tuer. On attend l'ambulance qui va vous emmener à l'hôpital.

— Pas d'hôpital, souffla Malko. Ramenez-moi au *Manila* et soignez-moi là-bas... Sinon, je reprends le premier avion.

Il vit le regard de l'Américain vaciller.

Bill Carter protesta faiblement :

— Mais il faut un check-up, des radios, après ce que ces salauds vous ont fait ! Vous ne vous voyez pas... On dirait que vous vous êtes battu avec un tank... Il y a des hématomes partout.

— Et encore, vous ne voyez que l'extérieur, fit Malko qui commençait à se sentir mieux sous l'effet de la piqûre. Allez, emmenez-moi au *Manila*.

— *You're fucking crazy !* (2) murmura Bill Carter.

Pourtant, il appela Stanley Reisner dans la pièce voisine. A eux deux, ils le rhabillèrent et lui nettoyèrent le visage pour qu'il soit à peu près présentable.

En bas, la Blazer avait disparu et on engouffra Malko dans une grande Chevrolet noire.

Les gardes de la Sécurité du *Manila* eurent des

(1) Mon Dieu ! Ils lui ont écrasé les testicules !

(2) Vous êtes complètement fou !

regards effarés en voyant son état. Stanley Reisner leur parla d'un accident de voiture et ils se calmèrent. Malko n'avait qu'une idée : retrouver son lit. Dès qu'il le toucha, il s'endormit, après avoir vaguement entendu Bill Carter promettre :

— Je vais envoyer quelqu'un s'occuper de vous. *Take it easy.*

*
**

C'est la faim qui réveilla Malko. Il eut du mal à réaliser d'abord où il était. Puis, il reconnut les panneaux de bambou de sa suite, le grand lit à baldaquin. Chaque muscle de son corps était douloureux. Il allongea la main vers le téléphone et heurta la lampe de chevet qui tomba.

Aussitôt, une silhouette s'encadra dans la porte du living-room et s'approcha du lit. Une jeune Orientale, petite et menue, avec un visage délicat, une frange d'enfant contrastant avec une grosse bouche sensuelle, un regard plein de douceur, vêtue d'une robe blanche presque transparente. A la fois l'allure d'une fillette, et la sophistication d'une femme, avec d'interminables ongles carmin et un maquillage allongeant ses yeux noirs. Elle adressa à Malko un sourire nacré.

— Enfin, vous vous réveillez ! Vous avez dormi dix-sept heures. Vous vous sentez mieux ?

— Ça va mieux, dit Malko. Qui êtes-vous ?

— Je m'appelle Nelia Reyes. Je suis la fiancée de Bill Carter. Il m'a demandé de veiller sur vous. Un guérisseur de Baguio m'a donné des pommades pour vous soulager. Ils vous ont beaucoup battu...

Cela ne paraissait pas la choquer outre mesure... Malko réalisa qu'il était nu. Il ne se souvenait pas de s'être déshabillé... Nelia Reyes précisa gentiment :

— Je vous ai nettoyé comme j'ai pu, parce que

vous étiez trop lourd pour que je puisse vous transporter dans la salle de bains. J'ai mis des onguents sur vos coups.

Décidément, l'Asie réservait toujours de bonnes surprises...

— Vous êtes infirmière ?

— Non, non, fit Nelia Reyes, étudiante en décoration et mannequin. Mais je sais soigner quelqu'un. J'aime bien ça. Il faut manger maintenant. Reprendre des forces...

Il reprit le téléphone. Ce simple geste déclencha un élancement dans ses testicules douloureux. Il appela le room-service et commanda un steak et un avocat. Il se sentait affreusement sale avec sa barbe de trois jours.

— Vous pouvez me passer une serviette ?

Elle alla en chercher une et, enroulé dans le tissu-éponge, Malko se traîna dans la salle de bains. Son visage ne s'était guère amélioré. Les deux incisions de ses tempes pratiquées par le caporal Robustano ressemblaient aux scarifications rituelles d'Afrique...

Il se fit couler un bain, se rasa, et, drapé dans un peignoir en éponge, émergea de la salle de bains.

Deux choses se trouvaient sur son lit : un plateau et Bill Carter, avec un pantalon blanc immaculé et une chemise ouverte jusqu'au nombril sur un torse bronzé. Sa « garde-malade » avait disparu.

L'Américain poussa une exclamation de joie :

— Ah, enfin ! vous ne faites plus peur... Comment vous sentez-vous ?

— Mieux, merci ! dit Malko, en se jetant sur son steak.

Il aurait pu avaler un cheval. Bill Carter l'observait, une lueur d'admiration dans le regard.

— Je me doute de ce qu'ils vous ont fait subir.

Malko déshydraté vida presque une bouteille de Contrex. L'estomac plein, il reprenait du poil de la bête.

— Bravo pour votre plan mirobolant, dit-il. Les Philippins semblent moins obtus que vous ne le pensiez... Que s'est-il passé depuis que nous nous sommes quittés à l'avion ?

— Je n'en sais rien, avoua piteusement Bill Carter. Lorsque vous avez disparu de l'hôtel, je ne me suis pas fait de souci d'abord. Au bout de vingt-quatre heures, j'ai appris ce qui était arrivé à Octavo Limay et que les types du 5th Constabulary avaient arrêté un étranger. J'ai contacté quelqu'un que je connaissais là-bas et il a prétendu qu'ils n'avaient arrêté personne. Alors, j'ai été obligé de voir le général Aguirre, responsable du contre-terrorisme pour toutes les unités de Constabulary et de lui dire que nous avions infiltré un agent dans un réseau terroriste. C'est lui qui a retrouvé votre trace, et m'a donné un officier de son staff pour accompagner Steiner et un ordre d'élargissement...

— Il était temps, dit Malko.

Un ange passa, qui avait la tête du caporal Robustano.

— J'espère qu'ils ne vous ont pas trop massacré, dit d'un ton penaud le chef de station de la CIA. Que s'est-il réellement passé ?

Malko lui fit le récit complet de son aventure, depuis son arrivée à la villa de Forbes Park. Et n'omettant rien de ce qu'on lui avait fait subir. Bill Carter ne savait plus où se mettre. Nelia qui avait réapparu, ponctuait les moments les plus atroces du récit par le rire haut perché asiatique, signe classique d'embarras. L'Américain secoua la tête.

— Quand ils s'y mettent, ce sont des animaux... Mais, apparemment, ils n'en savent pas plus que nous... Sinon, ils ne vous auraient pas torturé.

— Ils en savaient au moins autant, remarqua Malko. Depuis, ils ont peut-être appris d'autres choses. En tout cas, tout le monde sait que je suis agent de la « Company », maintenant.

— Ce n'est pas certain, avança Bill Carter. Celui qui vous a fait libérer est au courant, mais il ne parlera pas. Pour les gens du 5th Constabulary, vous avez été réclamé par le NISA, l'organisme de coordination de la lutte antiterroriste. Cela peut vouloir dire beaucoup de choses. Y compris une nouvelle incarcération...

Malko était plutôt sceptique. Mais il n'avait pas envie de discuter.

— Pour le moment, dit-il, je vais essayer de retrouver figure humaine. Merci de m'avoir mis entre les mains de Miss Nelia. Elle semble s'être très gentiment occupé de moi.

Nelia Reyes eut un rire confus et aigu. Bill Carter dit chaleureusement :

— C'est la moindre des choses.

— Quel est mon statut, à propos, vis-à-vis des Philippins ?

— Pas de problème, assura l'Américain. On va me transmettre les papiers au nom de Hans Vogel. Pour le moment, vous gardez cette identité. Je pense que le mieux est que vous repartiez d'ici en tant que Vogel... Pas la peine de vous griller.

— Le colonel qui m'a arrêté ne va pas venir me récupérer ici ? demanda Malko avec une pointe d'inquiétude.

— Non, non, rassurez-vous, affirma Bill Carter.

— Ils vont sûrement continuer leur enquête sur « June Bride », remarqua Malko.

— Ils sont bloqués, dit Bill Carter. Ils ne savent rien de plus que nous. Ce qui m'ennuie. Ceux qui ont

« loué » Hans Vogel risquent de chercher à le remplacer, et, cette fois nous ne le saurons pas.

— Les Philippins l'intercepteront, comme moi.

L'Américain secoua la tête.

— Non, ils ont été très maladroits en abattant Octavo Limay. Il aurait pu les mener plus haut. Il n'était qu'un relais.

Malko, l'estomac plein, commençait à se désintéresser totalement du sort de Ferdinand Marcos. Il gratta un peu les croûtes de ses tempes, tâta les plus douloureux de ses membres, et avala une cuillerée de miel pour apaiser la brûlure de son larynx. En quinze ans de loyaux services spéciaux, il n'avait jamais été torturé de cette façon. Discrètement, sous le drap, il effleura ses testicules encore abominablement douloureux.

— Et le vrai Vogel ?

— Toujours au trou, fit Bill Carter. Dormez bien. Nelia viendra vous voir demain matin. Elle connaît plein de trucs de guérisseurs...

— Je ne voudrais pas la déranger, se défendit Malko.

— Pas du tout, assura l'Américain. Puisque vous ne voulez pas de l'hôpital, il faut bien qu'on vous soigne. Elle n'a rien à faire en ce moment. Reposez-vous bien.

Malgré ses dix-sept heures de sommeil, les yeux de Malko se fermaient. Il vit à peine partir ses deux visiteurs et s'endormit aussitôt dans la fraîcheur bienfaisante de sa suite, bercé par la rumeur de Roxas Boulevard.

***

Un parfum léger frappa ses narines avant qu'il entende une voix douce demander :

— Vous avez bien dormi ?

Il ouvrit les yeux. Nelia Reyes se tenait à côté du lit, vêtue d'une légère robe blanche qui la faisait ressembler à une infirmière, un plateau à la main, plein de pots d'onguents et de tubes.

— Il faut que je vous soigne, annonça-t-elle.

Sans attendre sa réponse, elle posa le plateau et rabattit le drap d'un geste énergique, découvrant le corps entièrement nu de Malko. Celui-ci se sentit plutôt gêné sous le regard inquisiteur de cette infirmière de charme, mais déjà, Nelia commençait à le palper méthodiquement, avec le détachement d'un vieux médecin. Elle examina attentivement les cicatrices, les hématomes, fit jouer les muscles et ordonna :

— Mettez-vous sur le ventre, je vais vous masser.

Malko obéit. Elle commença par la nuque, descendant le long du dos par petites tapes sèches. Ensuite, ce fut le tour des jambes, des cuisses aux chevilles, puis des pieds, dont elle étira soigneusement chaque orteil, comme pour l'allonger. Ses mains étaient à la fois dures et souples et Malko commençait à se sentir merveilleusement bien. Il en oubliait son petit déjeuner. Les mains aux longs ongles carmin voletaient, mettant parfois une pointe de pommade sur un hématome noirâtre, massant, détendant, pinçant.

— Retournez-vous.

Il s'exécuta, un peu embarrassé, mais Nelia ne sembla même pas remarquer qu'il existait une différence anatomique entre eux, s'acharnant sur les bleus de son torse dus à la sollicitude du caporal Robustano. Les yeux fermés, il se laissait faire. Soudain, les doigts habiles effleurèrent ses testicules et il eut un mouvement de recul.

Nelia s'arrêta.

— Cela vous fait encore mal ?

— Oui, avoua Malko.

— Glissez un peu.

Comme il ne comprenait pas, elle contourna le lit et le prit par les chevilles, faisant glisser ses pieds à l'extérieur, jusqu'à ce que les jambes pendent dans le vide. Nelia alla alors prendre un petit pot sur son plateau, s'agenouilla sur la moquette au pied du lit et leva sa frange vers Malko.

— N'ayez pas peur, c'est un onguent que j'ai demandé à un ami de Baguio. Cela va chauffer un peu.

Après les massages dont elle venait de le gratifier, ils se connaissaient assez pour que Malko ne soit pas choqué en sentant la main droite de la jeune Philippine soupeser ses testicules et des doigts légers commencer à les masser avec l'onguent de Baguio...

Il sursauta pourtant : en dépit de sa douceur, le contact était encore très douloureux. Nelia s'interrompit aussitôt.

— Attendez !

Elle se leva, disparut dans le sitting-room et revint avec un verre plein de glaçons. Elle en prit un et le passa lentement sur la peau douloureuse. Ensuite, Malko ne sentit plus les doigts. Avec une application de nonne, tantôt accroupie, tantôt à genoux, elle entreprit de masser les deux fragiles organes, avec sa pommade blanchâtre.

D'abord, Malko, anesthésié par le froid, ne sentit rien. Il avait fermé les yeux et se laissait aller à ces soins un peu spéciaux. Puis, peu à peu, il réalisa que la douleur avait disparu, faisant place à une sorte d'échauffement plutôt agréable.

Il percevait maintenant le contact des doigts et de la paume contre sa peau. Nelia dut s'en rendre compte, car elle demanda :

— Cela vous fait du bien ?

— Oui, dit Malko, vous avez des mains merveilleusement douces... J'espère que je n'ai pas de lésions internes, que cela n'aura pas de conséquences.

La jeune femme ne répondit pas, continuant son massage. Progressivement, la sensation éprouvée par Malko se modifiait. La chaleur dégagée par la pommade gagnait l'intérieur et commençait à remonter insidieusement. Malko baissa les yeux sur son ventre au moment où son sexe se redressait tout seul.

— Vous voyez ! s'écria Nelia avec une joie enfantine. Vous êtes presque guéri !

Elle contemplait la verge en érection avec tendresse. Malko ne savait plus où se mettre. Nelia dépassait nettement le rôle d'infirmière attribué par Bill Carter. Celui-ci n'avait sûrement pas prévu ces soins-là. Très naturellement, les doigts cessèrent leur massage et se nouèrent doucement autour de la hampe, la malaxant d'une façon qui n'avait plus rien de médical. Malko éprouvait encore pourtant une certaine gêne. Mais c'était difficile de résister à ces doigts habiles et légers comme des papillons. En même temps, il sentait une pulsion profonde monter de ses reins. Ne sachant si Nelia voulait en venir là, il essaya de se dégager mais la jeune femme l'arrêta d'une voix douce :

— Attendez, vous êtes encore malade. Laissez-moi vous soigner complètement.

Sans transition, un fourreau brûlant se referma soudain autour de lui. Nelia l'avait englouti entre ses lèvres sans cesser son massage et, très lentement, lui administrait une fellation sublime. Vrillant une langue aiguë et souple autour de lui, le chatouillant de sa frange.

Agenouillée au bord du lit, les yeux fermés, concentrée comme une pénitente avant sa première communion. Elle s'interrompit pour demander :

— Cela ne fait pas mal ?

— Non, soupira Malko.

Elle replongea sur lui et il éprouva soudain une sensation nouvelle, incroyable ! Quelque chose de glacé glissait le long de son sexe, roulait contre l'extrémité, alternant avec une langue chaude et vibrante. Il lui fallut quelques secondes pour réaliser que Nelia avait placé dans sa bouche quelques cubes de glace pour pimenter sa prestation. Le résultat était divin, à cause du contraste. Malko n'y résista pas longtemps d'ailleurs et se vida dans la bouche habile avec un grognement de plaisir. Nelia l'aspira jusqu'à la dernière goutte puis se débarrassa des cubes de glace avant de se redresser, ravie.

— Vous êtes presque guéri. Regardez, il est encore tout raide...

Elle se releva, vint vers Malko et l'embrassa légèrement. Celui-ci voulut l'attirer, mais elle se déroba en riant.

— Pas maintenant, dit-elle, il faut vous ménager. Demain, je vous masserai encore. Mais quand vous jouissez, c'est fatigant. Ses yeux brillaient : j'adore faire jouir un homme, ajouta-t-elle. Surtout de cette façon. Quand vous serez mieux, je vous montrerai. Tout à l'heure j'étais obligée de faire attention...

— La glace, c'était pour quoi ?

Nelia rit de bon cœur.

— Une de mes amies avait un amant qu'elle rendait fou avec ça... Elle m'a donné la recette. C'est l'*ice-bite*. Cela permet de faire durer quand on est très excité... Maintenant, je vais vous laisser, Bill m'attend à l'ambassade.

Parfaitement naturelle.

Malko la regarda ranger ses ingrédients, se disant que la prochaine séance risquait de ne pas être triste. Elle avait vraiment l'air d'une petite fille sage avec sa frange et son corps mince, sans la moindre poitrine.

Mais quelle technique ! A ce degré-là, c'était de la technologie. Son séjour à Manille était l'inverse du supplice du pal : cela avait commencé très mal, mais cela continuait nettement mieux.

*
* *

La sonnerie du téléphone l'arracha à un rêve peuplé de songes érotiques et de tortures. Il était attaché la tête en bas et la douce Nelia jouait au jardin des supplices...

C'était son troisième jour de récupération. Il n'avait pas mis les pieds hors de l'hôtel et n'était même pas descendu à la piscine. Il dormait et se laissait soigner par la douce Nelia, une fois par jour. Il fallait que son organisme reprenne des forces. Il en avait sûrement besoin car, comme il venait de le faire, il était capable de s'endormir pour une longue sieste, après toute une nuit de sommeil.

Curieusement, depuis la veille, son téléphone avait sonné plusieurs fois, mais il n'y avait jamais personne à l'autre bout du fil.

Il décrocha, et de nouveau, ce fut le même silence agaçant. Il allait raccrocher, quand une voix de femme demanda rapidement :

— Hans Vogel ?

Malko mit quelques secondes avant de dire « yes ». Il n'était plus dans la peau de son personnage d'emprunt. Il y eu un « blanc », puis la voix insista :

— Vous êtes bien Hans Vogel ?

— Absolument, dit Malko, intrigué.

Encore un silence.

— Quelqu'un aimerait vous rencontrer, Mr Vogel, fit la voix. Vous pouvez vous lever ?

— Oui, je pense, mais je ne suis pas encore sorti.

La voix inconnue ne pouvait signifier qu'une chose. Une possibilité qu'il repoussait encore.

— Qui êtes-vous ? demanda-t-il.

Silence. L'idée cheminait dans sa tête. Inquiétante et surprenante.

La voix reprit, en détachant les mots comme pour leur donner plus de poids :

— Allez à la réception, il y a un message pour vous. Faites ce qu'il vous dit.

La femme raccrocha sans lui laisser le temps de poser des questions. Il demeura pensif. Une sourde gêne à la hauteur de ses testicules lui rappelait le risque, mais d'un autre côté, il se sentait plus solide et la curiosité le poussait à répondre à cette étrange invitation. A part ceux qui l'avaient torturé, Bill Carter et Nelia, il ne connaissait personne à Manille. Et surtout, personne ne le connaissait.

Donc, celle qui lui avait téléphoné était liée à l'opération « June Bride ». Comment l'avait-elle retrouvé au *Manila* ? Savait-elle ce qui lui était arrivé ? D'après ce qu'elle lui avait demandé cela semblait évident... Il restait la question à cent francs, la plus importante : sa fausse identité avait-elle été percée à jour ?

C'était tentant de se rendormir, mais le goût de l'aventure fut le plus fort. Au moins, il n'aurait pas été torturé pour rien. Il alla s'examiner dans la glace de la salle de bains et constata qu'il avait repris à peu près figure humaine, à part les deux balafres de ses tempes, en voie de cicatrisation. Il avait encore des hématomes un peu partout, ses bronches le brûlaient, mais il tenait debout. Les soins de Nelia avaient prouvé que rien d'irréparable n'avait atteint ses parties vitales. Il passa une chemise de voile et un pantalon de lin.

La chaleur l'assaillit dans le couloir, dès qu'il mit le

nez hors de la suite. Un garde en uniforme, armé, veillait près de l'ascenseur. Il descendit dans le hall. A la réception, il y avait bien une enveloppe, à son nom. Il l'ouvrit, le cœur battant. Quelques lignes étaient tapées à la machine :

Prenez un taxi. Jusqu'au Hilton. *Dans le* Hilton *descendez au sous-sol et ressortez par le garage. Prenez un autre taxi jusqu'à l'hôtel* Silahis. *Montez jusqu'à la discothèque* le Stargazer. *On vous attendra.*

Il prit le mot et se dirigea vers la sortie. Dehors, c'était l'atmosphère habituelle de buanderie. En quelques secondes, sa chemise lui collait à la peau.

Le *Hilton* était un bloc vieillot, près du parc Rizal, où des dizaines de gens dormaient à la belle étoile. Il suivit les instructions à la lettre, traversa le lobby qui sentait le moisi, et descendit vers la galerie marchande et le garage. La sortie de ce dernier donnait dans l'avenue opposée à celle de l'entrée principale, Taft Avenue. Il n'eut pas longtemps à attendre avant qu'un taxi s'arrête. Direction le *Silahis*.

L'hôtel se trouvait sur Roxas Boulevard, en bordure de la rade. Relativement moderne. Trente étages, un ascenseur extérieur sur la façade, comme le *Fairmont* de San Francisco. La ressemblance s'arrêtait là, du moins en ce qui concerne la vue. Les cargos ancrés dans la rade sans relief piquaient la nuit de petites lumières. Quelques Philippins étaient montés avec lui, le *Stargazer* se trouvant au vingt et unième étage de l'hôtel. Les hommes, huileux et jaunâtres, le cheveu gras et la joue molle, les filles toutes sur le même modèle, mais ravissantes : jambes fines, poitrine inexistante, visage de poupée et regard assuré. Dès qu'un homme les regardait, elles lui adressaient une œillade encourageante. A croire qu'elles cherchaient toutes l'aventure.

Des rires aigus éclatèrent dans son dos, sans qu'il

sache pourquoi. La nacelle vitrée montait lentement le long de la paroi. Les portes de l'ascenseur s'ouvrirent sur une cohue et un tumulte assourdissants. Un orchestre local tonitruait à partir d'une estrade, au fond de la salle, devant une piste de danse pleine comme un métro aux heures de pointe. Tout autour, des couples flirtaient ou bavardaient dans des sièges profonds. D'autres étaient debout, le long des baies vitrées de la salle.

Malko regarda la foule, interdit. Comment celle avec qui il avait rendez-vous allait-elle le retrouver dans cette cohue ?

Des filles le frôlaient en riant, d'autres se déhanchaient sur la piste, tout près de lui, avec des œillades provocantes. Les hommes évoluaient maladroitement, les femmes avec une grâce naturelle et nonchalante. Il fit le tour de la piste de danse et revint sur ses pas. Debout, près d'une des baies vitrées, il contemplait la rade lorsqu'une voix demanda derrière lui :

— Mr Vogel ?

CHAPITRE V

Malko se retourna brusquement pour se trouver confronté au regard perçant de deux yeux noirs. Ils appartenaient à une femme relativement jeune, aux pommettes saillantes, aux yeux en amande très maquillés. Une grande bouche un peu molle, repoussée en avant par de grandes dents, compensait la dureté des cheveux tirés en chignon. En dépit de la chaleur, elle portait un tailleur de shantung grège, un chemisier de soie et des bas. Les ongles faits, l'allure, les bagues, les boucles d'oreilles et le long fume-cigarette lui donnaient un air sophistiqué, un peu déplacé au *Stargazer*.

Son regard enveloppa longuement Malko, s'attardant aux deux cicatrices sur les tempes. Puis elle dit :

— Ne restons pas ici, allons danser. Il ne faut pas nous faire remarquer.

Il la suivit sur la piste pour un slow-rock. Elle était beaucoup plus petite que lui et dut lever le visage pour que leurs regards se rencontrent. Il réalisa soudain qu'elle tremblait contre lui, de tout son corps mince et nerveux.

— Vous n'avez pas été suivi ? Personne ne se trouvait dans votre chambre ? demanda-t-elle, la bouche contre son oreille.

— Non, dit Malko, et je ne crois pas avoir été suivi.

J'ai pris les précautions que vous m'avez demandées. Qui êtes-vous ?

— C'est moi qui vous ai fait venir à Manille, fit-elle d'une voix aussi sèche qu'au téléphone.

— Ah ! Vous avez été imprudente, alors, fit Malko, on m'attendait...

La meilleure défense était dans l'attaque. Il avait du mal à maîtriser les battements de son cœur. Ainsi, il avait malgré tout le contact avec les mystérieux commanditaires de « June Bride ». Il se dit qu'il devait redoubler de prudence. Cette jeune femme était susceptible de lui poser beaucoup de questions, auxquelles il serait incapable de répondre. Elle le regarda d'un air inquisiteur et méfiant.

— Ils vous ont beaucoup interrogé ?

Là, Malko était en terrain solide.

— Vous voulez que je vous raconte ? fit-il avec une ironie un peu lourde. La « water cure », les coups sur les parties sexuelles, les...

— Non, non, fit-elle, d'une voix radoucie, je sais comment ils sont. J'ai été arrêtée, moi aussi. Mais je ne comprends pas comment ils vous ont relâché si vite...

— Je ne sais pas, dit Malko. Ils ont peut-être eu peur que je meure. Ou alors, ils me tendent un piège.

— Que vous ont-ils dit ?

— Rien. Ils m'ont ramené en ville. Ils ont gardé mon passeport. Ils m'ont dit d'aller à l'hôtel, que je n'avais pas le droit de quitter Manille. Que l'enquête continuait.

— Vous avez été à l'ambassade d'Allemagne ?

— Non, j'ai téléphoné. Si je ne l'avais pas fait, ils auraient eu encore plus de soupçons. J'ai dit que j'avais été sauvagement interrogé, que j'exigeais qu'on me rende mon passeport...

Elle hocha la tête, avec approbation.

— C'est bien. Mais vous avez raison, ils vous tendent sûrement un piège.

La musique devenait de plus en plus assourdissante.

— Je n'ai rien dit. Je me suis accroché à ma couverture.

— Bien sûr, répondit la jeune femme en criant presque. Si je ne savais pas qui vous étiez, je ne vous aurais jamais contacté. Même ainsi, c'est risqué. Ils vous surveillent. Mais ils sont trop gourmands.

— C'est vrai que vous avez pris un risque, dit pensivement Malko.

— Nous n'avions pas le choix.

— Comment m'avez-vous retrouvé à l'hôtel ?

— Je savais que vous deviez y descendre. Nous avons appris que vous aviez été libéré, sans plus de détails. J'ai pensé que vous alliez revenir au *Manila*. J'ai vérifié, plusieurs fois, c'est tout.

— Et s'ils ne m'avaient pas relâché ?

— Je ne sais pas ce que nous aurions fait, dit la jeune femme.

Malko la sentait plus en confiance. Il décida de passer à l'offensive.

— Et vous, demanda-t-il, comment m'avez-vous reconnu ici ? Qui me dit que vous n'êtes pas une provocatrice ?

Elle eut un sourire sans joie.

— Vous avez raison, nous devons nous méfier de tout. C'est notre ami, celui qui est venu vous voir dans votre cellule qui vous a décrit. Deogracias. Je crois que ce soir, nous ne risquons rien. Même s'ils se doutent de quelque chose, ils veulent que je morde à l'hameçon. Il faudra être plus rapide qu'eux, bientôt. Sinon...

— Sinon, quoi ?

Il baissa les yeux sur les yeux noirs pleins de vie.

— Sinon, dit-elle, vous vous retrouverez à la « water cure » et moi, j'aurai des électrodes dans le vagin. Ou ils me violeront avec des bambous aiguisés. J'ai été arrêtée deux fois et j'ai passé six semaines à Camp Crame. Un jour, nous nous vengerons. Il y en aura des têtes à couper...

Sa voix était devenue glaciale. Cette féroce profession de foi contrastait curieusement avec l'environnement du *Stargazer*. L'orchestre s'arrêta et la jeune femme dit brusquement :

— Venez, il ne faut pas tenter le diable...

— Pourquoi m'y avoir donné rendez-vous ?

— C'était facile à trouver. Ici, on se perd dans la foule, une femme seule peut y venir sans attirer l'attention. Mon mari aimait bien... Elle tourna la tête vers lui. Il est mort. Dans les maquis du Nord avec le New People Army. Venez...

Elle se dirigea la première vers l'ascenseur qui venait de déverser un lot de clients. Au moment où Malko l'y rejoignait, un groupe y pénétra, composé d'un très jeune homme en jean, d'une fille blonde aux yeux verts et de trois Philippins bien nourris, massifs, les yeux sans cesse en mouvement. La jeune femme se raidit, et son regard ne quitta plus le jeune Philippin grassouillet et frisé tout le temps que la cabine mit à descendre. Le jeune homme se frottait éhontément contre sa cavalière, appuyée à la paroi vitrée. Les trois « gorilles » tournaient pudiquement le dos. Ils sortirent les premiers, écartant sans douceur les gens qui s'apprêtaient à monter. Malko aperçut sous leurs chemises à fleurs des bosses révélatrices. Le jeune homme monta dans une Mercedes 200 garée devant le porche et prit le volant. Ses trois anges gardiens sautèrent dans une Toyota, qui démarra derrière. Une voiture de police avec un phare sur le toit déboucha du parking et suivit, imitée par une grande américaine noire avec deux hommes à bord et une sirène invisible qu'elle déclencha pour se dégager. Malko regardait le petit convoi, intrigué. La jeune femme le rejoignit et dit d'une voix étranglée par l'émotion :

— Vous avez vu ? C'est le fils de Marcos !

Cela augurait bien, pour son père ! Malko suivit la jeune femme jusqu'au parking où elle ouvrit la portière d'une petite Datsun cabossée de couleur sombre. L'intérieur était si exigu qu'ils se touchaient. Elle prit Roxas Boulevard en direction du nord et tourna le long du parc Rizal, s'enfonçant vers l'intérieur de la ville.

— Que s'est-il passé ? demanda soudain Malko. Pourquoi est-ce que j'ai été arrêté ?

Son guide fumait même en conduisant. Elle retira la cigarette de sa bouche pour dire :

— Octavo était imprudent. Il parlait trop. Ils ont mis sa ligne sur écoute et ont appris qu'il se tramait quelque chose. Quand ils sont venus, il a voulu s'enfuir et ils ont tiré, ces imbéciles. Ensuite, ils ont fait leur mise en scène pour vous impressionner. Heureusement qu'ils ont tiré.

— Pourquoi ?

— Parce qu'il aurait tout dit.

Triste épitaphe... Ils franchirent un pont métallique sur la Pasig, la rivière coupant Manille en deux d'est en ouest.

— Où allons-nous ? demanda Malko.

— Dans un endroit sûr, répliqua sa compagne. Pour faire le point. Le pire est qu'ils risquent de vous expulser et ce sera difficile de vous faire revenir. Mais j'ai prévu cela.

— Comment ?

— Je suis en train de vous chercher une planque hors de Manille, pour attendre le moment de l'action...

Ils montaient Quezon Boulevard droit vers l'est. Une énorme enseigne apparut sur la droite : *Pepsi-Cola.* C'était une usine de mise en bouteilles. Tout de suite après, la jeune femme tourna dans une rue étroite et sombre, bordée de hauts murs. Elle écrasa sa cigarette dans le cendrier et gronda :

— Vous avez vu ce petit salaud, tout à l'heure ! Son arrogance. A vingt et un ans, il est vice-gouverneur. Aussi ambitieux que sa mère, la *first lady.* Celle-là, c'est la pire. Tous les grands hôtels lui appartiennent, elle a fait mettre des robinets en or dans une de ses suites personnelles. Elle est gouverneur du Grand Manille, ministre de l'Environnement et le président a été obligé de promettre publiquement qu'il ne la nommerait pas Premier ministre, tellement elle est avide de pouvoir.

— Elle fait de la politique ?

— Bien sûr, on dit même qu'elle voudrait lui succéder. Elle a une ambition démesurée et une soif d'argent sans limites. Elle se promène toujours avec des sacs pleins de billets, mais elle ne veut rien payer. On dit qu'elle a fait nationaliser Philippine Airlines parce qu'on avait voulu lui faire payer un billet... Pendant ce temps, une bonne gagne cent cinquante pesos (1) par mois...

Elle freina brutalement et s'engagea dans un grand portail, ouvert malgré l'heure tardive. Malko aperçut dans la lueur des phares un vaste parc en friche, avec des bâtiments un peu partout.

— Où sommes-nous ? demanda-t-il.

— Dans un couvent. Là-bas au fond, c'est le coin réservé aux religieuses qui ne sortent jamais. Mais il y a des bâtiments administratifs et une école. On me laisse une petite pièce quand j'en ai besoin et la police

(1) Cent pesos : soixante-douze francs environ.

de Marcos n'ose pas venir ici. Nous sommes sous la protection de Mgr Sin, ajouta-t-elle, il est très puissant, c'est l'évêque de Manille.

« Curieux nom pour un évêque », se dit Malko. (1)

Ils traversèrent une pelouse déserte, puis un bâtiment vide et prirent un ascenseur. Avec une clef sortie de son sac, la jeune femme ouvrit ensuite la porte d'un bureau, petit, mais bien agencé. Les murs étaient couverts d'affiches dénonçant les horreurs de la répression de Marcos, il y avait des cartes et des fichiers partout. Pour la première fois depuis leur rencontre, Malko eut l'impression que son guide se détendait imperceptiblement. Elle alluma une grosse lampe de bureau, mit une cigarette dans son fume-cigarette, allongea ses pieds sur le bureau et fixa Malko d'une façon incroyablement intense. Après avoir tiré une longue bouffée, elle demanda soudain :

— Comment avez-vous entendu parler de nous ?

Malko s'attendait à ce contre-interrogatoire et ne se troubla pas. Il sourit.

— Je devrais plutôt demander comment *vous* avez entendu parler de moi...

Elle, ne souriait pas.

— Vous le savez, je suppose, dit-elle. Vous habitez Hambourg, n'est-ce pas ?

— Oui.

— C'est là-bas que l'on vous a contacté ?

Les yeux de Malko se posèrent sur elle avec une expression plus que froide.

— Ecoutez, dit-il, je n'ai pas l'habitude de répondre à ce genre de questions. Pour que nous n'en reparlions plus, je peux vous dire que j'ai été recruté par « Maxime », à Bruxelles. Cela vous suffit ?

La jeune femme sembla rassurée par cette préci-

(1) *Sin* signifie péché en anglais.

sion. Elle se força à sourire, découvrant de grandes dents un peu jaunes.

— Ne vous fâchez pas. Ici, nous travaillons dans des conditions difficiles. De nombreux camarades ont été arrêtés, torturés, et même assassinés. Les gens de Marcos sont féroces.

Malko sentit que le nom de « Maxime » était un sésame. La comploteuse s'était visiblement détendue. De plus, un point était acquis : elle ne connaissait physiquement « Hans Vogel » que par la description du prisonnier de Camp Crame. Peu à peu, il faisait son trou, mais il restait à la merci de tant de choses...

— Je ne sais même pas votre nom, dit-il.

Elle sourit.

— Mon nom de code est Magda. Vous le savez...

Malko sentit passer le vent du boulet... Si elle lui avait posé la question...

— Et l'autre ?

— Sheilah Calampang.

La jeune femme semblait maintenant vraiment rassurée. Elle demanda :

— Vous êtes toujours d'accord pour remplir votre contrat ?

— Pourquoi pas, dit Malko, si c'est possible ? Et puis il y a eu déjà des frais importants engagés.

Sheilah Calampang balaya les frais d'un geste de son fume-cigarette.

— Vous allez toucher vingt-cinq mille dollars comme prévu. Vous aurez le reste après.

Seconde alerte. Il avançait vraiment en terrain miné.

— Je n'ai plus d'argent, dit Malko. Ces salauds m'ont tout pris. Ils m'ont seulement rendu deux cents dollars et ma Seiko !

— Vous serez réglé très vite, mais de toute façon, là où vous passerez le reste de votre séjour, vous n'aurez pas besoin d'argent...

— Ils ne risquent pas d'être alertés si je disparais de l'hôtel ? Et cela rendrait l'opération impossible.

— Oui, reconnut-elle, mais demeurer à l'hôtel est encore plus dangereux. Ils peuvent vous arrêter de nouveau sans crier gare, et alors... Non, partir est la meilleure solution.

Malko s'attendait à chaque seconde à ce qu'elle lui parle de Nelia, puisque tout laissait croire qu'il avait été surveillé, mais rien ne vint.

Apparemment, ses complices ne devaient pas se risquer à *l'intérieur* de l'hôtel. En plus, en dépit de son allure décidée, Sheilah Calampang semblait loin du professionnalisme des terroristes européens. Tout cela sentait un peu le romantisme et l'improvisation.

Elle demanda soudain :

— Vous savez ce que vous avez à faire ?

— A peu près, je sais seulement que ce ne sera pas facile.

— Ce sera très difficile, souligna la jeune femme. Dans son palais de Malacanang il est impossible d'attaquer le président. Or, il en sort très peu. Pour se rendre à Baguio, sur son yacht, à quelques réunions politiques. Il se déplace, soit en hélicoptère, soit avec un convoi de six limousines identiques avec des glaces noires. On ne sait jamais dans laquelle il se trouve... En plus, il y a des voitures de police devant et derrière et on ne connaît jamais les horaires d'avance.

Malko appuya ses reins douloureux au dossier du petit canapé. Sheilah en profita pour allumer une autre cigarette.

— Où est l'astuce ? demanda-t-il. Je ne suis pas Superman...

La jeune communiste eut un sourire venimeux.

— Nous savons où se trouvera Ferdinand Marcos à un jour donné et à une heure précise. Ensuite, c'est une simple question technique. Etes-vous capable de toucher la tête d'un homme à une distance de cent cinquante mètres environ ?

— Quelle arme ?

— Probablement une Armalite ou un M 16 avec une lunette.

— Il faut que je puisse m'entraîner au moins une fois avec l'arme. Que j'aie un lot de cartouches homogènes et une bonne visibilité. Et que je ne sois pas dérangé.

— Vous aurez tout cela.

Le silence retomba. Malko éprouvait une impression bizarre en face de cette femme à la fois fanatique et pleine de charme. Ce petit bureau douillet, dans cet immeuble désert, ce projet fou d'assassiner Marcos, tout cela semblait un peu irréel. Et pourtant, ce qu'il avait subi n'était pas un fantasme...

— Je voudrais vous poser une question, dit-il. Je sais que cela ne me regarde pas, mais quand même.

— Dites.

De nouveau, elle tirait nerveusement sur sa cigarette. Exaltée et dangereuse, se dit Malko. La jupe de shantung avait remonté, révélant une cuisse charnue et l'attache d'un bas. Les chevilles étaient fines, les jambes bien galbées. Il se demanda de nouveau soudainement s'il n'était pas en train de tomber dans un piège. Il suffisait qu'il ait omis un signal de reconnaissance pour que Sheilah ait des soupçons.

— Il ne doit pas manquer de gens sachant se servir d'une carabine avec une lunette, remarqua-t-il. Pour le dixième de ce que vous m'offrez. Pourquoi tant de complications ?

Le sourire cruel réapparut, déformant la bouche molle.

— Toutes les tentatives précédentes contre Ferdinand Marcos ont échoué pour la même raison, expliqua patiemment la jeune femme. La qualité des participants. Des amateurs. Il nous fallait un professionnel comme vous, camarade Vogel. En plus, nous ne voulons pas, si on parvient à savoir qui a agi, que l'on puisse relier l'exécuteur du président à la politique intérieure de notre pays. Vous comprenez ?

— Je vois, dit Malko. Encore une chose, qu'espérez-vous en liquidant Marcos ? C'est un général qui va prendre sa place. Quelqu'un accepté par les Américains. Je me suis un peu renseigné avant de venir ici. Alors, à quoi cela sert-il ?

— Camarade Vogel, fit sèchement Sheilah Calampang, ceci est notre problème, pas le vôtre. Votre mission accomplie, vous repartirez, après avoir été correctement rémunéré.

— Je ne m'inquiétais pas, corrigea Malko, je m'interrogeais.

Il avait visiblement touché un point sensible. Les coins de la bouche de Sheilah Calampang s'étaient abaissés et elle le fixait avec un air carrément méchant. Montrant son autre visage. Celui d'une fanatique ne reculant devant rien.

— Ne vous interrogez plus, dit-elle d'une voix coupante. Nous vous avons choisi pour plusieurs raisons : l'une d'elles étant que vous ne posez pas de questions.

— Je n'en poserai plus, promit Malko. Sauf une. Quand dois-je agir ?

— Voilà une question intelligente, dit la jeune femme d'une voix radoucie. A laquelle je peux vous répondre. Vous frapperez le quinze juin.

— C'est sûr ?

— C'est certain. Demain ou après-demain, je vous montrerai où, afin que vous puissiez réfléchir aux données techniques. Ensuite, vous irez vous reposer et vous entraîner.

CHAPITRE VI

Bien qu'il s'y soit préparé, Malko ne put s'empêcher de ressentir un léger pincement au cœur, devant la calme certitude de Sheilah Calampang. Bill Carter avait raison. L'opération « June Bride » n'était pas une plaisanterie. La jeune femme étendit le bras et éteignit la lampe.

— Nous allons partir, dit-elle, vous ne pouvez pas rester ici, malheureusement. Il me faut un jour ou deux pour vous organiser une retraite sûre. J'espère que rien ne se produira d'ici là. Je ferai le plus vite possible.

— Vous ne pensez pas qu'on me surveille ?

— C'est probable, reconnut-elle. Mais si on vous demande ce que vous avez fait ce soir, dites la vérité : vous êtes allé au *Stargazer*. Chercher des filles.

Elle éteignit tout et le poussa hors du bureau. La température avait un peu baissé, mais il faisait encore plus de trente degrés. Le parc était toujours aussi sombre et désert. En remontant en voiture, Sheilah Calampang recommanda :

— En aucun cas, si vous étiez de nouveau arrêté, ne parlez de cet endroit. Je ne suis pas censée avoir les clefs. Ils embarqueraient tout le monde.

— Vous êtes « clandestine » ? demanda Malko.

— Oui, depuis un an déjà. Mais, à Manille, c'est

assez facile. A condition de prendre certaines précautions. Je vais vous ramener au *Manila*.

— N'oubliez pas l'argent, répéta Malko. Il me reste deux cents dollars...

— Je n'oublierai pas, fit Sheilah Calampang avec une certaine sécheresse.

Quelques instants plus tard, ils débouchèrent dans Quezon Boulevard, désert, et dévalèrent vers le centre par un itinéraire différent de celui qu'ils avaient emprunté à l'aller. La jeune femme conduisait vite et bien. Brusquement le boulevard désert fit place aux néons, à l'animation d'un quartier populaire, à la sarabande des jeepneys. Malgré l'heure, cela grouillait de monde et les klaxons incessants des jeepneys étaient aussi assourdissants qu'en plein midi. Ils venaient d'arriver à l'extrémité de Rizal Avenue, au nord de la rivière Pasig ; Sheilah Calampang se tourna vers Malko.

— Voilà Tondo, annonça-t-elle, le plus grand bidonville du monde. Ce qu'on n'a pas osé montrer au pape. Quand vous aurez fait ce que vous devez faire, les gens danseront toute la nuit, ici !

Elle donna un brusque coup de volant pour éviter un cochon rose attaché à une corde en train de se régaler des ordures d'un caniveau. Un jeepney les doubla et stoppa, vomissant une grappe de filles très jeunes, en minijupes au ras des fesses, maquillées comme de vieilles putains. Elles se fondirent dans l'animation de l'avenue en se tenant par les bras.

— Ce sont des putes, fit Sheilah. Elles se vendent pour deux ou trois pesos aux chauffeurs de taxis. Elles ont entre dix et quatorze ans. Manille est la ville du monde où il y a le plus de prostitution. Vous n'avez pas eu le temps d'aller à Mabini, dans la Tourist Belt, vous verrez.

Malko qui avait connu Saïgon et Bangkok n'était

pas impressionné. Ils traversèrent le quartier chinois, tout aussi animé, passant ensuite devant les vieilles fortifications de l'ancienne Manille et le haut building du *Manila Hotel* apparut enfin. Sheilah s'arrêta devant l'entrée du parking, sur Roxas Boulevard.

— A demain, je pense, on vous contactera, moi ou quelqu'un d'autre. Vous ne pouvez pas rester longtemps. S'ils vous déportent, ce sera irréparable.

Elle lui serra la main et redémarra aussitôt, grillant le feu rouge, continuant tout droit sur Roxas.

Malko regarda ses feux se fondre dans la masse sombre de Rizal Park, avec un certain malaise. Il avait déjà connu des femmes comme Sheilah Calampang et il savait qu'elles n'étaient pas faciles à manier. Il avait passé son premier examen avec succès, du moins le pensait-il, mais le risque subsistait. Si elle s'apercevait qu'il n'était pas Hans Vogel, elle n'hésiterait pas à le liquider. Encore une intéressante partie de roulette russe. Il lui restait à connaître le lieu de l'attentat. Ensuite, il pourrait décrocher, passant la main aux Philippins. Encore quelques heures de tension nerveuse... Il traversa le parking et retrouva avec joie l'immense hall climatisé, désert à cette heure tardive. Il éternua six fois en trois mètres : la différence de température.

*
* *

Une foule compacte campait sous les superbes fanions bordant Roxas devant la chancellerie de l'ambassade américaine. Tous les candidats à l'immigration. Du coup des restaurants en plein air, des marchands de pacotille s'étaient installés devant les grilles. Malko se dirigea vers le bâtiment de l'ambassade blotti au fond d'un parc, style colonial majestueux. Il n'était pas venu directement du *Manila*, ayant pratiqué une rupture de filature via le garage du *Hilton*. Au cas où Sheilah Calampang eût été plus méfiante que prévu. Les soins de Nelia faisaient leur effet et il se sentait nettement mieux. Une secrétaire le mena jusqu'au troisième étage où Bill Carter l'accueillit chaleureusement. Son bureau jouxtait celui de l'ambassadeur.

— Nelia m'a dit que vous alliez mieux, fit-il.

— Elle a été merveilleuse, confirma Malko.

— Très chic fille ! dit l'Américain. Je me demande si je ne vais pas l'emmener quand je partirai. Elle en a tellement envie. En plus, elle sait faire la cuisine, elle est douce, soumise, jamais un mot plus haut que l'autre. Les femmes ne sont plus comme ça chez nous.

Malko se retint de lui apprendre que c'était également une superbe salope et laissa le chef de station de la CIA à son lyrisme amoureux. Ce n'était pas le moment de casser du sucre sur le dos de la douce Nelia qui lui avait promis une nouvelle séance de rééducation pour la fin de la journée. Par téléphone, elle s'était excusée de n'avoir pu venir le matin, étant retenue par ses cours. Aimable conscience professionnelle...

— Quoi de neuf ? demanda Bill Carter.

— Contre toute attente, annonça Malko, j'ai été contacté.

— Par qui ? sursauta l'Américain.

— Devinez.

Malko fit le récit de sa soirée. Bill Carter, par l'interphone, demanda aussitôt à sa secrétaire s'il existait un dossier sur Sheilah Calampang. Le temps pour Malko de terminer son histoire avec un point d'interrogation. Que faire ?

— Evidemment, le plus simple est de contacter mes homologues philippins, dit l'Américain, de leur donner le nom de cette fille et de les laisser se démerder. Seulement...

— Seulement quoi ? fit Malko, faussement ingénu.

— Ça serait encore mieux de leur apprendre le lieu de l'attentat, avança Bill Carter, une lueur gourmande dans ses yeux bleus.

Malko ne répondit pas tout de suite, contemplant les cargos ancrés dans la baie, dominés par de gros nuages noirs. Il allait encore pleuvoir. Ici, dans ce bureau climatisé, élégant, on oubliait la chaleur inhumaine, les conditions de vie effroyables. C'était comme une capsule spatiale. Il imagina Sheilah Calampang dans une cellule, nue, écartelée par des électrodes, les humiliations qu'un personnage comme le caporal Robustano pouvait lui faire subir.

— Bon ! dit-il, je vais continuer. Revoir Sheilah Calampang. Apprendre le lieu de l'attentat. Mais ne comptez pas sur moi pour la livrer aux Philippins. J'ai vu comment ils traitent leurs prisonniers.

— Parfait, parfait, assura Bill Carter. Ce qu'il faut, c'est remonter plus haut. Et être très prudent avec ceux que vous voyez. S'ils savaient qui vous êtes, ils n'hésiteraient pas à vous couper en morceaux. Ne vous laissez pas embarquer dans un maquis. On ne pourrait plus vous récupérer... Arrangez-vous pour rester à Manille.

— Je ferai ce que je pourrai, dit Malko. Autre chose. Est-ce que je suis suivi ?

Bill Carter hésita.

— Je ne pense pas. Le général Aguirre a donné des ordres pour qu'on vous laisse tranquille.

— Voilà ce que j'aimerais, dit Malko. Il est possible que Sheilah Calampang me fasse surveiller. Je suis censé l'être par ceux qui m'ont arrêté. Si elle ne voit personne, elle risque de se méfier. Pouvez-vous vous arranger pour que je sois filé, mais mollement ?

Chaque fois que j'aurai un rendez-vous, je ferai une rupture de filature. Il suffit que ceux qui me suivent s'y laissent prendre.

— Je crois que c'est possible, fit l'Américain. Vous avez mille fois raison. Nous ne serons jamais assez prudents. Je vais contacter le général Ver qui coordonne toute la lutte antiterroriste. Il va m'arranger ça. C'est fantastique que vous ayez appris déjà la date de l'attentat ! Et maintenant le lieu !

Il jubilait. Un élancement dans les testicules rappela à Malko que tout n'était pas rose dans sa « réussite ». Bill Carter semblait avoir chassé de son esprit l'épisode plus que déplaisant du caporal Robustano.

On frappa à la porte. Une secrétaire blonde avec un chemisier transparent ondula jusqu'à un classeur métallique gris fermé par une combinaison, trifouilla les mollettes et sortit un dossier rouge qu'elle posa devant Bill Carter.

— Voici ce que vous avez demandé, Sir. C'était dans le NPA.

L'Américain ouvrit le dossier et en sortit une photo qu'il montra aussitôt à Malko.

— C'est elle ?

— C'est elle, confirma Malko.

C'était une mauvaise photo d'identité de Sheilah avec des cheveux courts frisés, pas de maquillage, mais le doute n'était pas possible.

Bill Carter se plongea dans le dossier.

— Voilà, dit-il. Sheilah Calampang était journaliste au *Bulletin*. Son mari aussi. Tous les deux membres du parti communiste clandestin. Lui a été arrêté il y a deux ans et « salvaged ».

— Qu'est-ce que cela signifie ?

Bill Carter eut l'air légèrement embarrassé.

— C'est le terme que les militaires emploient pour les prisonniers dont ils se débarrassent discrètement...

Sheilah a été arrêtée, jugée, et a accompli dix-huit mois de prison. Arrêtée de nouveau, il y a huit mois, elle s'évade d'un centre de tri. Depuis, on en a plus entendu parler. Le Military Intelligence Unit la croit dans le Nord avec des guérilleros du New People Army.

— Ils se trompent, souligna Malko. Elle semble vivre à Manille.

Bill Carter referma le dossier.

— Il n'y a rien de très intéressant là-dedans. Quand même une chose étonnante. C'est la première fois que je vois une femme comme Sheilah Calampang, communiste convaincue et un homme comme Octavo Limay, qui fait partie des activistes catholiques, dans le même bateau...

« Autre chose, les communistes n'ont pas d'argent. Ce complot semble disposer de fonds importants et de complicité dans l'oligarchie locale. Octavo Limay n'était pas précisément un cas social. Il nous manque un chaînon qu'il faudrait retrouver. Vous avez été recruté par un service de l'Est, travaillant sur une « commande » des communistes d'ici. C'est un fait.

— Vous voulez dire que les communistes dans cette affaire, roulent pour quelqu'un d'autre ? Ce n'est pas leur habitude...

— En effet, dit l'Américain. Mais nous sommes en Asie, il y a toujours des alliances insolites. Vous allez peut-être découvrir des choses intéressantes. Un autre point m'intrigue aussi. Comment peuvent-ils être aussi bien renseignés sur les déplacements du président, au point de pouvoir fixer le jour et le lieu de l'attentat ? Les gens du NPA n'ont pas de liens avec l'Establisment. Même un homme comme Octavo Limay n'est pas assez proche de Malacanang (1) pour obtenir ce genre d'information. C'est peut-être ce

(1) Le palais présidentiel.

qu'il y a de plus troublant dans toute cette histoire.

Il reprit le dossier et le parcourut.

— Tiens, dit-il, je vois là que Sheilah Calampang s'était fait arrêter parce qu'elle essayait de pousser de jeunes prostituées à manifester contre le gouvernement. D'ailleurs, ça n'avait pas marché. Ici, la prostitution est tellement passée dans les mœurs...

— Les Philippines n'ont pas l'air très farouches, remarqua Malko.

— Non, avoua Bill Carter, vous savez, les gens d'ici sont des Tamils, des Malais doux et paresseux pour qui la morale sexuelle est une chose inconnue. En plus, ils sont pauvres, et, pour la plupart des filles, la prostitution est la seule façon de survie ; il en arrive tous les jours de la campagne, des dizaines qui veulent gagner quelques pesos avec leurs charmes. Hier, le *Bulletin* se plaignait que les gens de l'île de Cebu vendent leurs filles de douze ans aux Japonais...

Beau pays... Malko regarda le dossier rouge. Il n'en sortirait rien de plus. Il était temps de replonger dans la fosse aux serpents.

— Je vous donnerais bien une arme, suggéra Bill Carter, mais cela risquerait d'étonner Sheilah Calampang. Comment auriez-vous pu vous la procurer ?... Et puis, avec les contrôles à l'hôtel... Enfin, faites attention, je peux vous sortir d'une prison, pas d'un cimetière.

— Je ne tiens pas à me faire enterrer à Manille, affirma Malko. Et en fait d'arme, j'ai mon pistolet extra-plat. Dans le double fond de ma valise...

— Laissez-le là pour le moment.

***

Les premières grosses gouttes de l'averse quotidienne commençaient à s'écraser sur l'asphalte quand

Malko émergea de son taxi et courut jusqu'au porche du *Manila.*

Le lobby grouillait d'animation. Il venait de prendre sa clef lorsqu'il aperçut Nelia. Elle vint vers lui, radieuse.

— J'ai terminé mon cours plus tôt, annonça-t-elle. Je venais vous dire bonjour. Je n'ai pas beaucoup de temps.

Dehors, la tornade se déchaînait, des trombes d'eau inondaient la chaussée.

— Vous n'allez pas repartir avec un temps pareil, dit Malko. Allons déjeuner.

— Vite, alors, dit Nelia.

Ils essayèrent la cafétéria. Celle-ci était pleine de touristes trempés qui avaient reflué en désordre de la piscine, chassés par l'averse. Malko et Nelia trouvèrent le calme dans la grande salle à manger au décor colonial, dont les fenêtres donnaient sur le jardin du *Manila.* Ils se servirent au buffet froid et prirent une table à l'écart. Nelia picorait avec des mines timides. Elle s'absenta pour aller téléphoner.

— J'ai dit à Bill que je ne pouvais pas déjeuner avec lui, annonça-t-elle, en revenant. Que j'étais coincée dans un quartier où il n'y avait pas de taxis...

— Vous ne lui avez pas parlé de la rééducation ? ne put s'empêcher de demander Malko.

Nelia pouffa en baissant la tête dans son assiette sans répondre, et sa jambe s'enroula autour de celle de Malko sous la table. Ses yeux brillaient et elle expédia son dessert — une crème caramel immonde — refusa son café et suivit Malko jusqu'à sa suite, très naturellement. La pluie continuait à noyer Manille. Sans se déshabiller, Nelia s'allongea près de Malko et commença à le masser doucement, après lui avoir ôté ses vêtements méthodiquement.

— Vous n'avez plus mal ? demanda-t-elle anxieusement.

— Je ne sais pas, fit Malko avec une hypocrisie dont elle ne fut pas dupe.

Les doigts habiles de Nelia avaient déjà obtenu un résultat. Ses ongles couraient le long du membre, en une caresse impalpable mais efficace. Puis, ils se promenèrent sur l'extrémité gonflée d'une façon si habile que Malko commença à sentir les premiers frémissements annonciateurs de plaisir. Nelia ôta ses mains, remplacées aussitôt par une langue pointue qui semblait être partout à la fois. Puis elle écarta ses petites dents nacrées et fit entrer doucement le membre dans sa bouche. Il n'en ressortit plus. La jeune femme semblait avoir une bouche extensible, un palais en caoutchouc. Elle se livrait à la fellation avec une sorte de fureur. Jusqu'à ce que Malko gémisse sous la poussée du plaisir. Nelia se redressa, les joues rouges, regarda sa montre et poussa un petit cri.

— Oh, il faut que je m'en aille !

Malko l'attira. Il avait envie de la prendre, mais elle le repoussa farouchement.

— Non, pas encore. Il ne faut pas vous fatiguer.

Elle s'enfuit en riant, laissant Malko à la fois repu et frustré. Quel drôle de personnage.

La pluie continuait à fouetter les vitres, diluvienne, décourageante. Une chape couleur de plomb recouvrait Manille. Il regarda le téléphone. Quand allait-il sonner ? Où allait-il se retrouver ? Avec un temps pareil, il n'avait rien à faire d'autre qu'attendre. Il se dit que si Sheilah Calampang lui posait une question sur Nelia, il lui dirait l'avoir rencontrée dans le lobby, et draguée. Dans une ville comme Manille, cela n'avait rien d'invraisemblable.

Il mit la télé pour passer le temps, pensant à son

château dont il n'avait même pas la photo sur lui, à cause de sa fausse identité.

*
* *

L'orage avait diminué, mais depuis quelques minutes, de nouvelles trombes d'eau s'abattaient sur Roxas Boulevard, noyant la circulation. Malko s'étira. La télé était inregardable, il avait fait la sieste, pris une douche et pensait à Nelia. Dommage qu'elle ne puisse rester à demeure. Cette vie végétative commençait à lui peser, maintenant qu'il se sentait mieux.

Le téléphone sonna enfin. Il se précipita vers l'appareil. C'était une voix d'homme.

— Hans Vogel ?

— *Ja,* dit Malko.

— La personne qui vous doit de l'argent voudrait vous voir, annonça l'inconnu. Pouvez-vous vous faire déposer par un taxi dans une heure, au coin de l'avenue Jose Abad Santos et de Banbang Street ? A tout à l'heure.

Il avait raccroché.

Malko se dit que, cette fois, l'opération « June Bride » commençait vraiment.

CHAPITRE VII

Malko fixa le téléphone noir, partagé entre l'excitation et l'angoisse. Ce qu'il avait subi l'avait marqué et il éprouvait brusquement une appréhension viscérale à l'idée de quitter cette suite confortable pour Dieu sait quoi. Il alla dans la salle de bains et le miroir lui renvoya le reflet de ses yeux dorés encore striés de vert. Ils avaient repris leur éclat mais les deux cicatrices et un hématome sous l'œil gauche lui rappelaient ce par quoi il était passé. Il s'habilla sans se presser puis appela Bill Carter.

— *Take care,* dit l'Américain. J'ai transmis votre demande et tout est en place.

— A bientôt, dit Malko.

Dommage que Nelia ne soit pas là pour un ultime viatique.

Une demi-heure plus tard, il descendit dans le hall. Une douzaine de personnes attendaient sous l'auvent de la grande porte la fin de l'averse tropicale. Le portier appela un taxi pour Malko et l'y escorta à l'abri d'une immense ombrelle jaune. Roxas Boulevard était transformé en un véritable lac, où quelques rares piétons couraient d'arbre en arbre. Le ciel était bas, plombé. Derrière les vieux murs de la ville, la cathédrale de Manille ressemblait à un clocher breton.

Plus il montait vers le nord, plus la circulation s'intensifiait. Les jeepneys grouillaient comme des escargots sous la pluie. Laissant Binondo, le quartier chinois, sur sa droite, le taxi franchit la Pasig. L'eau du ciel semblait diluer les masures faites de boue séchée entassées sur les berges de ce qui s'apparentait plus à un égout à ciel ouvert qu'à une rivière. On entrait dans le Manille pauvre. Le taxi passa devant la vieille gare de Tutuban, prête à s'écrouler avec ses bâtiments moisis et verdâtres, puis s'engagea dans Jose Abad Santos, montant droit vers le nord, bordée des deux côtés de taudis misérables. Cœur du bidonville de Tondo.

L'avenue, avec son muret central, ressemblait un peu à Lennox Avenue, dans Harlem. Les jeepneys se traînaient à six de front dans un concert dément de klaxons, les trottoirs étaient encombrés d'une multitude de marchands en plein air, d'éventaires insolites, de chômeurs allongés à même le sol, le tout dans l'habituelle température de bain turc. Le taxi stoppa au coin d'une rue étroite s'enfonçant dans la mer des taudis et le chauffeur jeta un regard étonné à Malko. Dans ce coin, en plein jour, des gangs attaquaient les jeepneys. Alors, un étranger seul... Malko paya. Dieu merci, la pluie avait cessé brutalement. Comme si on avait fermé un robinet.

Il était à peine descendu qu'un gosse nu-pieds s'approcha de lui avec un sourire canaille.

— *Little girls, Sir, very nice, very young.* (1)

Comme Malko ne répondait pas, le gosse cracha d'un air dégoûté et s'éloigna. Pour être aussitôt remplacé par un autre, un peu plus âgé, quatorze ans peut-être. Crasseux, un T-shirt élimé de couleur indécise, un pantalon troué, nu-pieds, une cartouche de

(1) Petites filles, très jolies, très jeunes.

cigarettes à la main. Des yeux gouailleurs, une maigreur effrayante, mais pleine de vitalité. Il se planta devant Malko, et annonça :

— *My name is Teofilo. You come.*

— *Where ?* demanda Malko.

— *You meet your friend,* insista Teofilo. *He waits.* (1)

C'était ça le « contact ». Déjà le gosse se lançait au milieu des jeepneys pour traverser. Malko dut le suivre ; zigzaguant entre les occupants des trottoirs. Des marchands ambulants, leur camelote étalée à même le sol protégée par des plastiques : soutiens-gorge, cigarettes, journaux, maïs, œufs de cane, amulettes, tickets de loterie. Teofilo se baissa et prit un œuf de cane qu'il goba, puis tendit la main vers Malko.

— *One peso.*

Difficile de refuser.

Ils s'engagèrent dans une rue bordée de masures noirâtres où des flots d'enfants s'agitaient comme des fourmis. Quelques carcasses de voitures alignées le long des trottoirs servaient de poulaillers et de garde-cochons. Une dizaine de gosses s'exerçait au basket-ball avec des mâts plantés au beau milieu de la chaussée. Tout le monde était dehors, fuyant les cabanes où des rats auraient étouffé. A côté de ça, Spanish Harlem, c'était le super-luxe.

Teofilo se faufilait dans la cohue, se retournant souvent pour vérifier la présence de Malko.

Une fille très jeune, avec un semblant de poitrine, s'approcha de celui-ci, frottant son pouce contre son index.

— *Dollars, Sir, dollars...*

Une changeuse clandestine. Une nuée de gosses continuait à sortir des bivouacs en carton à demi

(1) Vous allez rencontrer votre ami. Il attend.

détruits par la pluie, des assemblages en tôles ondulées et des cabanes en planches.

Une autre fillette, au corps déjà épanoui mais au visage de poupée, dit quelques mots à Teofilo qui se retourna.

— *You want Della ? Quickie... Fifty pesos... Carinosa...* (1)

Della posa sur Malko deux immenses yeux noirs suppliants, avançant les lèvres dans une mimique naïvement provocante. Dépassé par cette misère poignante et sans remède, il tira de sa poche un billet de dix pesos et le lui donna. Elle le fixa, ébahie... Teofilo fronça les sourcils et marmonna quelque chose de pas gentil.

Ils étaient à la moitié de la rue. S'enfonçant de plus en plus dans l'immense bidonville.

— Où allons-nous ? demanda Malko. Il commençait à s'inquiéter dans ce coupe-gorge où jamais un touriste ne s'aventurait.

Teofilo ouvrait la bouche pour répondre lorsqu'il se figea sur place, comme un chat en présence d'un danger, tous ses maigres muscles tendus, le regard intense. Malko se retourna et aperçut deux hommes en chemise multicolore se frayant un chemin dans la foule.

— *Na polisi !* cria Teofilo. *Come, quick !*

Il démarra comme une fusée, imité par Malko. Tout en courant, il vociférait en tagalog, écartant les gosses de son chemin. La foule compacte les empêchait d'aller très vite. Malko se retourna. D'où étaient sortis ces deux suiveurs ? Il n'avait vu personne derrière le taxi. Apparemment, les policiers qu'il avait demandés faisaient du zèle. Teofilo s'arrêta tout à coup, faisant signe à Malko de continuer à courir.

(1) Vous voulez Della ? Pour un coup vite fait... Très gentille...

Accroupi derrière une épave de voiture, il plongea la main dans sa cartouche de cigarettes et glapit un avertissement en tagalog.

Malko vit alors une chose incroyable. En un clin d'œil, la rue grouillante se vida. Comme aspirés par une force invisible, les enfants, les marchands, les badauds se précipitèrent dans tous les interstices des taudis. Ceux qui en étaient trop loin s'aplatirent sur les trottoirs.

Il ne resta que les deux poursuivants, un moment interdits. Avec un ensemble touchant, ils plongèrent la main sous leurs chemises et sortirent des revolvers à canon court. L'un d'eux braqua son arme en direction de Teofilo, hurlant une menace.

Le gamin se redressa, tenant un objet rond dans sa main. Il le jeta en direction des deux hommes avant de replonger. Malko s'abrita derrière un pan de mur démoli au moment où la grenade explosait avec une violente déflagration et une flamme rouge. Pas assez vite pour empêcher un des policiers de tirer trois coups de feu. Malko ne perdit pas de temps. Sitôt l'explosion amortie, il se remit à courir vers l'extrémité de la rue. Plusieurs coups de feu claquèrent derrière lui, sans qu'il sache s'ils lui étaient destinés. Teofilo s'était volatilisé. Il se retourna. Un nuage de fumée s'élevait là où la grenade avait explosé. Il lui sembla voir un des policiers plié en deux sur le trottoir, l'autre penché sur lui. Encore cent mètres et il déboucha dans une rue parallèle aux voies de chemin de fer. Il s'arrêta, essoufflé.

Sans son guide qu'allait-il devenir ? Dans Banbang Street la foule convergeait vers le lieu de l'explosion. Quelqu'un surgit soudain à côté de lui. Un Philippin massif, les cheveux gris, avec un jean et une chemise blanche.

— *You come !*

Visiblement, c'était celui qui l'attendait. Ils grimpèrent dans une vieille Toyota et trois minutes plus tard, ils étaient pris dans le magma qui glissait lentement dans Antonio Rivera, parallèlement aux voies de chemin de fer. L'homme aux cheveux gris semblait nerveux, se retournait fréquemment.

A peine dégagé des embouteillages, ils foncèrent vers le nord. Soudain, le son d'une sirène de police se fit entendre derrière eux. Aussitôt, le compagnon de Malko plongea la main sous son siège et sortit un colt 45 automatique, qu'il posa sur ses genoux. Il se tourna vers Malko.

— *Don't be afraid,* (1) dit-il. Dieu est avec nous...

Les Allemands aussi en avaient été persuadés. La sirène se rapprochait. Puis elle se tut d'un coup. La voiture de police avait tourné. Les traits du conducteur se détendirent et il adressa un sourire chaleureux à son passager.

— Vous voyez !

— Où allons-nous ? demanda Malko.

Bill Carter allait avoir des nouvelles fraîches de lui... La rupture de filature à la grenade, cela ne passe pas inaperçu...

— Dans un endroit où vous serez en sûreté, dit l'homme aux cheveux gris. Je suis le père Conrado Balweg. Je sais que vous êtes des nôtres. Moi-même, j'ai quitté ma paroisse il y a deux ans pour faire triompher la justice et la liberté. Mais c'est impossible tant que le président Marcos sera là...

— Nous quittons Manille ? fit Malko, inquiet.

— Non, pas tout de suite, ce serait dangereux de sortir de la ville aujourd'hui. Nous attendrons un peu. Ensuite, je vous donnerai l'hospitalité pour quelques jours.

(1) N'ayez pas peur.

— Où ?

— A trois cent cinquante kilomètres au nord. Dans la province de Kalinga. C'est très accidenté et l'armée a beaucoup de mal avec nous. Nous leur avons tendu plusieurs embuscades avec succès. Nous leur prenons toutes les armes dont nous avons besoin. La semaine dernière, nous avons même abattu un hélicoptère avec des M 16.

Il était ravi. Malko se voyait de plus en plus mal parti. Ils redescendirent vers le centre par Rizal Avenue, retraversèrent la rivière par un autre pont, repassèrent devant le *Manila Hotel*. Un peu plus loin, à un arrêt d'autobus sur Roxas Boulevard, Malko reconnut la silhouette fine de Sheilah Calampang. Le père Conrado stoppa, juste le temps de la faire monter.

Aussitôt dans la voiture, elle sortit son fume-cigarette. Cette fois elle était en jean, avec un chemisier noir, les cheveux toujours en chignon, perchée sur de très hauts talons.

— Tout s'est bien passé ? Padre Conrado n'a pas eu de mal à vous trouver ?

— Il y a eu un incident, dit Malko, avant de raconter la « rupture de filature »...

Sheilah Calampang l'écouta sans broncher.

— Ce n'est pas grave, conclut-elle. Nous avions prévu quelque chose de ce genre. Ils vous surveillaient. Maintenant vous êtes tiré d'affaire.

Malko ne demanda pas comment. Devant le centre commercial, ils tournèrent à gauche, dans Buendia Avenue, puis traversèrent Makati.

— Tout cela appartient à la même famille, les Ayala, expliqua Sheilah, en montrant les buildings de verre et de ciment.

Ils roulèrent un peu dans des avenues splendides avant d'entrer dans ce que Malko identifia comme un ghetto de luxe, avec les hauts murs d'enceinte et le poste de garde. Après des zigzags dans des allées calmes ils stoppèrent devant une grande villa plate, avec l'omniprésent toit en tôle ondulée rouge, et une superbe pelouse. Le père Conrado et Sheilah échangèrent quelques mots en tagalog, très vite, puis le prêtre serra la main à Malko, lui broyant les phalanges.

— A demain, je viendrai vous chercher ici. Reposez-vous bien.

Malko descendit avec Sheilah et la Toyota s'éloigna. Il avait du mal à dissimuler sa curiosité, à l'idée de connaître un autre participant au complot. Sheilah Calampang se dirigea vers la porte et ouvrit, Malko sur ses talons. C'était une maison typiquement manillaise, avec des meubles en bambou partout, sol de marbre blanc, des plantes vertes. Une grande porte-fenêtre donnait sur un jardin. Malko aperçut à côté d'une piscine une tache blanche. La tache bougea : une jeune femme qui se leva et vint vers eux.

Il en eut le souffle coupé. C'était la plus belle créature qu'il ait contemplée depuis son arrivée aux Philippines. Nettement plus grande que la moyenne, bronzée d'une merveilleuse couleur abricot, elle portait un maillot une pièce blanc très échancré sur le côté, enrichi d'une ceinture de léopard qui remontait, faisant bretelle, sur une seule épaule. Le visage était celui d'une Tamile avec sa grosse bouche et le petit nez fin, sous le casque de cheveux noirs, et la poitrine contrastait agréablement avec l'habituelle platitude du pays. Splendide femelle. Elle embrassa Sheilah Calampang et abandonna à Malko une main manucurée et nonchalante, avec une expression distante. Un gros bracelet d'or et d'ivoire alourdissait son poignet et une lourde chaîne plongeait insolemment dans son décolleté. Pas du tout le genre de personne qu'on s'attendait à trouver dans un complot. Malko échangea un regard avec Sheilah qui dit aussitôt :

— Lita est une amie. Elle est au courant. Vous allez rester ici jusqu'à ce que le padre vous emmène en sûreté.

Malko aurait pu trouver pire comme hôtel. Lita lui adressa un sourire lointain et proposa :

— Venez, je vais vous montrer votre chambre.

Elle se déplaçait avec souplesse et une imperceptible ondulation de ses hanches en amphore. Le maillot blanc très échancré sur les hanches laissait apparaître la presque totalité de sa croupe haute et cambrée, pour le plus grand plaisir des yeux.

La chambre de Malko, toute blanche, avec un sol de marbre, donnait sur le jardin. Plusieurs fois, il tenta d'accrocher le regard de Lita, mais il semblait transparent à ses yeux. Ils regagnèrent le living-room. Sheilah Calampang fumait nerveusement comme à son habitude, mâchonnant son fume-cigarette. Lita leur servit des vodka-tonic et Sheilah disparut. Malko l'entendit parler en tagalog, au téléphone. Elle revint, l'air soucieux... Il demanda, afin de rendre crédible son personnage.

— Vous avez pensé à mes dollars ?

Sheilah le foudroya du regard.

— Lita s'en occupe, fit-elle. Ici, vous n'avez besoin de rien.

Elle échangea rapidement quelques mots en tagalog avec son amie, puis se leva.

— Je vais vous laisser, annonça-t-elle. Je reviendrai vous prendre demain matin avec le padre Conrado pour vous conduire là où vous aurez à agir. Vers huit heures ; après, il fera trop chaud.

Lita accompagna Sheilah Calampang à la porte et revint dans le living où elle mit une cassette de reggae. Malko ne pouvait détacher ses yeux de l'éblouissante silhouette. On aurait pu prendre la taille entre ses deux mains. Les hautes pommettes saillantes et la bouche charnue indiquaient un métissage. Lita était belle et le savait. Il avait l'impression que chacun de ses gestes était étudié pour attirer le regard. Il la frôla en prenant un verre, mais elle n'eut aucune réaction. Comme s'il n'existait pas. Elle s'assit en face de lui, croisa les jambes en balançant un escarpin au dessus de plastique transparent, fixant Malko avec une curiosité détachée.

— Vous venez d'Europe ?

— Oui, dit-il, vous connaissez ?

— J'ai été à Monte-Carlo, dit-elle, au gala de la Croix rouge. C'était très ennuyeux.

Elle bâilla et se leva tout aussi soudainement.

— Je vais faire la sieste. Vous savez où est votre chambre. Nous dînerons vers neuf heures.

Elle disparut dans un couloir et ferma la porte derrière elle. Malko tendit l'oreille, on n'entendait aucun bruit dans la villa. Etrange, il devait pourtant y avoir des domestiques. A Manille, dans une maison de ce style, il y avait au moins six personnes. Mais Lita avait fait le service elle-même. Sa chambre était à l'opposé de celle qui lui avait été attribuée. Il s'approcha de la porte du couloir, écouta. Rien.

Il tourna la poignée doucement et le battant s'écarta. Plusieurs portes donnaient sur le petit couloir. Il entendit une voix de femme à travers l'une d'elles. Lita parlait au téléphone. Il se retira, fit le tour de la maison, pénétra dans la cuisine. Tout était en ordre, propre, mais aucun signe de domestiques. Il revint vers la piscine et le jardin. Une énorme antenne jaillissait du jardin voisin. Au moins vingt mètres de haut. Un radio amateur. Cela lui fit réaliser qu'il ignorait où il se trouvait exactement. Sinon que c'était un des ghettos de luxe entourant Makati.

Il revint à sa chambre, et remarqua une valise posée sur un pouf. Il l'ouvrit et s'immobilisa : elle contenait un fusil d'assaut Armalite, la crosse démontée, avec trois chargeurs pleins. Premier signe tangible que cette maison jouait un rôle important dans « June Bride ». Le court fusil noir n'était pas un jouet. Bill Carter avait eu raison de prendre les choses au sérieux. Il referma la valise. Cette maison vide dégageait une impression étrange.

Malko se déshabilla, prit une douche, puis s'étendit sur le lit. Le téléphone sonna, quelqu'un, probablement Lita, décrocha. Il souleva doucement le récepteur, entendit une conversation en tagalog. Il lui sembla reconnaître la voix de Sheilah Calampang. Encore plus nerveuse et tendue que d'habitude. Il reposa le récepteur tout doucement. Inutile d'éveiller bêtement des soupçons. Il avait cependant au moins appris quelque chose : pas question de donner de ses nouvelles à Bill Carter. On pouvait l'écouter...

Etendu sur son lit, il regarda la nuit tomber avec une rapidité toute tropicale. Après tout, la soirée en compagnie de Lita risquait de ne pas être désagréable, en dépit de sa froideur. Le lendemain, après avoir reconnu les lieux de l'attentat, il n'aurait plus qu'à filer discrètement et se ruer à l'ambassade américaine. L'idée de se transformer en maquisard dans les jungles du nord de Luçon ne lui souriait pas du tout. D'autant moins qu'il serait entièrement entre les mains du padre Conrado qui ressemblait furieusement à un dangereux illuminé.

***

Malko ouvrit la porte de sa chambre. La douche lui avait fait du bien. Sa Seiko-quartz indiquait neuf heures, mais le living-room était encore vide. Le téléphone avait sonné une demi-douzaine de fois durant sa pause, mais il n'y avait toujours pas la moindre trace de personnel. Lita n'allait quand même pas faire la cuisine au risque d'écailler ses ongles rouges. A moins qu'ils ne dînent dehors.

Une porte claqua dans la maison et quelques instants plus tard celle du couloir s'ouvrit sur son hôtesse.

Décidément, elle aimait le blanc ! Une robe longue, d'une blancheur virginale, moulait sa peau brune, s'arrêtant à la poitrine, voilée d'une dentelle transparente à travers laquelle on apercevait les pointes brunes des seins. La grosse bouche vermillon, dessinée avec soin, était une invite muette, mais le regard restait toujours aussi lointain. Elle glissa vers Malko, avec un sourire impersonnel.

— Vous vous êtes reposé ?

— Merveilleusement.

Elle s'accouda au bar, lui faisant face, la poitrine en avant, un peu déhanchée.

— J and B ? Vodka ? Champagne ?

— Vodka, demanda Malko.

Lita fouilla dans les bouteilles, écartant le J and B, Le Moët, une bouteille ventrue de cognac Gaston de Lagrange et le servit, ajouta de la glace, du citron, lui tendit son verre puis se prépara la même mixture. Elle leva son verre.

— A votre succès !

Son regard était toujours impénétrable. Malko se demanda ce qui faisait marcher cette splendide créature. L'argent ? Le désir de rendre service ? L'activisme politique ? Son attitude distante écartait toute motivation sexuelle ou amoureuse. Elle lui faisait un peu penser à ces Vietnamiennes au vernis dur comme de l'acier, putains seulement par désespoir ou par calcul. Il n'y avait rien de frivole chez elle. Ils burent en silence, puis Lita posa son verre et dit d'une voix égale :

— Venez, je vais vous montrer quelque chose.

Elle glissa de son tabouret et passa devant lui. Malko faillit en laisser tomber son verre : la sage robe du soir virginale n'avait pas de dos ! Juste une ceinture de strass comme pour souligner les fesses rondes surmontant des jambes parfaites. La bouche sèche, il s'avança vers le dos nu qui ondulait lentement à portée de la main, l'attirant comme un aimant.

Il n'eut pas le courage de se demander vers quoi.

CHAPITRE VIII

Une furieuse poussée d'adrénaline faillit faire éclater les artères de Malko devant une provocation aussi sophistiquée. Les reins cambrés et nus semblaient le narguer. Il rattrapa la jeune femme et posa les mains sur les hanches nues. Elle s'arrêta et, sans bouger son corps, tourna la tête vers lui avec un sourire hautain, vaguement méprisant.

— Que voulez-vous ?

Comme si ça n'avait pas été évident ! Il lui sembla que la croupe ronde se pressait imperceptiblement contre le lin de son pantalon. Les mains de Malko quittèrent les hanches, emprisonnant la poitrine pointue, mais Lita lui prit les mains et les écarta.

— Attendez.

Malko sentait déjà une formidable érection monter de ses reins devant cette somptueuse salope tropicale. Le sourire de Lita s'accentua.

— Vous aimez ma robe ?

— Vous la mettez souvent ?

Elle rit, d'un rire clair, plein de sensualité et se retourna, cette fois franchement, exposant son côté « décent ».

— Chaque fois que j'ai envie de m'amuser avec un homme, dit-elle. Maintenant, venez.

Il la suivit dans le couloir, puis dans une pièce qui

semblait sortir directement d'un film de Hollywood. On enfonçait jusqu'aux chevilles dans la moquette blanche qui grimpait le long des murs s'arrêtant à un immense miroir occupant tout le plafond. Le seul meuble semblait être le lit à baldaquin très bas dont les colonnes torsadées étaient taillées en forme de phallus. Lita ouvrit un panneau dans le mur, découvrant une chaîne Akaï et des étagères. Elle se retourna, tenant une liasse de billets à la main.

— Tenez, dit-elle, il y a vingt-cinq mille dollars.

Malko prit l'épaisse liasse de billets de cent dollars. Une petite brique verte. Son regard croisa celui de Lita. Elle ne devait pas avoir plus de vingt ans, mais ses yeux en avaient cent. Froids, transparents, durs comme de petites gemmes noires.

— Vous ne comptez pas ?

— Non, dit-il.

— Vous avez tort. Il en manque mille...

Elle se retourna à nouveau et lui montra quelques billets posés sur des cassettes. Puis elle éclata de rire.

— J'ai envie de jouer ce soir. Voulez-vous jouer avec moi ? Je voudrais que vous gardiez un souvenir inoubliable de cette soirée.

— Cela ne sera pas difficile, dit galamment Malko.

— Vous croyez ?

Son regard s'était durci. Malko, sur ses gardes, se demandait ce qu'elle cherchait. Lita semblait lui avoir *vraiment* pris mille dollars. Elle s'approcha de lui à le toucher et dit en détachant bien les mots :

— Vous gagnez votre argent très facilement ; j'ai envie de vous en reprendre un peu, à ma façon.

— C'est-à-dire ?

— Comme je le fais d'habitude. En échangeant ce que les hommes veulent contre leur argent.

Elle se tut un instant, puis ajouta d'une voix égale :

— Je suis une putain, Mr Vogel. Je ne prends

jamais moins de mille dollars pour faire l'amour avec un homme. Mais je ne donne rien de moi-même. Ce soir, parce que c'est vous, je donnerai beaucoup. Et je ne tricherai pas. Vous avez de l'argent et vous risquez de mourir. Ce sont deux choses qui me plaisent. Si vous le souhaitez, je vais me changer et nous allons sortir dîner. Ou nous commençons à jouer...

Malko ne s'était pas attendu à cette brutale proposition. Lita n'était pas une pute banale. Au fond, c'était une façon distrayante de dépenser cet argent qu'il ne méritait pas. Une lueur amusée éclairait ses yeux d'or.

— Par quoi commençons-nous ? demanda-t-il. J'ai un crédit, avec les mille dollars.

Lita secoua la tête avec un sourire rapace.

— Non, ça c'est le droit d'entrée. Si vous aviez dit « non », je vous les rendais.

Honnête en plus.

— Nous jouons pour deux mille dollars, annonça-t-elle, en tendant une main aux ongles rouge vif.

Malko compta vingt billets qu'elle mit avec les dix autres. Puis, elle appuya sur une touche de l'Akaï et le rythme sensuel d'un reggae s'éleva dans la pièce.

— Mettez-vous sur le lit, ordonna-t-elle et regardez-moi.

D'abord la jeune femme demeura immobile, face au lit. Puis, avec une extrême lenteur, elle commença à tourner sur elle-même, faisant glisser ses mains le long de son corps, effleurant les pointes de ses seins à travers la dentelle de son étrange robe, le regard fixé sur Malko.

Lita tourna de plus en plus vite. Par intermittence, les pans de sa robe blanche découvraient le triangle noir de son ventre... Peu à peu, elle se rapprocha des colonnes du lit à baldaquin, noua ses mains autour et se pencha en arrière, comme pour offrir sa poitrine au phallus gigantesque qui terminait la colonne. Elle s'y colla brusquement, des chevilles à la bouche, comme à un homme.

— J'ai envie de jouir, dit-elle d'une voix absente.

Elle serrait la colonne sans lâcher Malko des yeux. Avec une lenteur exaspérante, son bassin commença à onduler de quelques millimètres, frottant son sexe contre le bois. D'un geste rapide, elle écarta le tissu de sa robe afin que ses muqueuses soient en contact direct avec le bois torsadé. Elle se rejeta de nouveau en arrière, son ventre seul collé à la colonne et dit soudain :

— Je ne veux pas jouir seule. Caressez-vous avec moi.

Malko ne bougea pas ; il était troublé, mais n'avait jamais apprécié les plaisirs solitaires. Bien que dans ce cas... c'était plutôt une solitude à deux... La voix sèche de Lita le fouetta :

— Faites ce que je vous dis ou j'arrête.

Plus doucement, elle ajouta :

— J'aime voir un homme bander pour moi. Quand il est dans mon ventre, je le sens, mais je ne le vois pas.

Excité par cette situation insolite, Malko se mit à l'unisson. Aussitôt, Lita se frotta de plus belle contre la colonne de bois, l'enserrant entre ses cuisses musclées, la bouche entrouverte. Machinalement, Malko réalisa qu'il avait adopté le même rythme. Finalement, ce n'était pas un plaisir solitaire : leurs regards ne se quittaient plus. Celui de Lita était devenu trouble, fixe. Ou c'était une comédienne extraordinaire, ou elle prenait réellement plaisir à ce jeu érotique. Son torse faisait maintenant un angle très ouvert avec le phallus de bois. Permettant à son sexe de s'écraser dessus. Son regard était rivé sur le sexe érigé de Malko, avec une fixité qui en disait long sur le fantasme qu'elle était en train de vivre. Elle devina à certains gestes brusques de Malko qu'il était au bord de l'explosion et poussa une sorte de cri étouffé.

— Oui ! Oui ! *Now* (1).

Elle eut un gémissement rauque, et brusquement, ses jambes se détendirent, collant son ventre au bois torsadé. Elle cria, le visage noyé dans ses cheveux, la tête en arrière, puis se laissa glisser à terre. Malko eut beau freiner des quatre fers, le cri de Lita déclencha chez lui un mouvement irréversible, comme une télécommande. Il sentit d'abord le picotement annonciateur du plaisir, puis le raz-de-marée balaya ses reins.

La musique continuait. Il y avait une trace humide sur le bois ciré de la colonne. Lita se mit lentement à genoux, comme une noyée. Malko se leva et s'arrêta devant elle. Aussitôt, la grosse bouche carmin happa son membre encore en érection. Il eut l'impression qu'il explosait de nouveau. Hélas ! la sensation ne dura que le temps de la regretter. Lita était déjà debout, lissant sa robe, fixant sur Malko un regard amusé et trouble.

— Vous avez aimé ?

Dire non n'eût pas été galant. D'ailleurs Malko, au fond, ne regrettait pas cet étrange télé-orgasme. Lita s'approcha de lui, le laissa l'enlacer et dit d'une voix douce :

— Voulez-vous jouir dans ma bouche ? A Manille vous trouverez des filles qui vous le feront pour un dollar. Moi, j'en veux cinq mille. Mais vous ne le regretterez pas.

Il chercha son regard. Il se dégageait d'elle un magnétisme incroyable. Il avait envie de dire non, de

(1) Maintenant.

l'envoyer promener et pourtant, il s'entendit dire « oui ».

— L'argent ?

Il le prit dans la liasse et les billets rejoignirent les autres. Malko était furieux contre lui-même. Il ne voyait pas ce qu'elle pouvait apporter de neuf à une technique vieille comme le monde.

Et pourtant, très vite, il vit... Lita s'était agenouillée à côté du lit, toujours vêtue de sa robe blanche sans dos. Elle plongea sur sa virilité comme un cormoran sur un poisson... Sa bouche paraissait ne pas avoir de fond, et sa langue était comme un chat à neuf queues pris de la danse de Saint-Guy. En plus, Malko avait l'impression d'être littéralement aspiré par un maelström brûlant... Sans même s'en rendre compte il cria, tant la sensation était violente, à la limite du supportable. Lita ne le lâcha pas, comme un animal sauvage soudé à lui, en train de lui arracher la moelle des os.

Brusquement, elle ne fut plus que caresse : le fourreau vivant qui le pressait, l'aspirait avec douceur. Tant et si bien que les dents serrées, il sentit un formidable orgasme monter de son ventre. Aussitôt, la bouche s'activa, accélérant son plaisir et déclenchant un cri qu'il ne put retenir, tout le temps qu'il se vida dans la bouche de Lita.

Quand Malko redescendit sur terre, la jeune femme le contemplait avec un sourire ambigu.

— Une femme vous avait-elle déjà fait jouir de cette façon ? demanda-t-elle.

Malko dut avouer que non...

— Très bien, allons prendre un peu de champagne.

Elle le précéda vers le bar, sa croupe nue ondulant doucement au rythme de ses pas. Malko ouvrit une bouteille et Lita vida d'un coup sa coupe de Moët et Chandon glacé avec un soupir ravi. Malko l'imita. De nouveau furieux contre lui-même. Lita le manœuvrait comme un enfant. Pourtant la sensation qu'il venait d'éprouver était si exquise qu'elle constituait une expérience étonnante. Lita était redevenue très mondaine, installée sur un tabouret. Face à Malko, comme s'ils se connaissaient à peine.

— Qu'est-ce que cela vous fait lorsque vous tuez quelqu'un ? demanda-t-elle soudain.

C'était peut-être l'explication de son intérêt. Les tueurs avaient toujours fasciné les femmes. Même les plus dures comme celle-ci. Malko ne tenait pas à s'engager sur un terrain dangereux.

— Ce n'est pas quelque chose dont j'aime parler, dit-il froidement.

— Pourquoi ? fit Lita. C'est votre travail habituel, n'est-ce pas ? Tout le monde aime parler de son travail. C'est humain.

— Disons que je ne suis pas humain, fit Malko.

Elle se reversa du champagne. La maison était toujours aussi silencieuse.

— Vous n'avez pas de personnel ? demanda Malko.

— Si, dit-elle, mais je les ai congédiés. Je ne voulais pas qu'ils vous voient.

Malko se sentait mal à l'aise. Il éprouvait une agressivité viscérale envers cette femme qui venait pourtant de lui donner tant de plaisir. Il regarda sa Seiko-quartz.

— J'aimerais bien aller me coucher.

Lita eut un sourire ironique.

— Déjà ! Vous ne voulez plus jouer ?

— Je crois que j'ai été comblé, dit-il galamment.

— Vous n'avez pas envie de faire l'amour avec moi ?

Elle se penchait vers lui, la gorge offerte, la bouche en avant. Malko tenta en vain de déchiffrer l'expression de son regard. Le tissu de sa robe glissa, révélant jusqu'à l'aine une cuisse bronzée. Instinctivement, Malko posa la main sur la chair découverte. Lita eut un sourire carnassier, comme si elle s'attendait à son geste.

Elle glissa de son tabouret et se colla à lui, souple comme un serpent tiède, murmurant d'une voix enjouée :

— Je vais vous caresser jusqu'à ce que vous soyez dur comme du bois de fer. Alors, seulement, je vous laisserai me prendre. Il faudra que vous soyez très fort. J'ai l'habitude d'avoir des hommes qui sont fous de moi... Qui pourraient jouir rien qu'en me regardant...

Quelle somptueuse garce ! Le contact de son corps appuyé au sien commençait à faire son effet. A travers le tissu transparent, les pointes de ses seins se dessinaient avec une précision anatomique. Il les effleura et elle recula.

— Attendez ! Je n'ai pas encore fait mon prix... Est-ce que dix mille dollars vous paraissent un prix raisonnable pour pénétrer mon ventre ?...

Ses lèvres épaisses étaient retroussées sur des dents superbes, très blanches. Elle ajouta aussitôt :

— Bien sûr, au *Fishnet* par exemple, vous pouvez avoir des filles pour vingt pesos. Mais est-ce qu'elles vous amuseront autant que moi ? Est-ce que vous éprouverez la même sensation en vous enfonçant en elles ? Qui sait ce qui arrivera demain ? Vous pouvez être mort, estropié, impuissant.

Tout en parlant, elle avait posé une main légère sur lui et peu à peu, le lin du pantalon se tendait. Brusquement, il vint une idée à Malko : puisqu'on jouait, c'est lui qui gagnerait. A sa façon. Lita avait besoin d'une leçon.

Sortant l'argent de sa poche-revolver où il faisait

une bosse énorme, il compta lentement cent billets de cent dollars et les posa sur le bar.

Lita les ramassa sans un mot et le précéda vers sa chambre. Après les avoir rangés à l'endroit habituel, elle se retourna vers Malko pour l'enlacer. Dans l'état où il se trouvait déjà, Lita n'eut pas grand-chose à faire. Elle le déshabilla, s'agenouilla en face de lui quelques instants, puis se laissa aller en arrière sur le lit.

Sans la caresser, Malko se guida en elle et la pénétra d'une poussée brutale qui lui arracha un gémissement. Puis aussitôt, les ongles de la jeune femme s'incrustèrent dans ses reins.

— Attends, murmura-t-elle, ne bouge plus.

Il obéit, abuté jusqu'à la racine. Avec une furieuse envie de viol au ventre. Il eut soudain l'illusion qu'une main invisible s'emparait de son sexe et le malaxait. Lita respirait régulièrement, la bouche entrouverte, mais les rides de son front indiquaient sa concentration. Elle possédait le contrôle total de ses muqueuses internes. Effectivement, Malko n'avait rien à faire. Cet accouplement immobile était extraordinairement excitant. Lita dit d'une voix douce :

— Tu vas te vider, laisse-toi faire...

Pendant une fraction de seconde, Malko faillit basculer, se laisser aller à cette sensation exquise. Mais c'était signer sa défaite. D'un coup de reins, il s'arracha aux muscles serrés autour de lui. Lita ouvrit de grands yeux.

— Qu'est-ce que tu as ? dit-elle.

Déjà Malko la retournait, découvrant sa croupe nue émergeant de l'insolite robe blanche. Il glissa un genou entre les jambes bronzées de Lita et aussitôt, celle-ci se raidit, tentant de lui échapper.

— Non, je ne veux pas comme ça.

Malko pesa sur sa nuque et parvint à ouvrir les

cuisses serrées. Habilement, Lita se cambra pour que son sexe se trouve juste en face de celui de Malko et il la pénétra. Le temps de prendre son élan. Lita avait commis l'imprudence de se détendre quelques instants.

Malko sortit d'elle, remonta légèrement, trouva ce qu'il cherchait et s'enfonça avec une violence volontaire dans les reins de la jeune femme. Il sentit une résistance puis un hurlement sauvage accompagna sa pénétration brutale. Sous lui, Lita se démenait, souple comme un serpent, tentait de se retourner. Beaucoup plus lourd qu'elle, Malko la maintenait clouée par son pieu de chair. Elle cria en tagalog :

— *Patyion ta ka* (1) !

Sans l'écouter, Malko allait et venait dans ses reins. Il s'offrit le luxe de ressortir et de la reprendre encore plus fort, lui arrachant un nouveau cri. Hélas ! il n'était pas en état de se retenir longtemps. D'un ultime coup de reins, il s'enfonça le plus loin qu'il put et s'y répandit.

Lita ne criait plus. Il s'arracha de la jeune femme. Celle-ci se retourna aussitôt. Son maquillage avait coulé, sous les larmes. Sa douleur donc n'était pas feinte et Malko en éprouva quelques remords. Etant donné la façon dont elle s'était conduite avec lui, il aurait pu penser qu'elle était accoutumée à ce genre d'étreintes...

— Je ne voulais pas vous blesser, dit-il. Simplement, j'avais envie de vous prendre de cette façon depuis un bon moment. C'est la faute de votre robe.

Elle avait séché ses larmes et le fixait avec une expression curieuse, presque amicale, comme deux adversaires après un combat terminé par un match

(1) Je te tuerai !

nul. Malko réalisa que la musique avait stoppé. Il se sentait vidé. Lita essuya le rimmel qui coulait de ses yeux et dit pensivement :

— C'est la raison pour laquelle vous avez accepté de payer autant d'argent pour mon corps...

— Non, dit Malko avec sincérité. J'aurais pu vous prendre sans rien vous donner. Il suffisait que je vous viole. Mais c'était un jeu amusant...

Allongée sur le côté, au bord du lit, elle le fixait, calmement.

— Très peu d'hommes m'ont fait ça, dit-elle. Pas parce que c'est douloureux, comme disent les femmes qui mentent, mais parce que je n'aime pas qu'un homme me possède complètement. Vous y êtes arrivé, j'ai joui en même temps que vous... sans le vouloir...

Décidément, son instinct n'avait pas trompé Malko... Toutes les femmes possédaient un jardin secret en friche.

— Vous avez dépensé dix-huit mille dollars ce soir, c'est une somme énorme, dit pensivement Lita... Vous êtes très riche.

— Non, je suis loin d'être riche.

Il allait parler de son château, mais se retint à temps. C'était très difficile de prendre la personnalité d'un autre.

— Alors, pourquoi l'avoir fait ?

— Par « jeu ».

Elle eut soudain un sourire ambigu.

— Je vous crois. Mais c'est troublant, très troublant.

— Pourquoi ? fit Malko sur ses gardes.

Le regard de Lita ne le quittait pas, comme un serpent voulant hypnotiser un oiseau.

— Parce que ce que vous venez de faire ne cadre pas avec ce que vous prétendez être.

La gorge de Malko se serra brusquement, il n'aimait pas cela. Lita se leva :

— Il n'y a plus de musique, dit-elle, je n'aime pas le silence...

Avant qu'elle atteigne l'Akaï, le téléphone sonna. Elle décrocha, répondit par quelques brèves monosyllabes et raccrocha, puis continua ce qu'elle avait commencé. Cette fois, c'était de la musique pop américaine. Elle resta près du lecteur de cassettes, faisant face à Malko.

— Qui êtes-vous vraiment ? demanda-t-elle brusquement.

— Je suis Hans Vogel, dit Malko. J'ai été arrêté et torturé pour cela.

Lita eut un léger haussement d'épaules.

— Je sais, mais cela ne prouve rien. Si vous êtes arrivé à nous tromper, vous pouvez aussi avoir trompé les brutes du 5th Constabulary.

— C'est ridicule, dit Malko avec toute la conviction dont il était capable. Que voulez-vous dire ? Que je me suis fait torturer par plaisir ?

— Ainsi, vous étiez un légionnaire, dit rêveusement Lita. C'est à la Légion que vous avez appris à jeter l'argent par les fenêtres ? Je me suis toujours laissé dire qu'un légionnaire préfère violer une femme que de la payer. Surtout aussi cher... Vous avez dû vous demander pourquoi j'ai joué ce jeu ce soir avec vous ? C'est vrai je suis une pute. Mais je n'ai pas besoin d'argent. C'est vrai également, vous me plaisiez et j'avais envie de vous mettre dans mon lit. Mais surtout, nous voulions savoir à qui nous avions affaire. Un homme comme Hans Vogel ne paie pas dix-huit mille dollars juste pour « jouer » avec une femme. Même si elle est aussi désirable que je le suis...

« Alors, qui êtes-vous ?

Malko ne répondit pas immédiatement, réfléchissant à toute vitesse. Il était piégé. Pour avoir sous-estimé ses adversaires. La mise en scène était splendide. Deux femmes de tête. Il ne restait qu'à nier et, si les choses tournaient mal, s'esquiver.

— Vous ne voulez pas me dire la vérité ? insista Lita de la même voix égale, détendue.

— Je suis Hans Vogel, dit-il. Dans mon métier, comme vous l'avez dit, on ne sait pas de quoi demain sera fait. Il faut profiter de la vie quand on le peut.

Le sourire de Lita s'accentua.

— Vous avez bien fait, Mr Vogel. Parce que demain risque d'être moins agréable qu'aujourd'hui.

Sa main plongea à côté du lecteur de cassettes et ressortit avec un gros 357 Magnum bleuté qu'elle braqua sur Malko d'une main ferme. A cette distance, un projectile de ce calibre vous coupait en deux. Lita ramena pudiquement un pan de sa robe sur sa cuisse découverte.

— Dans quelques minutes, nos amis seront là, annonça-t-elle. Ils ont quelques questions à vous poser. Où se trouve le cadavre de Hans Vogel par exemple... Et pour qui vous travaillez... Cette fois, personne ne viendra vous en sortir, comme à Camp Crame...

Malko regardait le canon du revolver, figé. Il entendit comme dans un cauchemar la voix douce de Lita préciser :

— Vous savez ce que je vais vous faire, Mr Vogel ? Je vais vous enfoncer un tisonnier chauffé à blanc dans le ventre jusqu'à ce que vous en creviez. Parce que vous n'êtes pas Hans Vogel. Vous êtes un sale flic.

CHAPITRE IX

Malko leva les yeux sur Lita et ce qu'il lut dans son regard lui fit froid dans la colonne vertébrale. Elle n'hésiterait pas une seconde à mettre sa menace à exécution. La haine la rendait presque laide, mais elle tenait son arme avec une fermeté de professionnel.

— Ne cherchez pas à vous enfuir, dit-elle brusquement. Il n'y a personne dans cette maison. Je tirerais.

Un martellement sourd couvrit soudain le bruit de la musique. La pluie s'était remise à tomber et mitraillait le toit de tôle. D'une seule main, Lita alluma une cigarette, sans cesser de fixer Malko. Une lueur cruelle avait remplacé le regard ambigu de leurs « jeux ». Il s'était bien fait avoir. Il calcula la distance : trois mètres. Le temps de bouger, il était pulvérisé... La pluie redoublait, le vent hurlait, faisant trembler toute la villa. Derrière Malko, la porte-fenêtre semblait prête à s'arracher de son châssis. C'était le premier typhon de la saison, ajoutant encore à l'atmosphère sinistre de la villa. Il voulut tenter un ultime effort et dit :

— Vous croyez vraiment que les Philippins m'auraient torturé si je n'étais pas Hans Vogel ? Et que j'aurais pris le risque de rester estropié pour bâtir une « couverture » ?

— D'autres l'ont fait, dit Lita. Nous voulons savoir

qui vous a envoyé. Parce que, maintenant, nous sommes sûrs que vous n'êtes pas Hans Vogel. D'ailleurs, ils ne vous ont pas *vraiment* fait mal à Camp Crame. Et ils vous ont relâché bien facilement. C'est ce qui nous a mis la puce à l'oreille.

— Ridicule, dut se contenter de répéter Malko.

Lita ne répondit même pas. Fixant son estomac, directement dans sa ligne de mire... Malko se demandait comment il allait échapper à ce nouveau piège. Le pire était que personne ne savait où il se trouvait.

— Ils vont commencer par vous arracher les ongles, annonça Lita, d'un ton détendu. Le padre Conrado est intraitable avec les ennemis de la Révolution. Vous ne lui avez pas fait bon effet...

Malko écoutait à peine. Il lui avait semblé entendre le bruit d'une voiture entrant dans le drive-way. Les tueurs arrivaient. Son regard se fixa sur Lita. La jeune femme, concentrée sur son arme, ne semblait pas avoir entendu. Il lui restait quelques secondes à exploiter. Hélas ! il ne voyait pas comment. Le chien du 357 Magnum était relevé et il suffisait d'une pression relativement faible pour appuyer sur la détente. Même si elle ne tirait qu'une fois, Lita risquait de le tuer net. C'était difficile de le rater à trois mètres de distance.

Un craquement sinistre se fit entendre, venant de la toiture, puis un bruit de déchirement, comme un tissu brutalement arraché. Lita leva les yeux vers le plafond, avec une ride inquiète. Toute la maison tremblait sous l'assaut de la tempête. Malko sentit derrière lui la grande porte-fenêtre, prête à s'arracher. Cela lui donna une idée. Il recula un peu, sentit la poignée sous ses doigts et l'écarta. Lita écoutait le vacarme du vent et ne l'avait pas remarqué. Malko bougea légèrement. Soudain, un air chaud et humide lui fouetta le dos. Lita reporta son attention sur lui.

— Qu'est-ce qu'il y a ? cria-t-elle.

Malko n'eut pas le temps de lui répondre. Une rafale plus forte que les autres attaqua de plein fouet la porte-fenêtre. Elle se mit à vibrer furieusement et Malko s'en écarta d'un pas. Brutalement, la poussée de la tornade fut trop forte et elle céda, se désarticulant totalement tandis qu'un souffle furieux envahissait la pièce, charriant des éclats de verre.

Lita poussa un cri, surprise, leva son arme en reculant sous la pluie de débris.

D'un bond, Malko plongea sur le côté et traversa l'ouverture béante.

Il entendit la détonation du Magnum, se fondit dans l'obscurité, le visage fouetté par la pluie tropicale tiède. Il contourna la piscine éclairée, cherchant une ouverture autre que la maison. En se retournant, il aperçut Lita, debout dans la porte-fenêtre arrachée, le cherchant. Heureusement, il était dissimulé par la végétation du fond du jardin.

Quelque chose de froid et plat le fit s'étaler : un morceau de tôle ondulée arraché du toit. Il se releva et fonça vers la clôture d'enceinte. Derrière lui, il y eut des appels. Il lui restait quelques secondes. Le jardin s'illumina soudain, ne laissant aucun recoin dans l'ombre. Malko put se cacher derrière un manguier. Il n'était qu'à quelques mètres de la barrière. Deux silhouettes d'homme apparurent au bord de la piscine. Lita avait eu du renfort.

Malko prit son élan. D'un bond désespéré, il se lança sur la clôture. Trempé, aveuglé par la pluie, il parvint à la franchir et à retomber dans le jardin voisin. Provisoirement, il était sauvé. Un coup de feu claqua derrière lui, se confondant avec le tonnerre. On l'avait aperçu.

Mais déjà, il détalait dans l'obscurité.

Une douche tiède et abondante l'enveloppait. Sa

chemise collait au corps, son pantalon le gênait. Il se heurta dans le noir à une sorte de poteau : la gigantesque antenne de radio, continua et déboucha dans le drive-way, puis dans une allée. Au hasard, il partit à droite, courant à perdre haleine. Le typhon avait vidé les rues. Il n'y avait pas âme qui vive. Il bifurqua à gauche, encore à gauche. Ce n'étaient que villas somptueuses plongées dans la nuit. Personne ne semblait le poursuivre. Il ralentit, n'en pouvant plus et, dix minutes plus tard, vit dans la pluie un poste de garde avec deux vigiles. La sortie ! Il la franchit sous leur regard ébahi, et s'arrêta pile. A gauche, il y avait une voiture de couleur claire, feux éteints mais dont les essuie-glaces marchaient. Il distingua deux hommes derrière le pare-brise dégoulinant. Les phares s'allumèrent. Ils l'avaient tranquillement attendu là.

Un violent coup de klaxon le fit sursauter. Un taxi vide sortait du « ghetto » et Malko se trouvait sur son chemin.

Il le héla et l'autre s'arrêta aussitôt. Malko se jeta dedans, trempé, comme une soupe.

— *Manila Hotel !* jeta-t-il au chauffeur.

Il ne se détendit pas longtemps. L'autre voiture les suivit. Ils descendirent l'un derrière l'autre Ayala Avenue, puis Buendia. De temps en temps, la voiture suiveuse arrivait à leur hauteur dans une gerbe d'eau, comme pour s'assurer qu'il était bien là. Le chauffeur de Malko semblait ne s'être aperçu de rien.

Au coin de Taft Avenue, le feu était au rouge. Malko vit l'autre voiture accélérer pour venir à leur hauteur. Il prépara cinq dollars. Dès que le chauffeur eut stoppé, il les jeta sur ses genoux, puis descendit par la portière opposée à la voiture poursuivante. La pluie lui fouetta le visage. Un flot de jeepneys démarrait dans Taft Avenue, allant vers le centre. Malko courut sous la tornade, en agrippa un, et sauta à l'intérieur sous les regards stupéfaits et amusés des occupants. Le plastique du siège collait à son pantalon trempé, il avait l'impression de sortir de sous sa douche, mais il était vivant ! Il reprit son souffle quelques instants, puis examina la marée de phares blancs derrière eux. Il ne lui fallut pas longtemps pour en repérer deux qui zigzaguaient au milieu des autres... Trente secondes plus tard, une Toyota jaune les rattrapait. Il faisait trop sombre pour qu'il distingue les visages de ses poursuivants... Une chose était sûre : ils voulaient sa peau.

Le jeepney tourna à gauche, puis un peu plus loin à droite, dans une étroite rue en sens unique bordée d'une floppée de néons. Malko lut une plaque au passage : Mabini Street. C'était la « tourist belt » de Manille. Les trottoirs étaient déserts à cause de la pluie, mais des grappes de gens s'abritaient partout : des touristes, des putes, des gosses, des aboyeurs. A chaque mètre ou presque une enseigne scintillait... Le jeepney s'arrêta. Malko n'hésita pas. Il sauta à terre et fonça coudes au corps. Du coin de l'œil, il entrevit une des portières de la Toyota jaune s'ouvrir et un homme en jaillir. Il changea de trottoir, aperçut un chasseur qui lui ouvrait une porte et s'y engouffra. C'était un go-go bar comme il y en a des centaines à Manille. Enfumé, une bruyante musique syncopée et des tables sur lesquelles se trémoussaient des danseuses en maillot de bain, des inscriptions obscènes brodées sur leurs slips. Il y faisait presque aussi chaud que dehors.

Malko fonça vers une *mama-san* (1) et lui demanda le téléphone. Elle lui désigna un appareil rouge sur une étagère derrière le bar. Mais il n'avait pas de

(1) Maquerelle.

monnaie. Il dut se glisser à une place libre, commander une bière et demander une pièce de un peso. Entre-temps, quelqu'un s'était emparé du téléphone. Il était forcé d'attendre. La porte s'ouvrit sur deux hommes. Des Philippins au regard dur, musculeux sous les chemises multicolores, les avant-bras tatoués. Il ne pouvait pas affirmer à cent pour cent qu'il s'agissait de ses poursuivants, mais cela y ressemblait furieusement. Ces deux-là, visiblement, n'avaient rien à faire des go-go girls... Leur regard balaya lentement la salle. Finissant par se poser sur deux gardes filiformes en uniforme bleu, chacun un énorme revolver à la hanche. La police privée de la maison. Ce dut être dissuasif, car les deux malfrats firent demi-tour et disparurent.

Un peu rassuré, Malko essaya de s'intéresser au spectacle, pour tromper son attente. C'était toujours le même. Quand les filles étaient fatiguées de se trémousser devant les clients d'une façon supposée érotique, et de sourire mécaniquement, d'autres les remplaçaient. Une mama-san rondouillarde se glissa derrière Malko et lui susurra :

— *If you want a girl, you tell. You give fifty pesos and you go...* (1)

C'était le marché aux esclaves. Les « danseuses » devaient avoir entre quinze et vingt ans. Elles ne montraient ni leurs seins, ni leurs fesses, mais toutes se prostituaient. C'était la loi. Le téléphone se libéra enfin. Malko y fonça et composa le numéro personnel de Bill Carter. Une voix menue lui répondit.

— Nelia ?

— *Yes ? Who are you ?*

— Malko.

(1) Si vous voulez une fille, vous donnez cinquante pesos et vous y allez...

— *Oh, Malko, I am happy !*

Derrière elle, Malko entendit la voix de l'Américain. Il prit l'appareil.

— Qu'est-ce qui se passe ?

— Venez armé, dit Malko. Je suis dans Mabini Street au *Hot Paradise*. Il y a eu un problème et je suis en danger.

Bill Carter poussa un grognement stupéfait, mais réagit vite.

— *Goddam it !* Ne bougez pas, j'arrive !

Malko retourna à ses go-go girls. Toujours l'humour involontaire. Comme s'il avait envie de bouger ! Ses vêtements trempés lui collaient à la peau et il fumait littéralement. A Manille, un parapluie était encore plus utile qu'un revolver.

Bill Carter débarqua une demi-heure plus tard, accompagné d'un autre Américain gigantesque au crâne rasé qu'il présenta à Malko comme le sergent Dow, *U.S. Marine Corps*. Leurs chemises présentaient des bosses suspectes à la hauteur de la taille. Ils trouvèrent deux places près de Malko et la vue de tous les petits derrières se balançant à quelques centimètres de ses yeux sembla plonger le grand Marine dans un abîme de vague à l'âme. La musique couvrant le bruit de leurs voix, Malko relata ses exploits de la soirée.

— C'est foutu, conclut amèrement Bill Carter. Et vous vous en êtes bien tiré. Demain matin, je fais mon rapport aux Philippins. Ils se démerderont. On pourra sûrement localiser cette villa. Avec ça, ils trouveront le reste.

Malko en avait marre des go-go girls. La pluie avait cessé et les putes étaient ressorties par grappes, comme des escargots après l'orage. Ils eurent beaucoup de mal à ne pas en embarquer une qui devait aller sur ses douze ans, prête à leur faire un prix raisonnable pour les trois. Les poursuivants de Malko s'étaient, bien entendu, volatilisés.

Au moment de monter dans la Chevrolet noire du chef de station, Malko aperçut un petit attroupement à quelques mètres. Soudain, un gamin bouscula trois individus beaucoup plus âgés qui l'entouraient et fila le long du trottoir de Mabini Street, poursuivi par des vociférations en tagalog. Il passa devant Malko et aussitôt après fut ceinturé par un policier, trois fois gros comme lui, qui le plaqua contre le mur, le bourrant de coups de genou dans le ventre et le bas-ventre, sous le regard amusé des putes et des badauds japonais.

Les trois premiers hommes arrivèrent à la rescousse et, après une rapide discussion avec le policier, récupérèrent le gosse. Cette fois, lui tordant les bras derrière le dos. Malko regarda le gamin ; il avait une frange, des traits réguliers et un visage émacié de fauve. Tous ses muscles bandés, il tentait d'échapper aux trois hommes. L'un d'eux prit son élan, et, de toutes ses forces, lui envoya son poing dans le ventre. Le gosse, qui n'avait pas quatorze ans, se plia en deux et vomit. L'autre récidiva aussitôt, encore plus fort. Puis il doubla avec un coup en plein visage qui ouvrit les lèvres de sa victime.

Le gosse glissa le long du mur, essayant encore de lutter. Alors les trois hommes se ruèrent à coups de pied, frappant la tête, les reins, partout. Le jeune garçon rampait comme une chenille, couinant, essayant d'échapper aux coups les plus dangereux. Quand la pointe d'un soulier heurta son sexe, il poussa un hurlement déchirant.

A ce moment, une fille très jeune, avec déjà un corps de femme, surgit de la foule des badauds japonais et, sans un mot, se rua sur l'un des trois agresseurs. Malko vit ses dents s'enfoncer dans le gras du bras de l'homme qui poussa un cri strident. Elle le tenait comme un bouledogue... Donnant des coups de pied, cherchant les yeux pour les crever. Le policier intervint de nouveau, la saisit par-derrière et commença à l'étrangler. Celui qu'elle avait mordu, les yeux injectés de sang, se jeta sur elle et lui martela le visage à coups de poing, jusqu'à ce qu'elle tombe. Il lui envoya encore un coup de pied en pleine poitrine avant de se retourner vers le gosse toujours à terre. Une de ses mains était à plat sur le trottoir. Il s'approcha et l'écrasa de tout son poids. Malko dégoûté, s'approcha du policier.

— Faites quelque chose, ils vont le tuer !

Le policier philippin haussa les épaules avec bonhomie et dit :

— *Private business, Sir. No big deal...* (1)

Les coups continuaient à pleuvoir. Personne n'intervenait. Malko regarda Bill Carter. L'Américain détournait la tête. Le sergent Dow regardait. Ecœuré, Malko s'approcha des trois brutes. Il en prit un par l'épaule et le fit pivoter. L'autre lui jeta un regard noir de haine.

— *Leave him alone,* (2) dit Malko.

Le Philippin le repoussa sans un mot et reprit ses coups de pied. Malko ne fit ni une ni deux. Il avança et lui envoya son poing en pleine figure. Le Philippin recula, plongea la main sous sa chemise et en tira un petit revolver noir.

— Attention, cria Bill Carter, il est armé.

Le sergent Dow avait déjà la main sous sa chemise. Le gros policier se précipita. Pas question de laisser flinguer un étranger. Rapidement, il se mit entre Malko et son adversaire, tentant de prendre son arme.

(1) C'est une affaire entre eux, Sir. Pas importante.
(2) Fichez-lui la paix.

Les deux autres arrêtèrent de frapper le gosse. L'un d'eux, gardant un pied sur sa nuque, comme un cadavre, se retourna vers Malko et jeta une phrase en tagalog. Bill Carter traduisit aussitôt.

— Il vous dit qu'il va vous tuer, de ne pas vous mêler de ça.

La fille se relevait à quatre pattes, le visage en sang... Le gamin bougeait encore faiblement...

— Je ne laisserai pas ces trois brutes massacrer ces gosses, dit Malko fermement. Appelez la police...

— Elle ne fera rien, dit Bill Carter. Elle est achetée. Dès que vous allez avoir le dos tourné, ils recommenceront et les tueront, si vous leur faites perdre la face...

Il avait montré son passeport diplomatique au gros policier qui calmait les trois voyous. Les Japonais commençaient à se désintéresser de la bagarre. Le gosse ouvrit un œil, se redressa et cria quelque chose d'une voix aiguë. Aussitôt, un coup de pied lui ferma la bouche. Le policier ne bougea pas.

— Pourquoi ne fait-il rien ? demanda Malko à Bill Carter en train de parlementer avec lui.

— Il dit que ce sont des tueurs très dangereux, qu'il ne veut pas se faire abattre. Ils agissent sur ordre. Il ne faut pas se mêler de leurs affaires. Il paraît que le gosse les a volés.

— Alors, qu'il l'arrête !

— Ils ne portent pas plainte. Ça ne se fait pas.

— Très bien, dit Malko, nous les emmenons, comme ça, ils ne les tueront pas.

Sans enthousiasme, Bill Carter se dirigea vers la Chevrolet. Les trois malfrats étaient visiblement prêts à sauter sur Malko. Seule, la présence dissuasive du policier et du sergent Dow les arrêtait. Le gosse regardait la scène sans y croire. Quand la grosse Chevrolet noire se rangea le long du trottoir, un des malfrats fit un pas vers la fillette. Malko se plaça devant elle et dit au policier en anglais :

— Nous sommes diplomates, nous exigeons d'être protégés.

Intimidé, le gros policier fit signe aux malfrats de ne pas bouger.

Malko prit la fillette, la fit entrer à l'arrière de la Chevrolet, puis alla récupérer le gosse. Il parvint à le hisser dans la voiture et ils démarrèrent aussitôt. Bill Carter s'essuya le front.

— Vous êtes fou ! Vous risquiez de nous faire abattre tous les trois...

— Il y a des choses qu'on ne peut pas laisser faire, dit Malko. Ou alors on ne peut pas se regarder dans une glace... Où veulent-ils aller ?

La fille au moins comprenait l'anglais. Elle bredouilla :

— Tambaka...

Bill Carter secoua la tête.

— Ils habitent sur le grand tas d'ordures au nord du port. Ils font sûrement partie d'un gang. C'est loin. Enfin...

Après Rizal Park, cela roulait mieux. La fille, avec un bout de sa robe, essuyait doucement le visage du garçon. Celui-ci parvint à se redresser. Il était noir de coups, mais son regard était toujours aussi dur. Il murmura :

— *Thank you, Sir, thank you.*

— Pourquoi vous battaient-ils ? demanda Malko.

L'autre se lança dans un grand discours en tagalog, traduit au fur et à mesure par Bill Carter.

— Il dit que la fille s'appelle Donna, c'est sa maîtresse, ils vivent ensemble. Les trois types travaillent pour les Yakusa qui tiennent toutes les boîtes de prostituées. Ils voulaient la forcer à travailler à la China Coast. Pour un type qui s'appelle Sir Jimmy.

Celui-là a refusé et on l'a menacé puis finalement, ils ont dit qu'ils le frapperaient jusqu'à ce que la fille travaille... Edifiante histoire.

— Vous croyez que c'est vrai ?

— Vraisemblable en tout cas. A Manille, dès douze ans, les filles se prostituent...

Ils roulaient maintenant sur une grande avenue après les docks, bordée sur la gauche, côté mer d'un énorme monticule d'ordures, sur des centaines de mètres. Le garçon se redressa et dit :

— *Here. You stop here.*

Bill Carter obéit. Les deux jeunes gens descendirent. Avant de s'enfoncer dans l'obscurité, le garçon prit une main de Malko entre les siennes et dit :

— *My name is Ruben, if you need me, you come here. You are my friend forever.* (1)

Il partit en boitillant et grimpa les flancs de la montagne d'ordures, suivi de la jeune fille.

— Voilà la « Montagne Fumante », commenta Bill Carter. C'est le repaire de plusieurs gangs. Enfin, vous vous êtes fait un ami...

C'était bien le premier à Manille. Ils firent demi-tour et redescendirent vers le sud. Malko aurait pleuré de joie en voyant le bloc vert et blanc du *Manila Hotel.*

Ses « protecteurs » le laissèrent devant l'entrée.

— Venez à l'ambassade demain matin, suggéra Bill Carter. Nous ferons le point.

Cela risquait d'être vite réglé. A la réception, Malko faillit dire que Hans Vogel n'existait plus. S'il continuait sa mission aux Philippines, ce serait sous sa véritable identité. Son Altesse Sérénissime, le prince Malko Linge.

(1) Mon nom est Ruben, si vous avez besoin de moi, venez ici. Vous êtes mon ami pour toujours.

Il se coucha, soulagé enfin de ne plus avoir de vêtements trempés. Le téléphone sonna une heure plus tard. Il décrocha. Il n'y avait rien au bout du fil. Il fit « allô ! » plusieurs fois et allait raccrocher quand une voix inconnue, qui parlait anglais avec un fort accent dit :

— *Get out of Manila. Or we will kill you.* (1)

(1) Quittez Manille. Ou nous vous tuerons.

CHAPITRE X

Une vingtaine de photos étaient étalées sur le bureau de Bill Carter, débarrassé de tout autre papier. Des hommes et des femmes, documents extraits de la serviette du capitaine philippin Eduardo Blanco, officier rattaché directement au NISA, l'organisme de lutte antiterroriste. L'homme qui était venu récupérer Malko dans son camp de prisonniers. A travers les baies donnant sur la mer, on apercevait de gros nuages noirs montant de nouveau à l'assaut de Manille. La veille au soir, il y avait eu un mètre d'eau dans certaines rues et la villa de Lita n'était pas la seule à avoir perdu son toit.

Malko se pencha sur les photos. Sheilah Calampang y était et parmi les hommes, il reconnut facilement le visage du padre Conrado. Par contre les autres ne lui disaient absolument rien... Le capitaine Eduardo Blanco hocha la tête :

— Ces deux-là sont des clandestins. Le padre Conrado Balweg est recherché depuis longtemps. Il est dangereux.

— C'est la hantise de l'évêque Sin, compléta Bill Carter, vêtu de blanc ce matin-là. Il fait partie des prêtres qui ont pris le maquis avec le New People Army pour défendre les paysans des exactions de l'armée. Il vit dans la jungle avec une poignée de combattants. L'évêque Sin est obligé de les « désavouer » : Marcos le menace sans cesse de faire passer une loi autorisant le divorce et l'avortement.

Cruel dilemme.

— Ces deux-là ne nous mèneront nulle part, dit le capitaine Blanco. Nous ne savons même pas où ils se cachent. Il reste la villa où Mr Linge se trouvait. Pourrait-il la retrouver ?

— Je le pense, dit Malko.

Il expliqua grosso modo où on l'avait conduit, parla de la gigantesque antenne de radio. L'officier écoutait attentivement. Il demanda ensuite l'autorisation de téléphoner. Cela dura assez longtemps, puis il raccrocha, l'air satisfait.

— Ça y est, annonça-t-il. L'antenne appartient à un contrebandier très connu qui a été assigné à résidence. Il continue à communiquer de cette façon avec ses hommes. C'est à Desmarinas Village. Pouvez-vous venir avec nous ?

C'était plus un ordre qu'une requête. Bill Carter s'empressa d'annoncer :

— Je viens aussi.

Dans l'ascenseur, il remarqua :

— Cette histoire est de plus en plus bizarre. La coalition de ces éléments communistes avec les plus conservateurs ne s'est encore jamais rencontrée.

Malko ne répondit pas, tout à la joie d'avoir récupéré sa chevalière et sa véritable identité. Scrupuleusement, il avait remis en échange à Bill Carter les sept mille dollars, restes de sa « prime » de tueur.

*
* *

— C'est là, annonça Malko avec une pointe d'émotion.

Il venait de reconnaître le porche où Sheilah Calampang l'avait conduit la veille. D'ailleurs, il manquait un grand rectangle sur le toit rouge et le jardin semblait avoir été dévasté par le cyclone. L'immense mât métallique de l'antenne radio s'élevait du jardin voisin. Le capitaine Blanco eut l'air très étonné.

— Vous êtes sûr ?

— Certain, confirma Malko. Pourquoi, vous la connaissez ?

— Oui, je crois, fit l'officier sans se compromettre.

Ils se trouvaient dans sa voiture, une grosse Datsun 2800, avec un chauffeur militaire. Suivis par une Toyota avec quatre civils à bord. Ils stoppèrent dans le drive-way et descendirent. Le capitaine Blanco appuya sur la sonnette. Sans résultat. Il essaya d'ouvrir la porte, elle était fermée. Ils firent le tour, mais il n'y avait aucun accès au jardin intérieur et à la piscine. Tout semblait mort.

— Passons par chez le voisin, suggéra Malko.

Ils allèrent sonner à l'autre villa et là, on leur ouvrit tout de suite. Le contrebandier demeura invisible, mais une petite bonne terrifiée par la carte qu'exhiba le capitaine Blanco répondit en tagalog à toutes les questions. Bill Carter suivait la conversation, les sourcils froncés, avec une expression de plus en plus incrédule. Il se tourna vers Malko.

— C'est incroyable. Cette maison appartient à quelqu'un de très connu à Manille. Une amie personnelle de la *first lady*. Victoria Barriga. Immensément riche. Mêlée à tous les projets « chasse-neige ».

— Qu'est-ce que cela veut dire ?

— Les projets qui n'aboutissent jamais, mais qui permettent à des intermédiaires de se mettre beaucoup d'argent dans les poches. C'est une ancienne Miss Cebu, comme la *first lady*. Elle a été mariée à un homme très riche qui est mort d'un infarctus.

Encore une veuve en or massif...

Le capitaine Blanco avait fini son interrogatoire. Il se tourna vers Malko :

— Voulez-vous venir reconnaître les lieux ?

Ils franchirent tous les trois la clôture et Malko se retrouva dans le jardin qu'il avait fui la veille au soir. Il marcha directement sur la porte-fenêtre par laquelle il s'était échappé. Elle n'avait pas été réparée et les rideaux volaient dans le vent. Il pénétra dans la chambre où Lita s'était donnée à lui de toutes les façons. Rien n'avait bougé, sauf les meubles renversés par le vent. Il avisa un gros trou dans le mur à côté de la porte-fenêtre et le montra à l'officier philippin.

— Regardez ! Il doit y avoir une balle de 357 Magnum enfoncée dans le mur.

L'officier prit un canif et commença à gratter le plâtre. Pendant ce temps, Malko fit le tour de la maison. Bien entendu, l'argent avait disparu. Mais dans le living, il y avait encore la bouteille de Moët et Chandon entamée et les verres... Il n'avait pas rêvé. Par contre la valise contenant l'Armalite avait disparu de la chambre où il s'était reposé. Ils se retrouvèrent tous les trois dans le living. Le capitaine Blanco semblait profondément perplexe.

— Quel âge avait la femme qui vous a accueilli ?

— Entre vingt et vingt-cinq ans.

Il secoua la tête.

— Victoria Barriga en a vingt de plus... Elle se trouve en Amérique, comme tous les ans à cette époque. La villa est fermée pour deux mois et les domestiques ont été renvoyés chez eux. C'est le service de sécurité de Desmarinas Village qui la protège. De plus, il est impensable qu'elle ait partie liée avec des opposants.

Malko et Bill Carter échangèrent un regard éloquent.

— Je n'ai pourtant pas rêvé, dit Malko. Sheilah Calampang et la fille qu'elle a appelée Lita semblaient connaître parfaitement les lieux, il y a eu des téléphones et elles sont reparties en fermant à clef.

Le capitaine Blanco paraissait vraiment très ennuyé.

— Je ne comprends pas non plus, dit-il. Nous allons essayer de joindre Victoria Barriga, de lui demander si elle a prêté sa villa à quelqu'un. Mais les domestiques de la maison voisine sont formels : ils n'ont vu personne depuis son départ. Hier soir, à cause de la tornade, on n'a rien remarqué... Pouvez-vous me décrire avec précision la jeune femme qui vous a accueilli ?

Malko s'y efforça, glissant sur ses talents intimes. Apparemment, le seul lien entre « Lita » et la propriétaire des lieux était difficilement intégrable à un rapport administratif : c'étaient deux grandes salopes devant l'Eternel... Ils repassèrent la clôture, traversèrent le jardin du contrebandier et regagnèrent la voiture de police.

— Je vais faire surveiller cette maison, annonça le capitaine Blanco et je ferai porter chez Mr Carter des photos de suspectes, au cas où vous pourriez reconnaître cette Lita.

Il les déposa devant l'ambassade américaine, et les quitta avec un sourire forcé.

— Que pensez-vous de tout ça ? demanda Bill Carter à Malko, tandis qu'ils traversaient le parc de l'ambassade.

— Bizarre, bizarre, dit Malko. Cette fille semblait chez elle. Je n'ai absolument rien soupçonné.

— Vous êtes le seul à pouvoir la reconnaître...

— Il y a huit millions d'habitants à Manille, remarqua Malko. Bien sûr, elle est exceptionnellement belle, mais cela ne suffit pas. Il faudrait en savoir plus.

L'Américain ne semblait pas aussi tracassé que le capitaine Blanco.

— A mon avis, dit-il, ils vont abandonner. Ils ont eu trop de merdes depuis le début.

Malko ne partageait pas ce point de vue. Revenu dans le bureau du chef de station, il regarda les gros classeurs gris à fermeture chiffrée qui tapissaient un des murs.

— L'Armalite qui se trouvait dans « ma » chambre a disparu, remarqua-t-il. D'après ce que j'ai appris, ils sont déjà bien avancés dans leur projet : ils savent où et quand frapper Marcos. Le quinze juin, veille des élections, dans un lieu qui ne doit pas être très éloigné du centre de Manille.

— Je sais, dit Bill Carter, j'ai rédigé un rapport dans ce sens que j'ai donné au capitaine Blanco. A eux de se démerder. Je vais rendre compte à Washington.

— Il y a aussi les deux tueurs qui m'ont poursuivi.

— Ce doit être des hommes de Conrado Balweg. Ils viennent parfois à Manille. Je crois que votre mission va se terminer. A propos, comment vous sentez-vous ? Vous n'avez même pas fait de radios.

— Ça va, affirma Malko. Je vais d'ailleurs me faire masser à l'hôtel.

— Eh bien ! bon massage, fit jovialement l'Américain.

Malko omit évidemment de lui dire que ledit massage devait être pratiqué par sa douce fiancée, Nelia. Il récupéra au parking sa Toyota blanche, voiture qu'il avait louée au bureau Avis du *Manila*, le jour de son arrivée. Il avait dû l'abandonner dans le driveway d'Octavo Limay lors de son arrestation et elle avait réapparu ensuite, comme par miracle, dans le parking du *Manila*, après sa libération.

*
* *

La jeune Philippine attendait, comme toujours, blottie dans un des grands fauteuils d'osier du lobby. Elle se précipita vers Malko, et, d'émotion le tutoya, ce qu'elle n'avait jamais fait, même dans leurs moments d'intimité.

— Il paraît que tu as eu des problèmes hier soir, qu'on a failli te tuer !

— Viens, je vais te raconter, promit Malko.

Ils montèrent ensemble dans la suite. Mais au lieu de se livrer tout de suite aux joies du massage, Malko s'installa dans le sitting-room et fit à Nelia le récit de ses aventures avec Lita. Sans rien omettre. La Philippine écoutait, les yeux brillants. Lorsque Malko eut terminé, elle dit :

— Si cette Lita est aussi belle que tu le dis, on doit pouvoir la retrouver.

— Comment ?

— J'ai une amie qui dirige une agence de mannequins. Elle connaît toutes les filles les plus belles. Par elle, on peut regarder des centaines de photos. Dès qu'une fille sort de l'ordinaire ici, elle fait des concours de beauté pour trouver un amant riche. Imelda Marcos a commencé de la même façon, il y a vingt ans. Elle était Miss Cebu. Regarde maintenant...

— Eh bien ! commençons tout de suite, proposa Malko.

Nelia eut une moue comique et vint s'asseoir sur les genoux de Malko.

— Tu ne veux pas que je te masse d'abord ?

Celui-ci résista vaillamment à une langue qui se glissait dans son oreille et Nelia comprit que l'heure de la récréation n'avait pas encore sonné.

A vrai dire, ses performances de la veille rendaient son stoïcisme plus supportable...

Nelia s'arracha à lui, mais dès qu'il fut debout, elle se jeta dans ses bras, contemplant Malko avec un ravissement enfantin. Les bras noués autour de son cou, elle dit en riant :

— Je suis si contente de te retrouver.

— Nous nous connaissons à peine, remarqua perfidement Malko et tu as un fiancé.

— Oh ! Bill n'est pas mon fiancé, dit Nelia avec philosophie. Je sais que lorsqu'il repartira aux Etats-Unis, il me laissera avec un peu d'argent. Mais ça m'est égal, il est gentil. Seulement, il ne me fait jamais l'amour. Il préfère regarder la télévision. Moi, j'aime rendre un homme heureux.

Noble intention.

— Si nous allions chez ton amie mannequin ? proposa Malko. Commencer notre enquête.

Nelia semblait moins enthousiaste.

— J'ai peur que cela ne marche pas, dit-elle. Ta Lita ne travaille sûrement pas en ce moment, elle doit se cacher...

— Essayons quand même.

Il avait hâte de retrouver la salope au maillot blanc. Qui ne s'appelait sûrement pas Lita, d'ailleurs.

Ils émergèrent du *Manila* abrutis aussitôt par la chaleur de plomb de quarante-cinq degrés et se dirigèrent vers le parking afin de récupérer sa Toyota blanche.

Il aperçut un gamin qui venait d'en ouvrir la portière. Voyant que Malko se dirigeait vers lui, le gosse la referma vivement. Nelia l'avait vu aussi.

— Attention, dit-elle, un voleur !

— Il n'y a rien à voler dedans, dit Malko.

Le gamin fit un crochet pour les éviter, filant vers la sortie des taxis. Avec une hargne inattendue, Nelia se mit à glapir en tagalog à l'intention des chauffeurs de taxis. Aussitôt, plusieurs d'entre eux sortirent de leurs véhicules et barrèrent la route au fuyard. Celui-ci s'arrêta, hésitant. Hésitation qui lui fut fatale. Nelia continuait à ameuter les populations. Un des voituriers l'entendit et répercuta sur les gardes armés du hall.

Ceux-ci ne perdirent pas de temps, et surgirent de la porte tournante, d'énormes revolvers au poing. Le gamin les aperçut et fit demi-tour, tentant de fuir. Aussitôt, les deux gardes ouvrirent le feu, comme au stand, tenant leurs armes à deux mains, dans un concert de détonations. Tirant pour tuer.

Plusieurs projectiles frappèrent le gamin qui trébucha et tomba à plat ventre. Il tenta de se relever puis s'effondra, face contre terre. Malko était horrifié par la brutalité gratuite de la scène, mais Nelia ne semblait pas autrement émue.

— Ces voleurs, c'est incroyable ! dit-elle. Maintenant, ils viennent jusqu'ici.

Décidément, la sensibilité asiatique n'était pas la même que celle des Européens. Nelia regarda à peine le corps dont s'approchaient les deux gardes, arme braquée, comme s'il allait encore se défendre. Les chauffeurs de taxis rentraient déjà dans leurs véhicules. Ce n'était qu'un incident sans importance. Nelia tira Malko vers sa voiture.

— Viens, après, ça sera fermé.

Il essaya de chasser la vision du gosse mort, dans une mare de sang. Il ouvrit la portière de la Toyota et s'installa sur le siège, tandis que Nelia prenait place à côté de lui. Il allait tourner la clef de contact quand elle poussa un cri étranglé. Il tourna la tête vers elle. Le sang avait quitté son visage, elle ressemblait à une morte.

— Ne bouge pas, dit-elle d'une voix imperceptible, ne bouge surtout pas.

Malko suivit la direction de son regard. A ses pieds,

sur le plancher de la voiture, il y avait deux minces rubans noirs d'une soixantaine de centimètres de long.

— Ce sont des cobras, souffla Nelia. Ne fais pas de bruit, ne bouge pas.

CHAPITRE XI

Malko sentit sa pomme d'Adam se bloquer, lui coupant la respiration. Il n'avait jamais vu de cobras aussi petits, mais il faisait confiance à Nelia. Les deux serpents étaient immobiles, comme endormis, mais il connaissait la rapidité de leurs réactions. Aucun réflexe humain ne pouvait les battre. Et leur morsure provoquait la mort par paralysie des muscles respiratoires, neuf fois sur dix.

— Sors, dit-il à Nelia, presque sans bouger les lèvres.

Il n'osait pas se déplacer d'un millimètre. Il aperçut des gens monter dans une voiture, à quelques mètres de lui. Personne n'imaginait le drame. Il essaya de se tourner vers la portière, afin de bondir à l'extérieur, mais le siège grinça légèrement et il s'immobilisa, le cœur dans la gorge. Il ne pouvait détacher son regard des deux reptiles noirs, d'une immobilité minérale. Ils semblaient dormir. Millimètre par millimètre, il entreprit de soulever ses deux pieds en même temps.

Son endroit le plus vulnérable était sa cheville droite. Le siège grinça encore. Nelia suivait son mouvement, avec une expression horrifiée. Peu à peu, ses pieds s'élevaient au-dessus du plancher. Trois centimètres, puis quatre, cinq... Bientôt il allait pouvoir pivoter et se jeter dehors.

Shhhutt !

Avec un chuintement sifflant, un des cobras s'était détendu. Malgré lui, Malko poussa un cri, sentant un choc sous la semelle de sa chaussure droite. Il leva les genoux très haut, pivota et jaillit hors de la voiture, le cœur battant à cent cinquante pulsations minute. Nelia était sortie en même temps que lui. Elle fit le tour de la Toyota en criant.

— Il t'a mordu, il t'a mordu ?

Malko regarda sa semelle ; il y avait deux petits points dans le cuir. Le cobra qui avait attaqué s'était réfugié sous le siège, l'autre n'avait pas bougé. La tête lui tournait, il se sentait pris de nausée. Nelia se précipita vers les deux gardes en train d'examiner le cadavre du gamin qu'ils avaient abattu. Trente secondes plus tard, ils arrivaient, leurs gros revolvers au poing, suivis d'une petite foule.

L'un d'eux, avec précaution, souleva le siège. Malko aperçut un fouet noir qui filait vers l'avant. Les deux gardes se mirent à tirer ensemble. Quand ils eurent vidé leurs barillets, les deux serpents étaient en bouillie et le plancher de la Toyota transformé en passoire. Le plus courageux prit ce qui restait des cobras par la queue et le jeta sur le ciment où il le piétina à coups de botte, avec un rire heureux. Puis, paisiblement, ils rechargèrent leurs armes.

Malko commençait à réaliser : ce n'était pas une tentative de vol, mais de meurtre. Il en était encore bouleversé. Du coup, le gamin abattu devenait plus intéressant. Il s'approcha du cadavre, accompagné des deux gardes. Des mouches tournoyaient déjà autour du corps se posant dans les taches de sang. Un des gardes se pencha sur le mort, eut un geste que Malko trouva d'abord insolite et inconvenant. Tirant son jean délavé, il découvrit ses fesses, des fesses brunes et maigres, puis secoua la tête d'un air dégoûté en se redressant.

— Que fait-il ? demanda Malko à Nelia.

— Il regarde à quel gang il appartient, expliqua la jeune Philippine. Tous sont tatoués sur les fesses. Ces jeunes tueurs-là se recrutent à Tondo pour deux mille pesos généralement. On leur donne une arme et on leur désigne une cible. C'est le chef du gang qui fait le deal et garde une partie du contrat... Attends, je vais me renseigner.

Elle s'approcha des policiers et eut une courte discussion avec eux avant de revenir vers Malko.

— Il appartenait au Sig-sig gang.

Ils rentrèrent dans l'hôtel, suivis par les regards curieux des badauds. Malko s'épongea le front dans la fraîcheur du lobby. Il n'avait plus envie d'aller courir les agences de mannequins.

— Nelia, demanda-t-il, il faut retrouver qui a payé ce gamin pour me tuer. Est-ce que c'est possible ?

Nelia hésita.

— Cela va être difficile. C'est un monde fermé, où on ne parle pas. Mais nous pouvons essayer.

— Il y a aussi ce gosse, Teofilo, qui m'a aidé à rompre la filature, remarqua Malko. Si on pouvait mettre la main sur lui...

— Il faut aller à Tondo, dit Nelia.

— Allons d'abord nous détendre un moment, proposa Malko. Faire le point.

Ils gagnèrent le bar où fourmillaient une nuée d'hôtesses ravissantes et commandèrent des vodkas-tonic. Le liquide glacé fit du bien à Malko. Comme toujours après le danger, il avait envie de faire l'amour. Mais cela attendrait.

— Qui est exactement Victoria Barriga, la propriétaire de la villa où on a voulu me tuer ? demanda-t-il.

— Oh ! elle est très connue à Manille, expliqua Nelia. C'est une fille très intelligente et très dure, qui est venue de Cebu, il y a quelques années, sans un sou. Elle a suivi la filière habituelle, mais au lieu de se retrouver go-go girl, elle a su se vendre à des officiers et à en épouser un. Ensuite, elle a divorcé et a continué à prendre des amants parmi les businessmen. Et puis, elle est devenue très liée avec la *first lady* et cela l'a beaucoup aidée. Elle possède des participations dans de nombreuses affaires et voyage beaucoup. Il paraît qu'elle a un amant arabe richissime qui la couvre de bijoux. Elle vit seule maintenant. De temps en temps, elle ramène un amant très jeune, un étranger, parce qu'elle n'aime pas les Philippins.

Ce n'était vraiment pas le profil d'une révolutionnaire... Malko était de plus en plus perplexe. Quelque chose lui disait que cette amie de la *first lady* avait un lien avec ceux qui voulaient assassiner le président Marcos... Lita, la fille qui l'avait reçu semblait appartenir à la même catégorie sociale. Pute superbe et cynique. Cela le ramena à l'attentat dont il venait d'être victime. On n'avait pas perdu de temps.

— Pourquoi a-t-on voulu te tuer ? demanda Nelia.

— Bonne question ! dit Malko. Ou pour se venger, ou parce que je suis le seul à posséder une information potentiellement dangereuse pour le complot « June Bride ».

— Quoi ?

— Moi seul peut reconnaître « Lita » et elle doit en savoir long. Je pense que c'est plutôt ça parce que des comploteurs ne prendraient pas des risques juste pour se venger.

Malko garda pour lui une autre conclusion : si on avait essayé de le tuer, c'est que le complot continuait, en dépit des contretemps...

— A ton avis, demanda-t-il, quel est le plus facile ? Retrouver Lita ou remonter jusqu'aux gens qui ont payé ce malheureux gosse ?

Nelia soupira.

— Les deux sont presque impossibles... Cette Lita doit se cacher maintenant. C'est tellement facile à Manille. D'autre part, avec de l'argent, il y a peut-être une petite chance, pour le Sig-sig gang.

— Bien ! allons à Tondo, proposa Malko.

Nelia lui envoya un regard langoureux. Visiblement, elle serait bien allée autre part, dans son lit, par exemple.

*
* *

La chaleur et l'odeur formaient un tout qui vous collait à la peau comme un onguent malsain. Un jeepney frôla Malko, lâchant des volutes de fumée noire et s'éloigna dans un grincement de pignons martyrisés. Malgré la température inhumaine, Tondo grouillait. Nelia était en grande conversation avec un vendeur de soutiens-gorge accroupi en face d'un vieux cinéma de Jose Abad Santos Avenue. Elle revint vers Malko. Soucieuse.

— Il connaît Teofilo, mais il ne l'a pas vu. La police le cherche...

— Nous sommes partis par cette rue-ci, dit Malko. Essayons de demander aux gens. On doit le connaître.

Nelia n'avait pas l'air enthousiaste. Le souffle brûlant des jeepneys et le tumulte les abrutissaient. L'immense bidonville se recroquevillait sous la chaleur comme un poulpe malodorant. Ils s'engagèrent dans Banbang Street. Là au moins, il n'y avait pas de jeepneys, les poteaux de basket installés en pleine chaussée interdisant toute circulation. Nelia jetait des regards anxieux autour d'elle. Visiblement pas rassurée de plonger dans cette fourmilière hostile et impénétrable. Ils représentaient une cible parfaite pour tous les petits voyous en quête de pesos. Ils contournèrent une vingtaine de gosses jouant au basket.

D'autres étaient allongés sur le trottoir ou jouaient avec une pompe à incendie. On apercevait, à l'intérieur de masures effroyables, des Christ pendus au mur. Assis au bord du trottoir, un gamin de douze ans lisait une bande dessinée porno louée à la demi-heure. Nelia s'adressa à lui, se fit rembarrer, essaya avec un groupe qui jouait aux cartes. On l'envoya dans un bar-épicerie-marchand de glaces. Là aussi, elle fit chou blanc.

Ils s'enfoncèrent encore plus profondément dans Banbang Street. Malko reconnut la carcasse de voiture derrière laquelle Teofilo s'était abrité du tir des policiers avant de lancer sa grenade. Nelia revint vers lui, son maquillage dégoulinant, sous la chaleur implacable.

— Ils disent qu'ils ne le connaissent pas. Ils ont peur.

— Promettez-leur de l'argent.

— Ils ont encore plus peur des gangs.

— Et le Sig-sig gang ?

— Ce n'est pas ici.

Lentement, ils avançaient vers l'avenue longeant les voies du chemin de fer. Malko regardait attentivement autour de lui, au cas improbable où il verrait Teofilo.

Soudain, ils furent entourés par une demi-douzaine de jeunes plutôt inquiétants. Négligeant Malko, ils interpellèrent Nelia. Il vit le manche d'un couteau dépassant d'une ceinture. Partout, dans la rue, les gens détournaient la tête. La discussion en tagalog se poursuivait, violente. Nelia se tourna vers Malko.

— Ils disent qu'on doit partir, tout de suite. Personne ne nous dira où est Teofilo, ils pensent que vous travaillez pour la police. Ils veulent vous tuer...

Ils s'éloignèrent, les autres suivirent à distance respectueuse. Malko s'aperçut que la jeune Philippine était terrifiée.

— Marchons au milieu de la rue, dit-elle, ils n'oseront peut-être pas nous frapper. Il faut faire attention aux grenades, c'est comme ça qu'ils règlent leurs comptes ici...

Malko se retournait tous les dix mètres, prêt à plonger dans le premier trou venu. Mais ils émergèrent sains et saufs dans la grande Rizal Avenue. Entre la chaleur et l'angoisse, leurs vêtements collaient à la peau. Malko était déçu. Sa piste était tuée dans l'œuf. Nelia le réconforta.

— Je vais contacter des gens au téléphone. Retournons à l'hôtel.

Ils regagnèrent le *Manila*. Aussitôt, Nelia se mit au téléphone. Appelant des dizaines de numéros avec une patience d'ange. Au bout de deux heures, elle raccrocha, et adressa un sourire radieux à Malko.

— Je crois que j'ai trouvé quelqu'un qui va nous brancher sur le Sig-sig gang. Nous le verrons ce soir.

CHAPITRE XII

Sheilah Calampang alluma la dernière cigarette de son paquet. Elle avait soigneusement rangé les dix-neuf autres mégots en rond dans le cendrier, signe de grande nervosité. En face d'elle, le padre Conrado contemplait ses grosses chaussures, déplacées sur le sol de marbre. Sa tenue élimée et tachée contrastait avec le tailleur élégant de la jeune femme.

Leur interlocuteur était un homme petit et trapu, avec des lunettes de comptable, les cheveux rasés sur le côté de la tête, à la japonaise, ce qui dégageait d'énormes oreilles rouges et décollées. Le torse boudiné dans une superbe *barang* (1) tagalog, seul signe de sophistication chez lui.

Il était au téléphone, guetté par les deux autres. Il raccrocha.

— Alors ? demanda Sheilah.

— Ce n'est pas fait, il y a eu un contretemps.

La jeune femme siffla comme un serpent en colère.

— C'est très grave, ce sont des idiots !

L'homme aux oreilles rouges, la regarda, l'air mauvais.

— Ce ne sont pas des idiots, dit-il. Ils n'ont pas eu de chance, ils recommenceront.

— Quand ?

(1) Chemise brodée typiquement philippine.

— Le plus tôt possible.

Le padre Conrado secoua la tête :

— S'il retrouve Donna c'est très grave, il faudra décommander l'action. Nous aurons gaspillé beaucoup d'efforts pour rien. Je n'aurai plus qu'à retourner dans le Nord pour des mois ou des années peut-être. Jamais nous ne retrouverons une occasion pareille...

Le Philippin aux cheveux rasés paraissait de plus en plus nerveux. Il alla jusqu'à la porte de l'appartement et l'ouvrit. Le couloir était vide. Il referma, tirant un mouchoir de sa poche pour s'essuyer le front. Il risquait dans cette aventure sa vie, et des années de travail acharné. Pour la première fois, il regrettait d'avoir dit oui, en dépit des promesses mirobolantes qu'on avait fait scintiller à ses yeux. Sheilah posa sur lui un regard furibond.

— Avec les moyens dont vous disposez, c'est incroyable...

— Je ne vais pas le faire moi-même, grogna-t-il, la prochaine fois sera la bonne.

— Il est sur ses gardes maintenant.

— Cela ne change rien.

Ses petits yeux noirs enfoncés dans leurs orbites s'étaient durcis. Il avait toujours manié la violence. Par personne interposée et quand il était sûr de l'impunité. Les meurtres à son actif ne se comptaient plus.

Le padre Conrado tourna la tête vers Sheilah.

— Je vais m'en charger, annonça-t-il. Je ne tiens pas à la vie.

— Arrêtez vos conneries, grommela le Philippin. S'ils vous prennent, ils vous feront parler. Je m'en occupe.

Il se leva, de plus en plus nerveux. Il n'y avait pas que le faux Hans Vogel à craindre. Le 5th Constabulary n'avait pas fini son enquête. Lui ne craignait rien, mais Sheilah Calampang, si. Le padre Conrado encore plus : il avait déjà échappé de justesse à plusieurs reprises aux forces de l'ordre. A Manille, il se faisait aider par des religieux qui n'étaient pas absolument sûrs.

L'autre, si Sheilah Calampang ne l'avait convoqué par téléphone, jamais il ne serait venu à ce rendez-vous. Hélas ! il s'était engagé auprès de plus puissants que lui. Or, il était vulnérable sur de nombreux points, en raison de ses multiples rackets.

Il suffisait d'un coup de téléphone pour qu'il ne puisse plus organiser ses lucratifs combats de chevaux. Ou ses combines avec les douaniers de l'aéroport de Manille. Il était pris entre deux feux et la seule façon de s'en sortir était malheureusement la fuite en avant. Le projet « June Bride » devait être mené à bien. Envers et contre tout.

— Demain à la même heure, je vous appellerai.

Sheilah Calampang inclina la tête et le raccompagna. Elle le haïssait et il devait bien le lui rendre, mais lui aussi était une pièce indispensable du projet « June Bride ». Elle referma la porte sur lui et revint vers le padre Conrado, l'œil sévère. Elle le trouvait trop romantique.

— De toute façon, remarqua-t-elle, si votre solution de rechange se révèle impossible, nous nous donnons du mal pour rien. Où en êtes-vous ?

— Le padre Tomino me jure que cela se passera bien. Je vais repartir là-bas avec lui. Cette nuit. Je reviendrai avec l'autre.

— C'est dangereux de prendre l'avion, remarqua froidement Sheilah.

— Je sais, mais nous n'avons pas le choix. J'ai de faux papiers et la nuit, ils sont moins vigilants. Je suis sûr que cela va s'arranger.

— Souhaitons-le, soupira Sheilah Calampang.

En dépit de son romantisme, Conrado Balweg était un homme solide et dévoué à leur cause. Ce qui la réconfortait. Pourtant, la présence à Manille du faux Hans Vogel rendait toute leur entreprise vulnérable. S'il mettait la main sur leur complice, Lita-Donna, ce serait facile de remonter la filière. Sheilah ne craignait pas pour elle-même, quelques mois de prison en plus ou des tortures, ce n'était rien. Mais quand retrouveraient-ils des alliés riches et puissants pour se débarrasser de Marcos ?

Le petit appartement où ils se trouvaient n'avait pas de climatisation et la chaleur poisseuse devenait insupportable. Elle s'essuya le front et but une gorgée de Perrier. Malheureusement tiède. Vivement la fin de la mousson. Et le succès de leur opération. Pour la première fois de sa vie, elle se sentait des goûts de luxe. Peut-être à force de fréquenter des riches.

***

Un petit être surgit d'une encoignure et se précipita dans la lueur des phares pour ouvrir la portière de la voiture. Malko, avec étonnement reconnut un nain ! Ce dernier, le visage grimaçant de servilité commerciale s'inclina profondément devant lui. Les néons éclairaient de lueurs rosâtres ou verdâtres les putes en faction sur des pliants, installés à même le trottoir de la rue étroite.

Malko était accompagné de Nelia, aussi se désintéressèrent-elles de lui aussitôt. La jeune Philippine le précéda dans un bar dont l'enseigne annonçait : *Hobbit,* escortée du nain sautillant.

Trois nains chantaient sur une estrade. La caissière mesurait un mètre dix et le garçon qui s'approcha d'eux arrivait à la taille de Malko. Dans un coin, un autre nain vieillissant tripotait un jeune homme, assis sur ses genoux. Ils s'installèrent à une grande table, au milieu de la boîte. Tout près d'eux, un client semblait dormir, affalé, la tête dans ses bras. Curieuse ambiance. Nelia se pencha vers Malko.

— Je connais un de ces nains. Il est employé souvent pour des cambriolages par les gangs. Il peut se glisser n'importe où. Mais il ne parlera pas devant toi. Attends-moi.

Elle disparut dans un escalier menant au premier étage. Malko ne resta pas seul longtemps. Un nain surgit, mit sa petite main dans la sienne et l'entraîna !

Amusé, il se laissa faire. Son « guide » le mena droit aux toilettes pour hommes. Malko se dit qu'il allait en profiter pour satisfaire un besoin naturel. Il avait à peine terminé qu'il sentit un frôlement le long de sa jambe. Le nain qui s'était éclipsé, était de retour, une serviette immaculée dans la main gauche. Il tendit la droite et saisit Malko.

— *I take care of you, Sir,* (1) annonça-t-il d'une voix fluette.

Il joignait déjà le geste à la parole, avec un sourire entendu. Horrifié, Malko recula et se barricada derrière sa fermeture Eclair. Sous le regard plein de reproches du nain, prêt à l'accuser de racisme sexuel...

Lorsqu'il regagna la salle, les trois nains de l'estrade avaient cédé la place à une chanteuse grandeur nature, mais Nelia n'avait pas reparu. Il se rassit, et remarqua soudain un détail étrange chez le client endormi de la table voisine.

Son visage se crispait par moments, puis se détendait avec un air de béatitude absolue. Il sursauta tout à coup comme si une bête l'avait piqué, ses

(1) Je m'occupe de vous, monsieur.

doigts se crispèrent autour de son verre vide et il poussa un gémissement insolite.

Quelques instants plus tard, un nain en blanc émergea de sous la table et trottina jusqu'à une zone d'ombre. Machinalement, Malko vérifia que rien ne traînait sous *sa* table.

Au même moment, Nelia revint.

— Où m'avez-vous emmené ! dit Malko, c'est abominable.

La jeune femme rit de bon cœur.

— C'est un endroit très connu à Manille. Certaines femmes raffolent des nains. En haut, il y a une pièce où ils s'exhibent. Ils sont souvent étrangement proportionnés. Bien entendu, les homosexuels aussi en sont friands. Ils les habillent en petit garçon pour des shows... Vous voulez regarder ?

— Merci, dit Malko.

Il adorait sodomiser une dame, mais n'avait jamais pensé à faire subir le même traitement à un « petit garçon ». Nelia regarda sa montre.

— Dépêchons-nous, j'ai un contact pour le Sig-sig gang, mais il faut y aller tout de suite.

Ils quittèrent le *Hobbit* pour reprendre leur voiture. Les néons défilaient, éclairant des hordes de Japonais et des grappes de putes. La Tourist Belt fonctionnait à plein rendement... Puis les rues se firent plus sombres. Ils traversèrent la Pasig, après Ermita débouchant dans le quartier pauvre de Quiapo. Déserte, avec des arcades sinistres, Nelia inspectait les numéros et le nom des rues. Ils tournèrent. Un visage luisant de sueur apparut dans une impasse de terre battue. Elle frappa à une porte de bois. Le battant s'entrouvrit, sur un interlocuteur invisible. Chuchotements en tagalog.

On les laissa enfin entrer. L'odeur de crasse et de suri prenait à la gorge. Malko s'arrêta, interdit. Un cercueil occupait tout le centre de la pièce, posé sur des tréteaux, encadré de cierges, un grand crucifix devant. Le silence était absolu, sauf un curieux cliquetis provenant d'une chambre voisine.

— Qui est mort ? demanda Malko, intrigué.

— Personne, dit Nelia.

De plus en plus bizarre. Ils pénétrèrent dans l'autre chambre. Six hommes étaient assis autour d'une table, jouant au mah-jong... Un septième, à l'écart, observait, immobile comme une momie. Nelia s'approcha et lui parla à l'oreille. Les joueurs continuaient, impavides... Pas troublés par la présence de Malko. Nelia revint vers lui.

— Viens.

Ils ressortirent.

— Attendons un peu, il va nous rejoindre, dit la jeune femme, la partie est presque finie.

— Qui est-ce ?

— Un loueur de cadavres, expliqua-t-elle. Le jeu est interdit aux Philippines, sauf quand on doit veiller un mort. Pour que ceux qui veillent le corps ne s'endorment pas... Alors, il y a des gens qui louent des cadavres et qui prélèvent un pourcentage sur le gain des joueurs... C'est celui qui était là.

— Quel est le lien avec ce que nous cherchons ? demanda Malko, suffoqué.

— Il travaille avec le Sig-sig gang.

Ils se réinstallèrent dans la voiture. Vingt minutes plus tard, le loueur émergea, et monta avec eux. Courte discussion en tagalog, à voix presque inaudible. Nelia se tourna vers Malko.

— Il a peur. Il veut deux cents dollars pour nous conduire à celui qui engage les tueurs du Sig-sig gang. Mais il ne fera rien de plus.

— Cela suffit, dit Malko.

Il sortit l'argent et les billets changèrent de mains.

Malko redémarra et, sur les instructions de Nelia, s'enfonça vers le nord-ouest, dans des quartiers de plus en plus sordides, en lisière du grand bidonville de Tondo.

Ils stoppèrent enfin à un carrefour désert, entouré de terrains vagues. Le loueur fila à l'entrée d'une rue et revint, faisant signe à Nelia qu'ils pouvaient y aller.

— Où sommes-nous ? demanda Malko.

— Torres Street, dit Nelia.

Un groupe de gosses était affalé sur le trottoir, devant une maison démolie d'où émergeait un cocotier rachitique qui se découpait sur le clair de lune de façon irréelle. Devant les nouveaux venus, les enfants s'immobilisèrent, tous muscles bandés, prêts à fuir, aplatis, dangereux. Nelia et Malko restèrent en arrière. Le loueur alla discuter. Cinq minutes, dix minutes... Un rat énorme traversa la chaussée et, aussitôt, d'une main sûre, un des gosses lui jeta une pierre qui lui arracha un couinement. Le loueur revint, apparemment soucieux. Nelia l'écouta et traduisit.

— C'est difficile. Celui que nous devons voir est défoncé au « rugby ». Mais ses copains veulent bien qu'on lui parle.

Le loueur avait déjà disparu dans l'obscurité. Les gosses observèrent Malko, comme des chats un morceau de mou. Un grand — quatorze ans — se leva, s'approcha de lui avec un sourire canaille, cigarette aux lèvres, murmura quelques mots. Malko saisit au passage « carinoso »... (1) L'autre fit un geste expressif, puis haussa les épaules... Nelia s'était accroupie près du plus grand. Le dos appuyé au mur, il tenait un sac de plastique de la taille d'un melon collé à son nez. Des cicatrices balafraient son front et ses avant-bras. Ses yeux avaient un regard vague.

(1) Gentil.

— Qu'est-ce qu'il fait ? demanda Malko.

— Il aspire de la colle à chaussure. C'est une drogue, expliqua Nelia.

Le gosse avait fini. Il lâcha son sac. Il n'avait plus de dents devant. Il fixa Malko et Nelia sans les voir. Et soudain, il prit un tesson de bouteille et, d'un geste précis, s'entailla l'avant-bras droit, regarda le sang couler et sourit aux anges...

— Il est fou, dit Malko, il va se mutiler...

— Ils font tous ça. Je vais essayer de lui parler, après il va dormir.

Nelia s'accroupit à côté de lui. Aussitôt la main du gamin fila sur sa cuisse comme un lézard, disparut sous sa jupe. Nelia ne broncha pas. Elle parlait. Béat, le gosse édenté trifouillait sous sa jupe en écoutant. Finalement, elle se tourna vers Malko, impassible. La diction difficile du jeune tueur ne facilitait pas l'interrogatoire.

— Tu as encore de l'argent ?

Malko tendit deux billets de vingt dollars. Le jeune gosse drogué les empocha de la main gauche et ne dit rien. Ce n'était pas assez. Nelia haussa le ton, l'autre lui pinça le sexe. Les autres gosses s'étaient rapprochés, intéressés. Malko se demanda s'il n'allait pas recevoir un couteau dans le dos. La rue était absolument déserte. Un cochon grognait un peu plus loin. Les yeux de Nelia étaient fixes, durs. Mais elle continuait à parler. Malko était dégoûté.

— Laissez tomber, dit-il.

Mais Nelia ne laissait pas tomber. D'un geste elle réclama encore de l'argent. Malko donna vingt dollars. Cette fois elle les garda hors de portée. Le gosse parlait de plus en plus difficilement... Le billet se rapprochait, s'éloignait. La main était toujours sous la jupe... L'œil du jeune drogué brillait d'une lueur sadique et lubrique. Un autre caressa la nuque de

Malko. L'ambiance s'alourdissait. Soudain, le drogué éclata de rire, jeta un mot et rafla le billet. Du même élan, Nelia se redressa.

— Viens.

Ils s'en allèrent presque à reculons.

— Il a parlé ? demanda anxieusement Malko.

Nelia releva sa jupe. Il y avait du sang sur sa cuisse gauche et son slip était tout maculé. Elle l'enleva et le jeta, puis rabattit le tissu sur ses cuisses nues, et se serra contre Malko.

— Oui, dit-elle, celui qui a demandé de mettre les deux cobras dans la voiture c'est Sir Jimmy... Un policier véreux et pédé.

Malko était trempé de sueur. Il retrouva la Toyota avec délices. Nelia tremblait.

— S'il n'avait pas été drogué, il n'aurait jamais parlé, dit-elle. Sir Jimmy est redouté de tout le monde. Il a le bras long et c'est un tueur. Il recrute les gosses au Youth Center (1) pour les prostituer. Quand ils ne veulent pas, il les bat. Une fois, il en a noyé un dans la Pasig. Personne n'a rien dit.

Malko lui caressa les cheveux. Que venait faire Sir Jimmy dans cette histoire ? Avec un prêtre communiste, une call-girl de luxe et la doctrinaire Sheilah Calampang ? Qui voulait la peau de Ferdinand Marcos ?

*
* *

En contemplant les boiseries blondes impeccablement cirées du bureau du chef de la station de la CIA, Malko avait du mal à imaginer ce qu'il y avait à deux kilomètres au nord de l'ambassade, là où il se

(1) Maison de correction du centre de Manille.

trouvait la nuit précédente. De retour au *Manila*, ils avaient pris une douche et Nelia lui avait fait l'amour à sa manière douce et efficace, totalement dénuée d'égoïsme. Ensuite, il l'avait ramenée chez Bill Carter...

Ce dernier compulsait anxieusement un mince dossier.

— Voilà ce que j'ai pu réunir sur Sir Jimmy... annonça-t-il. C'est le responsable policier du quartier d'Ermita. Tout le monde sait qu'il est en cheville avec les Yakusa...

— Qui sont exactement les Yakusa ? interrogea Malko.

— Les gangs japonais qui « tiennent » la prostitution de Manille. Les Philippins sont trop paresseux pour s'organiser. Ils exportent des filles et des armes au Japon, amènent des touristes et veillent à ce que tout se passe bien. Sir Jimmy est rétribué par les Yakusa. C'est connu, mais il n'y a pas de preuves. Il dispose de hautes protections. Un policier qui voulait le confondre a été assassiné en plein jour à la mitraillette, en face du commissariat d'Ermita.

Malko était perplexe. Que venaient faire les Japonais là-dedans ? Les gangs ne voulaient quand même pas liquider Ferdinand Marcos !

— Il doit avoir d'autres connexions ?

— Sûrement, approuva l'Américain. Seulement, on ne les connaît pas. C'est un monde clos, secret.

Le silence retomba dans le bureau, troublé par le chuintement du climatiseur. Ils se heurtaient à un mur. L'Americain soupira.

— Si je repasse cette information à mes homologues philippins, deux choses vont arriver. Un : le gosse qui a parlé sera assassiné et ensuite, Sir Jimmy niera tout et personne ne le forcera à avouer.

Malko demeura muet, certain que l'Américain analysait correctement la situation. Malgré ses efforts, il était de nouveau au point mort.

— L'élection a lieu dans une semaine, insista Bill Carter. Nous savons que l'opération « June Bride » doit se dérouler le quinze. Cela ne nous laisse pas beaucoup de temps.

Depuis l'aube, Nelia avait commencé à courir les agences de mannequins, réunissant des photos à soumettre à Malko. La piste de Lita continuait à être bonne. Mais cela pouvait prendre des semaines pour la retrouver.

— J'ai eu un contact ce matin avec la NISA, annonça l'Américain. Ils poursuivent l'enquête, mais n'ont encore rien obtenu. La tentative de meurtre avec les cobras les a beaucoup intéressés. Ils vous offrent une protection rapprochée.

— Merci, dit Malko, je peux me protéger moi-même.

— Je crois que vous ne réalisez pas bien le danger, dit soudain Bill Carter. Nous sommes dans une ville féroce, où on se tue pour un oui ou pour un non. Où on peut recruter tous les tueurs qu'on veut pour deux mille pesos. Où les gangs s'expliquent à la grenade. Vous êtes le seul à pouvoir identifier cette Lita. Il faut que vous restiez vivant.

— Vous avez de bonnes intentions à mon égard, remarqua Malko.

— Plus que ça, fit l'Américain. J'ai obtenu de Langley qu'ils vous envoient une protection adéquate : vos vieux amis Chris Jones et Milton Brabeck. Ils doivent être en ce moment au-dessus du Pacifique... Ils arrivent tout à l'heure.

Il fallait vraiment que la CIA considère Malko en danger pour se livrer à des dépenses aussi somptuaires.

— Il ne reste plus qu'une solution pour faire avancer nos affaires, proposa soudain Malko. Faire parler nous-même ce Sir Jimmy.

Toute trace de compréhension s'effaça instantanément du regard de l'Américain.

— Vous êtes malade ! Je vous interdis définitivement de mêler des gens de la « Company » à ce genre de projet. Le kidnapping et l'interrogatoire d'un citoyen étranger dans un pays ami... Vous ne voulez pas qu'on le torture dans la baignoire de l'ambassadeur !

Devant la réaction horrifiée de Bill Carter, Malko battit en retraite.

— Je vous jure que Chris et Milton resteront dans la légalité la plus totale. Eux qui ont appris à jouer au football avec des grenades, ils ne vont pas être dépaysés... J'espère qu'ils vont bien supporter la chaleur...

Visiblement, Bill Carter se moquait de l'adaptation des deux gorilles au climat de Manille. Il répéta :

— Pas de blague, hein ? Je vous connais !

— Juré, dit Malko. Si je mens qu'on ne m'enterre pas à Arlington (1) ! Mais puisque je suis à Manille et que j'ai déjà couru pas mal de risques, je ne vais pas rôtir à la piscine du *Manila*. Il y a mieux à faire.

Bill Carter le suivit d'un regard soupçonneux. Il sentait que Malko ne lui avouait pas tout. Devant l'ascenseur, ce dernier se dit qu'il avait peut-être une minuscule chance de s'attaquer à Sir Jimmy. L'Américain le rejoignit.

— Vous me cachez quelque chose ? Qu'est-ce que vous mijotez ?

— Quelque chose qui vous fera plaisir si cela marche, affirma Malko.

(1) Cimetière militaire de Washington.

CHAPITRE XIII

— Ecoutez, fit l'Américain, nous ne sommes pas ici pour nous chamailler. Sir Jimmy est tabou, mais si nous retrouvons cette fille, cela reviendra au même et c'est plus facile. Je suis *vraiment* inquiet pour vous. J'ai l'impression que cette histoire n'est que le bout de l'iceberg, que cela cache quelque chose d'énorme. Que vous êtes l'homme à abattre pour des gens puissants qui ont tous les moyens à leur disposition.

— Que voulez-vous dire ? demanda Malko avec un petit creux d'angoisse à l'estomac.

— Que nous ne nous trouvons pas en face d'un complot « normal ». De communistes, ou d'excités hypercathos. Il y a des gens *au pouvoir* qui veulent la peau de Marcos. Ce qui semble idiot à première vue et illogique. Une sorte de conjuration comme pour Somoza. Mais la situation est différente ici et je ne comprends pas...

— Vous n'avez pas d'informations ?

Bill Carter leva les yeux au ciel.

— Normalement, nous savons *tout*. Quand il y a des votes chez les extrémistes, nous connaissons même ceux qui ont voté pour ou contre. Or, brusquement, c'est le brouillard... Ce Sir Jimmy est un flic, qui dépècerait vivant les types du New People Army. Or, nous le retrouvons avec le padre Conrado, communiste convaincu. Quant à ce dernier, je ne vois pas son lien avec une fille comme cette Lita... Le NPA n'a jamais fait de guérilla urbaine. Les types qui posaient des bombes pour les cathos sortaient directement de l'université. Maintenant, il y a en face de nous une organisation hétéroclite, mais redoutable... Dont personne ne sait rien de précis ni les Philippins ni nous. La partie émergée de l'iceberg, c'est cette Lita...

— J'ai rendez-vous avec Nelia pour faire le point, dit Malko. Peut-être a-t-elle trouvé quelque chose.

— Espérons-le, fit Bill Carter.

L'ascenseur était là. Il ouvrit la porte à Malko, puis, pris d'une inspiration subite, il demanda :

— Vous êtes armé ?

— Oui, dit Malko, j'ai mon 22. Cette fois, je l'ai sorti de ma valise.

Il emportait toujours son pistolet extra-plat, tirant des cartouches de 225 long à haute vitesse initiale. De façon à infliger des blessures d'arrêt. A cause des contrôles aux aéroports, il le mettait dans sa valise. Il ne l'avait pas sorti encore à Manille, pour ne pas être obligé de l'exhiber chaque fois qu'il entrerait à l'hôtel.

— Prenez-le avec vous, conseilla l'Américain. Je vais vous obtenir une autorisation de port d'arme. En attendant, sortez-le de l'hôtel et laissez-le dans la voiture. Et bonne chance.

Un ange passa, portant aux ailes un large brassard noir. La dernière fois que Bill Carter avait formulé le même vœu, Malko s'était retrouvé aux mains du caporal Robustano...

*
* *

Nelia attendait sagement dans le lobby du *Manila*, une grosse enveloppe brune sous le bras. Ils montèrent dans la suite de Malko et elle étala les photos recueillies auprès des différentes agences. Malko les examina une à une.

Aucune, hélas ! ne correspondait... Nelia ne sembla pas découragée.

— J'ai vu les « vraies » agences, expliqua-t-elle, mais il y en a qui fournissent des filles pour les shows un peu spéciaux. Des call-girls aussi. Nous avons rendez-vous dans la plus grande, à Makali, dans Amorsolo Street.

Malko commençait à être sceptique sur cette méthode de recherche. Le personnage de Sir Jimmy l'attirait beaucoup plus.

— Nelia, dit-il, est-ce que je pourrais retrouver un garçon qui s'appelle Ruben, qui est, paraît-il un chef de gang et qui vit sur la Montagne Fumante ?

Il lui raconta l'incident de Mabini Street et son intervention, ce qu'il n'avait pas fait jusque-là, l'incident n'ayant aucun rapport avec « June Bride ».

Elle l'écouta, nettement réprobatrice, et secoua la tête.

— C'est très difficile de mettre la main sur ces gens-là. Ils se cachent. Et puis, même si tu le retrouves, il ne fera rien. Ce sont des petits voyous, des tueurs. S'il ne voulait pas donner la fille, comme tu dis, c'est parce que l'autre ne lui offrait pas assez. Tu ne les connais pas...

Elle semblait indignée de la candeur de Malko devant ce monde féroce. Ce dernier n'en démordit pas.

— Après l'agence, tu peux quand même essayer ?

— Si tu veux, dit-elle de mauvaise grâce, mais de toute façon, ça ne marchera pas.

La chaleur était toujours aussi effroyable, le ciel plombé, et Nelia ouvrit une petite ombrelle, comme la plupart des Manillaises, pour se protéger du soleil. Il n'y avait pas de cobra dans la voiture et Malko glissa sous le siège son pistolet extra-plat avec un chargeur plein, sous l'œil inquiet de Nelia. Elle trouvait que l'arme n'était pas assez grosse. Malko dut lui jurer que cela faisait des trous très convenables.

L'inévitable garde ceinturé de cartouchières veillait sur le building d'Amorsolo où se trouvait l'agence Legaspi. La secrétaire qui les accueillit, à peine vêtue d'une jupe ultracourte et d'un chemisier transparent, avait un air sévère derrière ses grosses lunettes de myope à monture d'écaille. Elle écouta d'un air froid les explications de Nelia présentant Malko comme un impresario désireux d'organiser des shows de mannequins philippins sur la côte Ouest américaine.

Les books commencèrent à s'amonceler. Au bout d'un quart d'heure, Malko avait une indigestion de jambes fuselées, de petits derrières ronds et de sourires stéréotypés.

Rien.

Il y eut une nouvelle discussion en tagalog entre Nelia et les grosses lunettes d'écaille. Malko aperçut une lueur d'intérêt dans les yeux grossis par les verres, puis Nelia se tourna vers lui avec un sourire de triomphe.

— Elle va montrer le second fichier, celui où il y a les filles qui font des shows « spéciaux ». Je l'ai convaincue que nous voulions *vraiment* emmener les filles aux U.S.A. Qu'il y avait des possibilités de « cartes vertes ». Va voir le fichier, il faut que je téléphone à Bill, j'ai dû donner son numéro. Elle n'avait pas confiance.

Malko emboîta le pas à la secrétaire qui l'entraîna dans un long couloir moquetté, jusqu'à une petite pièce remplie de classeurs métalliques. Elle en ouvrit un et en sortit un album relié épais de vingt centimètres. La « crème » de l'agence Legaspi. Elle le posa sur une table et Malko se pencha dessus. En cinq minutes, il en eut fait le tour. Elle reprit l'album, le rangea, en sortit un second, l'ouvrit à une page et posa un doigt terminé par un ongle rouge vif sur la photo d'une fille à quatre pattes sur une couverture de fourrure, nue comme un ver.

— *That's me.*

Elle ôta ses lunettes, se rapprocha, le visage levé vers Malko, sans un mot. Dix secondes plus tard, elle se frottait furieusement contre lui, l'embrassant avec une science consommée. Vingt secondes de plus, elle l'avait à moitié déshabillé et s'activait sur lui. Encore dix secondes, et elle s'agenouilla sur l'épaisse moquette, continuant ce qu'elle avait si bien commencé. Sa langue et sa bouche s'activaient avec fureur. Une vraie tornade jaune. En moins de temps qu'il ne faut pour le dire, Malko se sentit exploser délicieusement.

A peine eut-il le temps de redescendre sur terre que la « secrétaire » s'était redressée avec un coup d'œil inquiet vers la porte. Légèrement essoufflée. Elle remit ses lunettes et reprit son attitude distante.

Mais, visiblement, elle avait très envie d'aller aux Etats-Unis. Avec un sourire contraint, ayant conscience qu'il se conduisait comme un mufle, Malko reprit l'examen du book, sous le regard de plus en plus réprobateur de la secrétaire. Dans celui-là, la plupart des filles étaient nues. Certaines dans des poses carrément obscènes.

Enfin, alors qu'il n'en restait que trois ou quatre, il tomba en arrêt devant le cliché d'une fille debout, de profil, ce qui mettait en valeur le relief de ses reins. Malgré la frange et la coiffure différente, c'était bien Lita. S'il avait eu un doute il aurait été immédiatement levé : elle portait l'étonnant maillot blanc ceinturé de léopard que Malko lui connaissait.

Il n'y avait aucun nom au revers des photos, seulement un numéro. Malko se tourna vers la secrétaire, essayant de ne pas avoir l'air trop intéressé.

— Qui est celle-là ? Il ajouta aussitôt : j'ai besoin de plusieurs filles, n'est-ce pas...

Le visage plutôt fermé, la secrétaire nota le numéro, rentra le book et précéda Malko dans la pièce où attendait Nelia.

— J'ai trouvé quelqu'un qui me convient, annonça Malko.

La secrétaire fouilla dans son fichier et annonça :

— Miss Donna Katuray.

— Vous avez son adresse, son téléphone ?

Silence réprobateur, regard glacial.

— Désolé, nous ne pouvons pas les donner, mais je vais la convoquer.

Avant que Malko ait pu la stopper, elle était au téléphone. C'était la catastrophe. La fausse Lita risquait de soupçonner l'arnaque... Il observa la secrétaire en grande discussion. Elle raccrocha et annonça avec un sourire ravi :

— Je suis désolée, mais Miss Donna a déménagé, on ne sait pas où elle vit maintenant.

Ça n'avait pas l'air de lui fendre le cœur. Malko bouillait de rage. Les yeux noirs derrière les lunettes d'écaille fusillaient Malko, lui reprochant muettement son ingratitude... La porte du bureau s'ouvrit soudain sur une fille, un book à la main, qu'elle laissa tomber dans les bras de Nelia. Celle-ci expliqua aussitôt ce qu'ils cherchaient. La nouvelle venue réfléchit quelques secondes et dit soudain :

— Attendez, je crois qu'elle fait un « fashion show » de Gérard Pergo à l'hôtel *Tradewinds*.

Chaque jour à Manille, il y avait des dizaines de « fashion shows » dans tous les grands hôtels, prétexte à exhiber des filles superbes et déshabillées. Malko et Nelia remercièrent et s'éclipsèrent, abandonnant la secrétaire se jurant de ne plus gaspiller ses talents à l'aveuglette...

Nelia regarda sa montre.

— Il est une heure quarante, et les shows finissent à deux heures, nous avons peut-être le temps. Ce n'est pas loin.

*
* *

Le *Tradewinds Hotel* se trouvait au bord de la South Super Highway filant vers l'aéroport. Une affiche annonçait *Fashion Show : 12-2.50 pesos for lunch.* Malko et Nelia pénétrèrent dans une salle où des mannequins évoluaient sur une estrade violemment éclairée. Il n'y avait guère que des hommes dans le public.

Quatre filles et quatre garçons s'enroulaient les uns autour des autres, vêtus de minuscules maillots. Ceux des hommes présentaient des bosses disproportionnées à la taille fluette de leurs propriétaires. Nelia se pencha à l'oreille de Malko.

— Ils mettent du coton pour exciter leurs partenaires.

Aucune des quatre filles n'était Lita-Donna. Elles sortirent, laissant l'estrade vide.

Celle-ci fut aussitôt envahie par un flot de filles, toutes plus belles les unes que les autres, vêtues de maillots à la limite de la décence : c'était le final. Malko essayait de toutes les examiner. Soudain, les battements de son cœur s'accélérèrent. A gauche, au premier rang, c'était Lita ! Dans un maillot en tissu noir brillant, drapé en V descendant très bas sur le ventre, plus cambrée que jamais ! Elle ne pouvait voir Malko à cause de l'obscurité de la salle.

Il la montra à Nelia :

— La première à gauche, celle qui est déhanchée, c'est Lita.

Nelia était tout excitée.

— Fantastique ! je vais aller dans la coulisse, dire que je représente un ami qui désire qu'elle lui fasse un show privé à son hôtel. C'est courant. Elles prennent cent dollars, juste pour les regarder. Beaucoup plus pour faire l'amour.

Malko regardait de tous ses yeux la fille en train d'évoluer gracieusement de la façon la plus provocante possible. Pas étonnant qu'elle lui ait fait un tel cinéma. Pourtant elle savait aussi tenir un Magnum... Le final se termina très vite et les filles disparurent sous les applaudissements. La plupart des spectateurs se levèrent. Malko attendit à sa table que Nelia réapparaisse, le cœur battant.

Dix interminables minutes s'écoulèrent, puis la jeune femme revint, les yeux brillants de joie.

— Ça y est ! Elle vient. Nous la retrouvons dans le hall.

— Elle ne se doute de rien .

— Non, j'ai discuté le prix. Mais elle va vous reconnaître...

— Evidemment, dit Malko. Le tout est de l'amener jusqu'au *Manila*. Prenez un taxi, je suivrai avec la voiture.

Des grappes de filles surgissaient sans cesse des coulisses, s'engouffrant dans des taxis, attendues par leurs « fiancés », ou récupérées par des clients. Un groupe de Japonais prolixes et hilares en embarqua cinq d'un coup : les plus jeunes, en socquettes blanches. Le fin du fin pour un Nippon.

Malko était sur des charbons ardents. Il se posta un peu en retrait de la sortie des coulisses.

Enfin, Lita apparut. Vêtue d'une sage robe blanche, les yeux dissimulés derrière des lunettes noires à monture rose bonbon, juchée sur des escarpins interminables.

Elle passa devant Malko et se dirigea droit sur Nelia qui l'attendait à l'autre extrémité du hall. Malko n'eut pas longtemps à se féliciter de sa prudence. Lita-Donna venait de s'arrêter brutalement au milieu du hall. Malko comprit aussitôt pourquoi : son image se reflétait dans une des glaces du hall que la jeune femme avait effleurée du regard par habitude. Ou à cause d'un sixième sens...

Les coins de sa bouche s'abaissèrent. Ignorant Nelia, elle fonça en courant vers la porte tournante, dégringola le perron du *Tradewinds Hotel*, courut jusqu'à un taxi qui allait démarrer avec plusieurs mannequins et s'y jeta !

Malko et Nelia arrivèrent trop tard pour l'en empêcher. Ils eurent juste le temps de sauter dans leur Toyota, sans perdre de vue le taxi. Comme surprise, c'était raté...

— Il va falloir qu'elle s'arrête, dit Nelia. Nous la coincerons...

Un peu plus loin, le taxi quitta le freeway, remontant vers le nord. Ils se retrouvèrent englués dans la circulation de Bangkal, au milieu des bus et des jeepneys. De nouveau dans la chaleur inhumaine. Malko ne quittait pas des yeux le taxi, dix mètres devant. Une des portières s'ouvrit, Lita en jaillit, traversa la chaussée et sauta dans un jeepney allant dans la direction opposée. Celui-ci démarra et passa devant Malko qui put admirer son capot décoré d'une demi-douzaine de chevaux et d'autant de rétroviseurs. Il tenta de faire demi-tour, mais un bus le bloquait. Dans un concert de klaxons, il parvint enfin à effectuer sa manœuvre, mais trop tard... Lorsqu'il reprit la bonne direction, le jeepney avait pris de l'avance.

Il continua néanmoins. Cinq cents mètres plus loin, il en vit un qui lui ressemblait et le doubla. C'était bien le même, mais Lita n'était plus à l'intérieur...

— Retournons au *Tradewinds*, suggéra Malko en sueur et ivre de rage, il faut essayer d'avoir son adresse.

Il se colleta de nouveau avec la circulation. C'était la seule solution. Mais Lita risquait de ne pas se rendre chez elle. A moins que, surprise, elle veuille y repasser avant de plonger dans la clandestinité... Cinq interminables minutes encore, puis Nelia bondit dans le *Tradewinds*. La chemise de Malko lui collait au dos comme s'il avait pris une douche avec... Sans Nelia, il aurait été paralysé et aveugle...

Celle-ci surgit en courant, au bout de dix minutes et se laissa tomber à côté de lui.

— Nous avons de la chance ! Je connaissais un des organisateurs. Elle habite dans Pasong Tirad Road, près de l'hippodrome, à Santa Ana, ce n'est pas trop loin.

Ils ressortirent du Super South Highway pour s'engager dans de petites rues grouillantes de monde, bordées de misérables maisons en bois. Le sol était défoncé, les jeepneys avançaient sur trois files. Impossible de doubler. Malko rongeait son frein. Pourvu qu'ils la retrouvent ! Il avait complètement perdu le sens de l'orientation, dans ce labyrinthe de voies se ressemblant toutes.

— A gauche, dit soudain Nelia.

Il déboucha dans une large avenue à deux voies, bordée à gauche par le champ de course. Nelia regardait les numéros.

— Voilà, annonça-t-elle. Au 24.

C'était une masure en bois, avec deux étages branlants, un balcon prêt à s'écrouler. Une femme tricotait sur un pliant, à côté. Nelia partit se renseigner. Malko contemplait la minable baraque. Lita devait bien s'amuser dans son rôle de milliardaire...

Nelia revenait.

— Elle habite bien ici, au premier, chez une amie. Mais elle n'est pas là.

— Attendons, dit Malko, de l'autre côté.

Il redémarra, fit le tour jusqu'à Pasong Tirad Road pour revenir se garer en face de l'entrée de l'hippodrome, laissant tourner le moteur pour la climatisation.

Il consulta sa Seiko-quartz. Deux heures quarante-cinq. Cinquante-cinq degrés et cent pour cent d'humidité. Il ne sentait même plus la faim. Il pensa soudain aux deux gorilles, Chris Jones et Milton Brabeck qui devaient avoir débarqué.

— Il y a un téléphone par ici ? demanda-t-il.

Nelia tendit le bras vers un petit appareil rouge posé non loin d'eux, à côté de l'entrée.

— Il y a une chance sur dix qu'il marche. Avec une pièce de un peso.

Il marchait. Malko obtint le *Manila Hotel*, demanda Mr Chris Jones. Second miracle, la voix du gorille lui répondit immédiatement.

— Bienvenue à Manille, Chris, dit Malko. Prenez votre artillerie et venez.

— *No shit !* explosa le gorille, on débarque. On est dégueulasses, sales, pas rasés et on a perdu nos bagages. On a l'air de clochards et on est crevés ! Vingt-sept heures de vol en éco...

— C'est parfait, dit suavement Malko, vous vous confondrez avec le paysage. Rejoignez-moi en face du Philippine Racing Club. N'importe quel bon taxi vous y conduira.

— On va jouer aux courses ? demanda le gorille, soudain plein d'espoir.

— Presque, dit Malko. A tout de suite.

Il raccrocha, rassuré sur leur conscience professionnelle. Les deux Américains représentaient une force de frappe non négligeable. Blanchis sous le harnais du « Secret Service », ils n'ignoraient plus rien des roueries de la protection des VIP. Deux cent cinquante kilos à eux deux, précis au tir comme des lasers, la conscience en forme de bannière étoilée, viscéralement anticommunistes et tout dévoués à Malko, ils avaient la puissance de feu d'un petit porte-avions, et le scrupule discret. Leur seule faiblesse venant de leur estomac, incapable de supporter les nourritures exotiques. C'est-à-dire tout ce qui s'éloignait du hamburger et du Pepsi-Cola.

Dégoulinant de sueur, Malko regagna la Toyota en toute hâte. Décalage horaire ou pas, Chris et Milton seraient là, le temps de traverser Manille.

— Nous allons recevoir du renfort, annonça-t-il à Nelia.

Il lui expliqua qui étaient Chris Jones et Milton Brabeck. L'attente reprit. Plus le temps passait, plus l'espoir de Malko diminuait. Lita ne reparaîtrait pas...

Une heure s'écoula lentement. Les gorilles avaient dû se perdre. Malko avait mal aux yeux à force de fixer l'entrée de la maison. Ces planques étaient épuisantes pour les nerfs. Et la bonne femme sur son pliant tricotait toujours.

Un taxi s'arrêta enfin derrière eux et il en émergea un Chris Jones fripé comme une vieille tante, le teint gris, les yeux injectés de sang, suivi de Milton Brabeck dans le même état. Malko s'avança à leur rencontre. Chris faillit s'étrangler en voyant Nelia.

— J'étais sûr que vous étiez avec une dame ! rugit-il. Nous, on n'a même pas eu le temps de prendre un bain !

— C'est vrai, vous sentez un peu, remarqua gentiment Malko. Mais ici, cela fait partie de votre camouflage.

Milton regardait autour de lui avec un dégoût non dissimulé.

— On se croirait à Porto Rico, fit-il, en plus dégueulasse. Putain, qu'il fait chaud !

— Venez dans la voiture, proposa Malko. Vous ôterez vos vestes...

En voyant la Toyota, ils s'étranglèrent de nouveau.

— On va jamais tenir là-dedans !

Ils se casèrent pourtant à l'arrière, les genoux contre le menton, mélangeant leurs transpirations... Chacun portait un holster avec un 38 au canon de quatre pouces, plus une petite babiole accrochée à la jambe. En cas de malheur. Leurs yeux gris étaient presque blancs de fatigue. Ils étaient vraiment pitoyables avec leurs complets de toile trempés de sueur. Nelia contemplait avec stupéfaction ces deux montagnes de chair. Chris aurait pu la couper en deux d'une seule main... Ses avant-bras ressemblaient à des jambons de Virginie. Malko leur expliqua brièvement l'objet de leur mission.

— Il fait toujours aussi chaud ? soupira Milton. On se croirait à La Nouvelle-Orléans...

— C'est la bonne saison, fit Malko.

Malgré les efforts courageux du climatiseur, il régnait dans la voiture un bon quarante degrés... C'était inhumain. Nelia, elle-même, n'en pouvait plus. Elle consulta sa montre.

— Je ne comprends pas. A moins que...

Ils pensaient à la même chose. Lita avait alerté ses complices et plongé dans la clandestinité... Ils étaient passé à un cheveu d'une occasion unique... A l'arrière, les deux gorilles somnolaient, dans les bras l'un de l'autre. Touchants. Malko avait du mal à garder les yeux ouverts. La sueur dégoulinait dans le col de sa chemise comme une cataracte...

*
* *

C'est Nelia qui l'aperçut la première. Machinalement, elle suivait des yeux un jeepney remontant l'avenue. Il s'était arrêté vingt mètres avant le numéro 24 pour repartir aussitôt. Déposant une silhouette blanche qui s'était mise à marcher rapidement. Nelia envoya un coup de coude à Malko.

— La voilà !

— Chris ! Milton !

Les deux gorilles faillirent faire éclater les portières tant ils descendirent vite, clignant des yeux sous le soleil implacable. Ils n'avaient plus figure humaine. De l'autre côté de l'avenue, la silhouette blanche avait presque atteint la maison branlante. Elle se retournait souvent mais n'avait pas pensé à regarder de l'autre côté de l'avenue. Malko préférait la laisser entrer. Il repéra soudain quelque chose qui lui glaça le sang. Deux Philippins venaient de sortir d'une voiture, garée avant le numéro 24 et marchaient vers Lita sans se presser. Massifs, le visage fermé, des chemises à fleurs sur le pantalon. Malko en avait trop vu de ce genre pour se tromper.

— Nelia ! dit-il, criez à Lita de venir par ici, ces deux-là l'attendent.

Nelia traversa l'avenue en courant. Sa voix aiguë hurlant en tagalog fit se retourner Lita. Celle-ci s'arrêta, vit les deux hommes et se mit à courir vers eux. Malko sentit une main glacée lui étreindre la gorge. Elle n'avait pas compris. A son tour, il se rua vers le mannequin, son pistolet extra-plat au poing.

— Lita, cria-t-il, ils vont vous tuer !

Déjà, un des Philippins avait glissé la main sous sa chemise. Bien campé sur ses jambes. L'autre, qui venait de repérer Malko et ses deux gorilles, marcha sur eux, l'air menaçant, couvrant son copain.

Lita s'arrêta brusquement. Réalisant que les deux

Philippins ne venaient pas pour son bien ! Elle fit demi-tour et se mit à courir maladroitement, vers Malko, le visage déformé par la terreur. Malko n'hésita pas. Visant le premier Philippin, il appuya sur la détente de son pistolet. Juste au moment où l'autre en faisait autant.

Les deux détonations se confondirent.

Le Philippin tituba, mais, soutenant sa main droite avec son poignet gauche, il tira de nouveau, visant Malko.

Une fusillade nourrie éclata à quelques mètres. Le second Philippin avait ouvert le feu sur Chris et Milton qui ripostaient, accroupis au milieu de l'avenue. Le combat était inégal. Le Philippin plongea du nez sur l'asphalte, touché par les projectiles des deux Américains et demeura immobile, tué net.

Une balle fit exploser le pare-brise de la voiture à côté de Malko.

Le Philippin titubait comme s'il était ivre.

Lita, la bouche ouverte, courait vers Malko. Elle parut faire un faux pas, tomba et roula sur elle-même. Avec horreur, Malko aperçut alors la grande tache rouge qui s'élargissait sur le dos de sa robe blanche.

CHAPITRE XIV

Malko releva la tête et vit le Philippin survivant, encore accroché à son arme, la braquant de nouveau sur la jeune femme à terre. Pour lui, visiblement, l'important était de l'achever. Avec une froideur qui l'étonna lui-même, Malko tendit le bras et appuya sur la détente de son pistolet extra-plat, visant soigneusement la poitrine du tueur. Les détonations claquèrent, assourdissantes. Le Philippin s'arrêta net, voulut tourner son arme vers Malko, puis tomba comme une masse. Sans même s'en rendre compte, Malko avait vidé son chargeur et sa culasse était restée ouverte. Machinalement, il la débloqua, et courut vers Lita allongée sur le trottoir.

La tricoteuse s'était levée et hurlait comme une sirène, ameutant le quartier. Chris et Milton s'approchèrent avec précaution des deux tueurs. L'un d'eux respirait encore, mais si faiblement qu'il n'en avait pas pour longtemps. Les badauds commençaient à affluer, maintenant que la fusillade avait cessé.

Malko prit doucement Lita sous les aisselles et la retourna. Elle lui sembla étonnamment légère. Sur le devant de sa robe, la tache de sang était encore plus impressionnante que dans le dos. Le trou de sortie du projectile. La jeune femme respirait encore et une mousse sanglante suintait de la commissure de ses lèvres. Elle ouvrit des yeux vitreux, sans reconnaître Malko. Nelia s'agenouilla, lui parla en tagalog, mais elle ne répondit pas.

— Il faut appeler une ambulance, dit Nelia, bouleversée.

Malko sentait contre son doigt le pouls diminuer rapidement. Une ambulance arriverait trop tard. Lita était en train de se vider de son sang. Anesthésiée par le choc, elle ne semblait même pas souffrir. Chris et Milton les rejoignirent, leur arme encore au poing.

— Appelez l'ambassade, dit Malko, il y a une cabine en face. Nelia va vous donner un peso. Dites à Bill Carter de prévenir son ami des services de sécurité philippins. Ensuite, filez, je me débrouillerai.

Nelia fouilla dans son sac et tendit des pièces à Chris Jone, qui fendit la foule des badauds. Puis, elle recommença à tamponner avec son mouchoir la mousse sanglante sortant de la bouche de Lita.

— Demande-lui qui est derrière tout ça, supplia Malko.

Nelia prononça quelques mots en tagalog. Lita sembla ne pas entendre. Elle respirait par à-coups. Un policier surgit, écartant brutalement les gens et interpella Nelia.

A ce moment, Lita eut un hoquet et se raidit dans les bras de Malko. Avec désespoir, il réalisa qu'elle venait de mourir. C'était terrible ce poids encore chaud, cette chair souple désormais figée dans l'implacable immobilité de la mort. Les yeux aveugles semblaient regarder très loin. Décidément, il ne s'habituerait jamais à ce spectacle.

Il reposa doucement la jeune femme sur le sol et lui ferma les yeux. Nelia expliquait au policier que deux inconnus avaient tiré sur la fille alors qu'ils l'attendaient pour lui proposer du travail. Le Philippin ne semblait pas autrement surpris. On se tuait beaucoup à Manille... Néanmoins, il guignait le pistolet de Malko, posé par terre. Il allait falloir s'expliquer.

Malko regardait la morte. Comme dans le conte de Samarcande, Lita était venue au rendez-vous avec la mort en croyant la fuir. Elle avait dû prendre contact avec ses employeurs qui lui avaient dépêché les deux tueurs... La piste s'arrêtait là.

Il essuya son cou trempé de sueur. Les badauds jacassaient en tagalog autour de lui, la chaleur était effarante. Il se releva pour aller examiner celui qui avait abattu la jeune femme. Une balle l'avait touché en plein visage, d'autres dans le ventre et la poitrine. Des rigoles de sang s'écoulaient sur l'asphalte, déjà grouillantes de mouches. Le tueur avait encore près de sa main un colt 45 automatique. Son gros visage vulgaire, grêlé de cicatrices, n'avait rien de particulier... Le hurlement d'une sirène de police se fit entendre dans le lointain. Le policier commençait à regarder d'un air méfiant cet étranger porteur d'un pistolet posé à côté de lui.

*
**

Bill Carter, le capitaine Blanco, Malko et Nelia émergèrent du commissariat de police de Makati, épuisés. Les locaux n'étaient pas climatisés et cela faisait deux heures qu'ils s'y trouvaient. Sans Bill Carter, ils y seraient encore. Il avait fallu un coup de téléphone du palais de Malacanang pour que les difficultés s'aplanissent.

Heureusement, au seul mot de NISA, tout le monde s'aplatissait... Bill Carter avait même pu avoir quelques précisions sur la personnalité des tueurs : l'un était un repris de justice, racketteur et l'autre un ex-policier accusé de plusieurs hold-up. Des professionnels soupçonnés de travailler avec les Yakusa.

Quant à savoir qui les avait payés pour abattre Donna Katuray — ex-Lita — c'était une autre histoire... Il n'y avait aucun papier dans le sac de la jeune femme qui puisse fournir une indication.

De nouveau, ils se retrouvaient au point mort...

Bill Carter regarda sa montre.

— Où sont MM. Jones et Brabeck ?

— Je les avais envoyés à l'hôtel, dit Malko. Ils doivent y être. Ils ont ramené la voiture.

— Je vous y dépose, dit le chef de station de la CIA.

Le capitaine Blanco venait de monter dans sa jeep, en route pour Malacanang. Ils prirent place dans la Chevrolet noire. Aussitôt, Malko fit remarquer à l'Américain :

— Vous avez entendu ? Un de ces deux hommes est soupçonné d'être un homme de main des Yakusa.

— *So what ?*

— On retombe sur Sir Jimmy... C'est le pivot de cette affaire. Maintenant, il ne nous reste plus que lui, si nous voulons remonter à la tête de ce complot. Ou alors, vous faites confiance aux Philippins...

Bill Carter, tout en conduisant, jouait nerveusement avec une mèche de ses cheveux frisés.

— Où voulez-vous en venir ?

— Où nous sommes obligés d'aller, fit Malko avec une grande logique. Sir Jimmy est le seul homme qui puisse nous permettre de remonter la filière, maintenant. Le verrou qu'il faut faire sauter.

— *Forget it* (1), fit sèchement Bill Carter. Je n'ai pas envie de me faire virer. Et n'essayez pas d'entraîner Chris Jones et Milton Brabeck.

— Promis, affirma Malko. A propos, vous avez noté les noms des deux tueurs. Vous me les donnez ?

(1) Laissez tomber.

L'Américain s'exécuta. Ils arrivaient au *Manila*. Malko n'en pouvait plus.

— Je vais faire le point, dit-il. Je vous recontacte demain matin. Récupérez mon pistolet, j'y tiens.

Il avait dû laisser son pistolet extra-plat chez les Philippins, et se sentait tout nu.

— Pas de blague, hein ! fit Bill Carter avant de le quitter.

La confiance ne régnait pas.

***

Avant d'entrer chez lui, il traversa le couloir et frappa à la porte des gorilles. C'est un Chris Jones méconnaissable qui lui ouvrit. L'ombre de lui-même. Milton Brabeck était affalé sur le lit.

— On est arrivés il y a vingt minutes ! fit Chris Jones. On s'est perdus et on est tombés en panne d'essence. Milton s'est fait piquer son portefeuille. J'ai cru qu'on reviendrait jamais ici... On avait oublié le nom de l'hôtel.

— En plus, j'ai la chiasse, cria Milton de son lit. J'ai bu de la flotte ce matin.

Ça promettait...

Sans doute pour compenser, il s'était mis au cognac... Malko aperçut, posée par terre, une bouteille ventrue de Gaston de Lagrange. Déjà entamée sérieusement. Il sourit.

— Milt, dit-il, le Gaston de Lagrange est un excellent cognac. Mais il n'est pas remboursé par la Sécurité sociale...

Il regagna sa suite, où Nelia l'attendait. Elle se jeta à son cou en le serrant de toutes ses forces.

— Tu dois être si fatigué, dit-elle, et si contrarié. Laisse-moi m'occuper de toi.

C'était un ange, une merveille. Elle aida Malko à se

débarrasser de ses vêtements trempés de sueur et le mena sous la douche. Elle s'enduisit tout le corps de savon. Comme Malko se préparait à en faire autant, elle l'arrêta.

— Attends, je vais te faire un *body-massage* !

Sous le jet qui les englobait, elle commença à se frotter contre lui, tantôt pile, tantôt face, lentement, sensuellement, comme pour faire pénétrer le savon dans tous les pores de sa peau. Puis, elle passa derrière lui et ses doigts se mirent à danser un ballet indiscret entre ses jambes, tandis qu'elle ondulait de plus belle contre son dos en lui murmurant des charmantes obscénités à l'oreille.

Nelia repassa devant lui, et s'agenouilla sous la douche, le prenant dans sa bouche. La pointe de sa langue dessina une trajectoire compliquée tout le long de son sexe jusqu'à ce qu'elle l'engloutisse habilement. Quand il fut à point, elle le lâcha et vint se pendre à son cou.

— Tu es dur comme du *para* (1) ! fit-elle tendrement.

D'un seul élan, elle remonta le long de son corps et avec une précision d'acrobate, s'empala sur lui avec un petit cri ravi.

— Tu es trop fort, gémit-elle. Tu vas me déchirer.

Ses jambes nouées autour des hanches de Malko, les bras autour de son cou, elle ne bougeait plus. Il la prit aux hanches, toujours sous le jet d'eau tiède et la souleva pour la laisser retomber. D'abord lentement, puis de plus en plus vite. Le dos appuyé au mur, le visage levé vers l'eau, Nelia était si légère que Malko avait l'impression de faire l'amour avec un fantôme.

Très vite, elle cria, puis trembla de tous ses membres, le souffle coupé, les cheveux trempés. Ils restè-

(1) Bois de fer.

rent ainsi un temps très long, puis elle s'ébroua et lâcha Malko.

Ensuite, elle le tira hors de la douche et l'enveloppa dans une grande serviette, le sécha comme un enfant. Cette douche, après ce qui s'était passé, l'avait achevé. Il s'endormit sans même s'en rendre compte.

Lorsqu'il se réveilla, Nelia chuchotait au téléphone. Elle lui fit signe de ne pas parler, continua sa conversation en tagalog, finit par raccrocher et rampa tout contre lui.

— Je m'occupais de toi ! dit-elle.

— Tu as du nouveau ?

— Oui, j'ai parlé à des amis journalistes. Ils savent des choses qu'ils ne peuvent pas mettre dans les journaux à cause de la censure. Sinon, ils se retrouvent à Camp Crame. Ils connaissent ceux qui ont été tués.

— Qui sont-ils ?

— Ils travaillent pour Sir Jimmy. Seulement, tu ne trouveras rien dans le rapport de police.

Ainsi, on retombait sur Sir Jimmy, l'homme de main des Yakusa. Cette fois, le lien était encore plus direct. C'est lui qui avait envoyé ses tueurs pour supprimer un témoin gênant.

Chris et Milton étaient d'une utilité limitée dans ce genre de problème. Ils n'avaient aucune autorité légale à Manille et pas de connexion dans le Milieu.

— Il n'y a qu'une solution, dit Malko : faire parler Sir Jimmy. Qu'il dise pour qui il travaille dans cette affaire.

Nelia éclata d'un rire frais.

— C'est impossible. Personne ne peut toucher à Sir Jimmy. Même si on avait des preuves et tu n'en as pas... Il est trop puissant...

— Donc, dit Malko, il faut que tu m'aides d'abord

à retrouver mon ami Ruben. Lui pourra peut-être faire ce que je veux...

Nelia lui adressa un regard éloquent.

— Même si tu le retrouves, Ruben ne fera rien. Il tient à sa peau. Il faudrait que tu lui proposes un million de pesos...

— Peut-être pas, dit Malko.

Il se souvenait du regard de haine indomptable du gamin soûlé de coups. Si on savait le prendre, il serait un allié redoutable et solide.

— Tu connais quelqu'un qui puisse le joindre ?

— Oui, je crois, dit-elle de mauvaise grâce, mais...

— Téléphone, alors.

Elle hésita, alla à son sac, y prit un numéro et le composa. Malko ne comprit rien à la conversation en tagalog, mais saisit le nom de Ruben plusieurs fois. Quand elle raccrocha, Nelia annonça :

— Nous avons rendez-vous.

Elle tira la serviette sur son ventre, en un geste machinal de pudeur, inattendu chez un petit animal lubrique de son espèce. La proposition de Malko lui semblait, de toute évidence, complètement folle. Elle secoua la tête et répéta :

— Il ne voudra pas...

— Allons-y, dit Malko.

Il s'habilla et alla frapper à la porte des gorilles. Chris Jones ouvrit, enroulé dans une serviette, à peine plus frais qu'une heure avant.

— Désolé, dit Malko, le devoir vous appelle.

— Il appellera pas Milt longtemps, fit le gorille, il est en train de crever. Il va au « John » toutes les trois minutes.

Malko pénétra dans la chambre. Milton Brabeck était recroquevillé sur le lit, verdâtre, les deux mains crispées sur son ventre. Il leva un œil torve sur Malko.

— Putain de pays ! On a été bien cons de pas le laisser aux Japonais...

— Ne soyez pas défaitistes, conseilla Malko, et mangez du riz.

— Pour m'empoisonner encore ! *Bullshit !* Et nos bagages ?

— Ouais, fit perfidement Chris Jones en passant une chemise sale et froissée, on sait pas quoi faire des déchets atomiques, hein ? Il n'y a qu'à les confier aux Philippine Airlines, on les reverra jamais...

— Chris, je vous attends en bas dans cinq minutes, dit Malko. Nous allons faire du tourisme, dans un endroit où il n'y a pas de touristes... Tondo, le plus beau bidonville du monde, des rats comme des autobus, et le reste à l'avenant. Milton va en pleurer de rater ça. A tout de suite.

*
* *

— Voilà Paul, annonça Nelia, d'une voix imperceptible.

Malko tendit la main à Paul dont il sentit la bague s'enfoncer dans sa chair. Ils se trouvaient dans un bar sombre de Tondo. Une musique assourdissante les protégeait de toute indiscrétion. Paul avait un visage marqué et brun sous la coiffure afro, des yeux insaisissables, un gros diamant à la main droite. Il était vêtu élégamment d'une barang brodée et d'un pantalon blanc aux revers très larges. Des bourrelets de graisse déformaient un peu sa chemise à la taille. D'après Nelia, personne ne savait très bien pour qui travaillait Paul. Maquereau, trafiquant d'armes, allié des Yakusa ou ennemi, il avait, paraît-il, beaucoup d'argent et, à première vue, semblait homosexuel. Derrière lui, dans un box, un jeune garçon à la figure d'ange attendait sagement. Chaque fois que Malko tournait la tête dans sa direction, il souriait. D'un sourire gênant.

Paul avait des gestes doux, presque féminins, mais sa grosse bouche tirant sur le violet à force d'être noire, ses traits brutaux et ses mains épaisses démentaient son côté efféminé.

Il écouta avec attention Nelia expliquer que Ruben était l'ami de Malko et que ce dernier avait besoin de le contacter d'urgence. Paul fit remarquer que si c'était son ami, il devrait savoir comment faire. Que Ruben n'était jamais à la même place, qu'il était peut-être en prison ou mort. Bref ! pour cinq cents dollars, il résolvait le problème.

Nelia traita à trois cents. Paul disparut au téléphone, revint au bout de dix minutes.

— Ruben sera au bar *Adriatico* ce soir à huit heures, annonça-t-il l'air mystérieux. Vous me donnez deux cents dollars tout de suite, le reste après.

Malko s'exécuta, persuadé de jeter l'argent des contribuables américains par la fenêtre, mais il devait se raccrocher à tout.

Chris Jones, un peu ragaillardi, sirotait un J and B au bar, surveillant le trio. Sa présence avait beaucoup impressionné Paul. A Manille, un homme qui se payait un garde du corps de cet acabit ne pouvait être qu'important. Il empocha les billets, serra longuement, presque amoureusement, la main de Malko, puis les raccompagna.

Une fois de plus Malko jouait à l'apprenti sorcier... Ce bar sordide lui pesait, comme toute l'atmosphère de cette ville pourrissant sous la chaleur humide, entre ses pauvres trop pauvres et ses riches trop riches.

*
**

Malko avait à peine eu le temps de tremper ses lèvres dans un daïquiri où il y avait beaucoup plus de glace que d'alcool quand Ruben fit son entrée à l'*Adriatico*. Chris Jones était resté au *Manila*, en tête-à-tête avec ce qui restait du Gaston de Lagrange, veillant tendrement sur Milton. Il avait mis une chemise brodée blanche sur un pantalon noir, et s'était coiffé. Mais son allure de chat sauvage tranchait sur la clientèle habituelle de l'*Adriatico*, petit bar sombre et élégant du quartier d'Ermita, fréquenté surtout par la jeunesse dorée manillaise. Ruben s'assit à la table de Malko et ils échangèrent une chaleureuse poignée de main. Incontestablement intrigué... Sûrement, il ne s'attendait pas à le revoir.

— Vous vous souvenez de moi ? demanda Malko.

— *You bet !* (1)

Un sourire reconnaissant éclaira les traits secs de l'adolescent.

— *You saved my life*. (2)

— Aujourd'hui, dit Malko, vous pouvez me rendre un très grand service.

Il avait décidé de lui dire presque toute la vérité. En tout cas l'essentiel. Le gamin ouvrit des grands yeux quand Malko lui parla de la CIA. On avait l'impression qu'il était en train de regarder la télévision. Lorsque Malko en vint au rôle possible de Sir Jimmy, Ruben se contracta comme un serpent prêt à attaquer. Son regard vacilla lorsque Malko lui expliqua ce qu'il attendait de lui...

— Je suis prêt à donner beaucoup d'argent pour cela, ajouta-t-il.

Ruben éclata de rire.

(1) Tu parles !
(2) Vous m'avez sauvé la vie.

— Si je suis mort, cela ne fait rien que j'aie beaucoup d'argent. Ce n'est pas le problème.

— Quel est le problème, alors ?

Ruben ne répondit pas directement.

— Je vous dois la vie, *my friend*, fit-il. L'autre soir les hommes avaient décidé de me tuer. Vous les en avez empêchés... Alors, je vais essayer de faire ce que vous me demandez... Pour moi, je ne veux rien, mais s'il m'arrive malheur, je veux que les membres de mon gang aient de l'argent. Pouvez-vous leur donner deux mille dollars, quinze mille pesos ?

Il parlait lentement, surveillant son anglais cahotique.

— Bien sûr, dit Malko, qui s'attendait à dix fois plus...

— Alors, c'est d'accord, dit Ruben.

Il n'avait même pas touché au daïquiri commandé pour lui par Malko. On le sentait mal à l'aise dans ce bar élégant. Il se leva.

— Demain soir, vers minuit, je vous attendrai à Tambaka. Sur Bangkusay Avenue, au coin de Harbosa Street.

— Qu'allez-vous faire ?

— *You not worry*, dit-il en mauvais anglais. *I take care.* (1)

Il se faufila dehors, sans même serrer la main de Malko. Ce dernier ne termina pas son daïquiri. Maintenant les dés étaient jetés. Il avait quand même trouvé quelqu'un à Manille pour défier le puissant Sir Jimmy. A moins que ce ne soit un bluff, une simple occasion de lui extorquer deux mille dollars. Il paya et regagna le *Manila Hotel* où Nelia l'attendait.

— Il est venu ! dit-il, mais je n'arrive pas à y croire.

(1) Vous, pas s'inquiéter. Je m'en occupe.

La jeune femme écouta le récit de leur rencontre et hocha la tête.

— On ne sait jamais. Il hait Sir Jimmy. Le Batang City Jail, son gang, est très pauvre. Avec deux mille dollars, ils peuvent acheter des armes donc devenir plus forts et gagner un meilleur territoire. Ils doivent se contenter des ordures de Tambaka... Ils les trient toute la nuit. Avec les armes, ils auront une vie meilleure.

— Ou pas de vie du tout, remarqua Malko, qui commençait à éprouver des remords.

— Ils s'en moquent, dit Nelia.

Malko essaya de chasser de son esprit quelques pensées désagréables. De menus détails qu'il n'avait pas abordés avec Ruben. Par exemple, comment ce dernier comptait-il faire avouer son secret au policier véreux ? Cela risquait de ne pas être une conversation mondaine...

— Allons dîner, j'ai faim, dit Nelia, il y a du *lapu-lapu* (1) au restaurant.

Malko essaya de se vider le cerveau. Dans vingt-quatre heures, il saurait si la machine infernale continuait à cliqueter ou si son plan impossible avait réussi. Sir Jimmy était le seul à pouvoir dire qui se trouvait derrière « June Bride ».

(1) Poisson des Philippines.

CHAPITRE XV

Bill Carter acheva de compter les cinquante billets de cent dollars, lissa la pile posée sur son bureau et mit la main dessus comme s'il voulait les garder. Ses yeux bleus rieurs ne riaient plus du tout... Assis en face de lui, Malko attendait, paisible. Pour la vingtième fois, le chef de station de la CIA posa la même question :

— Qu'allez-vous faire de cet argent ?

— Si cela peut vous apaiser, dites-vous que je vais le jouer au casino, dit Malko.

Il y avait un casino à Manille, bien entendu, propriété de Ferdinand Marcos.

— Ne vous foutez pas de moi, fit l'Américain. Ce n'est pas *mon* argent, mais celui de la station. J'ai besoin de justificatif.

— De toute façon, vous pouvez les prendre sur les sept mille que je vous ai donnés et je vous signe un reçu, dit Malko. Cela vous suffit.

Ce qui était la stricte vérité : les archives de la CIA étaient pleines de griffouillis de Malko, reçus de multiples « investissements ». Seuls, ceux qui avaient remis l'argent étaient censés savoir à quelle affaire cela se rapportait...

— Vous n'allez pas faire une connerie ? demanda

Bill Carter. Vous savez ce que je vous ai dit. Ce Sir Jimmy est un citoyen philippin, de surcroît membre de la police.

— Je ne vous ai jamais dit que cet argent était destiné à l'opération Sir Jimmy, dit suavement Malko. J'en ai besoin pour rétribuer un informateur.

— Ouais, fit Bill Carter, pas convaincu. Ça doit être quelque chose, votre informateur.

— Pas trop de formalisme, fit Malko, agacé. Expédier quelqu'un dans une prison thaïlandaise, ce n'est pas de l'assistance sociale non plus. Il faudrait savoir si vous voulez arrêter « June Bride » ou non.

Un ange passa, des boulets attachés aux ailes. Hans Vogel devait trouver le temps long en Thaïlande.

Un soleil radieux brillait sur la baie de Manille, rendant les cargos rouillés presque coquets.

Depuis une heure, Bill Carter essayait de tirer les vers du nez à Malko. A la suite de sa demande de fonds. De lui-même, Malko avait porté la « prime » de Ruben à cinq mille dollars. Si le jeune voyou de Tondo réussissait, cela les valait bien.

L'Américain souffla la fumée de sa cigarette et dit d'une voix qu'il voulait solennelle :

— Si *quoi que ce soit* arrive, je ne pourrai pas vous couvrir vis-à-vis des autorités locales... Je vous interdis formellement d'utiliser Milton Brabeck et Chris Jones à autre chose qu'à votre protection.

Malko le calma d'un sourire.

— Rassurez-vous, s'il y a un problème, je jurerai que je travaille pour le Peace Corps...

De mauvaise grâce, Bill Carter poussa enfin les cinq mille dollars vers Malko qui les empocha. L'Américain était un beau candidat pour la médaille d'or de l'hypocrisie. Ce qui consolait Malko, c'était la tendresse de Nelia. Même si elle avait une idée derrière la tête, la petite Philippine se montrait adorable... Trompant effrontément Bill Carter, son amant en titre. Il y avait quand même une justice.

— Je peux utiliser Nelia ? demanda perfidement Malko.

— Si vous voulez, accorda Bill Carter, grand seigneur.

Malko remercia, sans préciser à quelle utilisation cela s'appliquait. Il fallait bien s'amuser un peu... Il avait hâte d'être au soir. Il saurait si Ruben était un voyou mythomane ou un voyou digne de confiance. Et s'il avait une chance de contrer « June Bride ». Une question l'obsédait : Comment Ruben allait-il s'y prendre ? Ce qu'il lui avait demandé semblait impossible à première vue.

*
* *

Sir Jimmy pénétra d'un pas ferme au *Nipa Bar*. Apparemment, c'était un bar semblable aux centaines d'autres d'Angeles City, bourgade voisine de Clark Field, la grande base américaine de l'Air Force aux Philippines. La plus forte concentration de putes au mètre carré du monde entier.

Il y avait encore peu de clients au *Nipa Bar*. Un paquet de filles attendaient dans un coin. La mama-san s'approcha du nouvel arrivant et s'inclina profondément.

Petit, portant des lunettes, les cheveux rasés sur les côtés, les oreilles rouges et décollées, Sir Jimmy n'était pas le croisement le plus réussi des races japonaise et malaise. On ignorait tout de sa famille, mais son physique indiquait incontestablement la présence de sang nippon. Paraissant soixante-cinq ans, il n'en avait que quarante-trois... et se moquait éperdument de son apparence. Sir Jimmy était le propriétaire par personne interposée du *Nipa Bar* et son pourvoyeur en filles. Une fois par semaine, il venait faire les comptes.

La mama-san le conduisit à une table loin du bar et ils se plongèrent dans les chiffres. Deux Américains pénétrèrent dans la salle. Deux entraîneuses se précipitèrent aussitôt pour les installer sur les hauts tabourets du comptoir. Celui-ci était très large, étrangement haut. Avec des rires complices, les filles passèrent au cou des deux clients de grandes serviettes semblables à celles utilisées pour manger le homard, aux U.S.A. Puis elles chuchotèrent à leur oreille, tandis qu'on leur apportait des scotches. Deux go-go girls très jeunes montèrent sur le bar et commencèrent à danser vêtues uniquement d'un pagne tressé qui dévoilait leur sexe nu à chaque mouvement. Elles évoluèrent quelques instants en face des deux clients, puis, avec un ensemble touchant, se laissèrent tomber sur le comptoir juste en face des Américains. Elles posèrent alors leurs jambes sur les épaules de leur vis-à-vis, présentant leur sexe rasé à quelques centimètres de leurs visages. Les deux Américains n'avaient plus qu'à se « mettre à table »... C'était la grande attraction d'Angeles City. Chaque samedi, il y avait des concours de « pussy-eating ». Le premier qui parvenait à arracher des pseudo-cris de plaisir à des partenaires totalement frigides avait droit à une bouteille de whisky japonais.

L'astuce de Sir Jimmy était d'utiliser au *Nipa Bar* de très jeunes paysannes vierges, pour ensuite les vendre très cher à Mabini où elles passaient dans le circuit normal. Vers treize ans.

Pour l'instant, il comptait avidement les liasses de billets attachés par des élastiques. La « protection » lui coûtait cher, mais le *Nipa Bar* laissait quand même vingt-cinq mille dollars de profit net par mois. Le « menu » à prix fixe était de vingt dollars... Grâce à l'astuce des filles, le « repas » ne durait guère plus de quelques minutes. Très vite, elles apprenaient à feindre le plaisir avec beaucoup de contorsions, et de cris de pseudo-jouissance, arrachant généralement un pourboire supplémentaire à leurs candides clients ravis. Evidemment, l'ambiance du *Nipa Bar* n'était pas celle du *Jockey Club*. Mais de Subic Bay à Clark Field, les quinze mille Américains cantonnés à Luçon en parlaient.

Sir Jimmy serra dans sa serviette les liasses de billets. Il y avait une heure de route jusqu'à Manille et il était déjà tard. Il prit congé de la mama-san et s'enfonça dans l'obscurité. Il s'arrêta net avant de parvenir à sa grosse Datsun. Une silhouette rôdait autour. Machinalement, il saisit sous sa chemise la crosse du 38 qui ne le quittait jamais. La silhouette s'avança dans la lueur du néon. Sir Jimmy reconnut Ruben, le jeune chef du Batang City Jail Gang. L'autre approchait, les mains nues, souriant servilement. Que faisait-il là, si loin de son territoire ?

— *Kin sa man diay and ulong tuyo ?* (1) demanda-t-il brutalement.

Encore une faveur pour son gang, ou une combine boiteuse.

— *Duna koy isulti nimo,* (2) répondit humblement Ruben.

— *Dinhi lang isulti,* (3) fit sèchement Sir Jimmy.

— *Ang estorya ko,* (4) insista Ruben montrant ses mains nues.

Sir Jimmy l'observait, plutôt agacé, mais pas inquiet. Il n'avait pas de garde du corps, parce qu'il ne

(1) Qu'est-ce que tu veux ?
(2) J'ai quelque chose à vous dire.
(3) Dis-le ici.
(4) Je n'ai pas de mauvaises intentions.

serait venu à l'idée de personne de s'attaquer à lui. Bénéficiant à la fois de la protection de la police légale et des Yakusa, il se savait intouchable. Soudain, alors que son attention était concentrée sur Ruben, trois autres garçons jaillirent de l'obscurité, l'entourant aussitôt. Il entendit une voix demander :

— *Kumander Ruben, mao ba kini siya ?* (1)

Il tenta aussitôt de sortir son arme. Mais déjà, un des nouveaux venus lui appuyait le canon d'un 45 automatique sur le ventre. Un jeune voyou efflanqué à l'œil mauvais qui lui ordonna :

— *Dali kamo !* (2)

Ils le poussèrent vers sa propre voiture qui n'était pas fermée à clef. Comme il commençait à se débattre, Ruben lui-même dit à voix basse :

— *Kon di ka gusto mamatay di ka magmamagkot.* (3)

Ils le firent entrer à l'arrière. Le canon du colt s'appuya sur sa nuque et le voyou efflanqué ordonna :

— *Dapa. Walang kilos !* (4)

Il obéit, totalement abasourdi. Comment de minables voyous osaient-ils s'attaquer à lui ? Ils devaient sous-traiter pour quelqu'un de plus puissant. Il se creusait le cerveau, cherchant à qui il avait pu déplaire.

Ruben se mit au volant et démarra. Il avait pris l'attaché-case plein de billets et l'avait posé à côté de lui. Deux de ses hommes encadraient Sir Jimmy à l'arrière, l'autre sur le siège avant se retournait fréquemment. Ils roulaient vers Manille, rattrapant la route numéro 3. Tout à coup, Ruben se mit à siffloter

(1) Chef, c'est bien lui ?
(2) Viens ici !
(3) Si tu ne veux pas mourir, ne pose pas de questions.
(4) Couche-toi !

et là, Sir Jimmy commença à s'inquiéter. Ceux qui le kidnappaient savaient qu'il ne pouvait pas laisser passer une offense de cette taille. S'il s'en sortait, il était obligé de les faire périr dans des tortures abominables, pour sauver la face et éviter une perte de prestige. Ruben le savait. Pour qu'il soit si sûr de lui, il devait se sentir très protégé.

Ruben se concentrait sur la conduite pour ne pas sortir de la route étroite, sinueuse et défoncée. Il croisait sans cesse des voitures montant vers Angeles City. Essayant de prendre une voix cassante, Sir Jimmy cria à Ruben :

— Qu'est-ce que tu espères, petit con ?

Sans attendre la réponse de son chef, le voyou efflanqué le frappa à toute volée avec le canon du pistolet, sur la bouche, lui faisant sauter cinq dents d'un coup. Etourdi par la douleur, Sir Jimmy essuya le sang d'une main tremblante. Maintenant, il avait vraiment peur. Quand ils s'y mettaient, les jeunes des gangs étaient pire que des animaux.

La pluie commençait à tomber. Ruben ralentit.

Sir Jimmy souhaitait de tout son cœur, ne pas arriver trop vite à Manille.

*
* *

De nuit, le spectacle offert par Tambaka était hallucinant. Des centaines de petites lueurs se déplaçaient sans cesse sur l'immense tas d'ordures occupant un quadrilatère d'un kilomètre de côté, au nord du port de Manille. La Montagne Fumante. Chaque nuit, ils étaient de quatre à cinq cents, une hotte sur le dos, comme des pères Noël de l'horreur, fouillant les ordures pour tenter d'y récupérer quelque chose de revendable. Vers sept heures du matin, le jour levé, ils partaient comme des fourmis vers les entrepôts du général Espino où des balances truquées leur comptaient un peso quarante par cinquante kilos. La fortune, quoi. Depuis des mois, le Batang City Jail Gang régnait sur Tambaka. Donnant aux siens les meilleurs emplacements, les plus « riches ». Ecartant au couteau ou à la grenade les francs-tireurs. Ici, on ne retrouvait jamais de cadavres. Les mouettes et les rats — si gros qu'on aurait dit des mutants — se partageaient le travail. Dès qu'il pleuvait, les tas d'ordures se mettaient à dégager une lourde brume nauséabonde, donnant à Tambaka son nom de Montagne Fumante. Personne ne venait jamais dans ce coin abominable, même pas la police.

La Datsun de Sir Jimmy s'arrêta juste en face du coin nord dans Bangkusay Avenue. La pluie avait cessé. Le policier avait l'impression que son cœur allait jaillir hors de sa poitrine. Il savait où il se trouvait et devinait ce qui l'attendait. Ruben sauta hors de la voiture et ses acolytes poussèrent Sir Jimmy dehors.

Celui-ci, sentant la puanteur de Tambaka, perdit d'un coup ce qui lui restait de superbe.

— Ecoute, dit-il à Ruben d'une voix suppliante, tu sais qui je suis. Je peux te faire gagner beaucoup d'argent. Que ton gang devienne le plus puissant au nord de la Pasig. Tu seras riche et tu auras une belle maison. Je te donnerai des filles.

Ruben cracha juste sur sa chaussure gauche et dit tranquillement :

— *Ayaw lang lay lain ang among tuyo.* (1)

Il se retourna et poussa un coup de sifflet strident. Aussitôt, plusieurs gamins dégringolèrent du tas d'ordures.

Sir Jimmy regarda l'avenue Bangkusay déserte. Il

(1) Je m'en fous. J'ai une autre idée en tête.

aurait fallu courir près d'un kilomètre avant de trouver une aide. Et encore. Les jambes flageolantes, il suivit Ruben, encadré par les trois autres voyous. Ses pieds s'enfoncèrent bientôt dans la masse spongieuse des ordures. Il titubait, l'odeur était pestilentielle. Ils franchirent ainsi une centaine de mètres, s'éloignant de l'avenue Bangkusay. Au loin, on apercevait les grues du port et tous les lumignons des fourmis grattant la montagne. Dans un rayon de trois cents mètres, c'était le calme absolu.

Ils débouchèrent sur un endroit dégagé où le sol tassé était presque dur. L'aire où se trouvait leur quartier général : une cabane bâtie en récupéré, avec de l'alcool, des lits où ils amenaient les jeunes putes et se reposaient. Dans le sol était creusée une cache pour les objets plus précieux. Des empilements de fûts vides délimitaient une zone « résidentielle ».

Ruben ordonna à Sir Jimmy :

— Déshabille-toi !

Sir Jimmy, dont les lèvres tremblaient, ne bougea pas. Il savait qu'au-delà de certaines humiliations, ils étaient obligés de le tuer pour échapper à sa vengeance. Et il ne voulait pas mourir.

— Qu'est-ce que vous voulez ? demanda-t-il plaintivement.

Ruben exhiba un couteau :

— Tu veux que je t'enlève tes vêtements moi-même ? Avec un peu de peau ?

Sir Jimmy commença à défaire sa chemise. Il se déshabilla lentement, ôtant même son slip et ses chaussures. Ruben regardait le corps adipeux et marron avec dégoût. Malgré les quarante degrés, Sir Jimmy se sentait glacé. Qu'allaient-ils lui faire ?

— Attachez-le ! ordonna Ruben.

Ses hommes collèrent sans difficulté Sir Jimmy à un gros fût. Tout autour du périmètre, des membres de la bande prenaient place peu à peu. Ruben entra dans la cabane éclairée par une lampe à huile. Della, sa maîtresse de treize ans, celle que Malko avait arrachée aux hommes de Sir Jimmy, y dormait, recroquevillée en chien de fusil.

Ruben la secoua et elle redressa un corps bourgeonnant de presque femme.

— Viens, dit Ruben, tu vas t'amuser un peu.

Elle le suivit sans un mot, frottant ses yeux pleins de sommeil. Ruben farfouilla dans la cabane et finit par trouver un jerrican qu'il traîna jusqu'à Sir Jimmy. Il l'ouvrit et en vida une partie du contenu sur le prisonnier. L'odeur de l'essence domina quelques instants celle des ordures et le policier se mit à hurler. Ruben le fit taire d'un coup de pied dans le ventre. Le cri s'acheva sur un hoquet et un vomissement. Le chef du Batang City Jail Gang attendit un peu, afin que l'essence ait le temps de brûler la peau de Sir Jimmy, provoquant des démangeaisons insupportables.

— Tu connais ça, hein ? dit-il.

A Camp Crame, les soldats faisaient subir ce traitement aux prisonniers, les laissant en plein soleil jusqu'à ce que leur peau se couvre d'un eczéma atroce.

— Laisse-moi, supplia Sir Jimmy. Laisse-moi partir, j'oublierai tout.

Ruben secoua la tête.

— Tu me prends pour un con ! Je te relâcherai. A une condition.

Il se pencha à son oreille et murmura quelque chose.

Sir Jimmy eut l'impression que le ciel lui tombait sur la tête. Jamais il ne se serait attendu à cette question ! Tout devenait très clair. Maintenant, il comprenait pourquoi un voyou sans envergure comme Ruben l'avait kidnappé. Lui aussi était manipulé. Par des gens plus malins qui tireraient les marrons du feu.

— Ruben, dit-il d'un ton pressant. Ne fais pas le con. On se sert de toi. Si tu savais pour qui je travaille, tu me détacherais tout de suite et tu me baiserais les mains.

Ruben ricana, encouragé par la présence de Della.

— Eh bien ! justement, dis-le.

Sir Jimmy demeura muet. Il y avait des choses impossibles à faire. Pourtant l'essence commençait à lui irriter la peau d'une façon abominable.

Soudain, avec une horreur incrédule, il vit Ruben sortir une grosse boîte d'allumettes de sa poche.

— Arrose-le encore, ordonna-t-il au voyou efflanqué.

Celui-ci s'empressa de verser un peu plus d'essence sur Sir Jimmy qui hurla. Alors, Ruben, très calme, prit une allumette, la coinça en équilibre entre le frottoir et son index gauche puis lui donna une pichenette... L'allumette enflammée par le bref frottement partit en tournoyant et tomba à deux mètres de Sir Jimmy.

— Raté, dit Ruben.

Les membres du gang, accroupis à distance respectueuse hurlèrent de rire. Ruben recommença. « Crac. » L'allumette s'envola vers le prisonnier et s'enfouit dans les ordures, un peu plus près de lui.

Della eut un sourire ravi. La sueur se mélangeait à l'essence sur la peau de Sir Jimmy en une couche nauséabonde. Il regarda la troisième allumette venir vers lui. Encore plus près. Moins d'un mètre. Cette fois, il se rejeta en arrière, déchirant son dos à la tôle.

— Alors ? cria Ruben le doigt sur la quatrième allumette.

Sir Jimmy prit son souffle. Tout plutôt que brûler

vif. Même si Ruben bluffait, il ne pouvait pas prendre le risque.

— C'est Jesus Taculing ! cria-t-il.

De surprise, Ruben manqua en lâcher son allumette. Furieux, il interpella Sir Jimmy.

— Je t'ai demandé une information, pas une connerie. Remettez-lui un peu de sauce.

On versa ce qui restait du jerrican sous les cris de Sir Jimmy. Au loin une sirène de bateau hurla. Le seul bruit du monde extérieur. Le prisonnier glapit :

— Je te dis que c'est lui, je te le jure, je te le jure.

Ruben avait déjà torturé pas mal de gens. Il savait reconnaître l'accent de la vérité. Mais c'était si inattendu qu'il voulut en savoir plus.

— Pourquoi ?

— Je n'en sais rien, hurla Sir Jimmy, hystérique. On ne lui pose pas de questions.

C'est vrai. Ruben méditait, le doigt toujours en face de l'allumette, la pichenette prête à partir. Sir Jimmy se démenait dans ses liens, protestant, à demi inconscient.

— Je te l'ai dit, détache-moi.

Maintenant, il reprenait presque un ton de commandement. Cela déplut à Ruben.

— C'est bien, dit-il. Tu as été obéissant.

Son index droit se détendit, frappant l'allumette en son milieu. Le bout phosphoré s'enflamma et elle fila en arabesque, décrivant une courbe gracieuse, plus haut que les précédentes, avant de recommencer à descendre. Sir Jimmy se mit à hurler, sans discontinuer, la bouche ouverte, comme pour avaler la petite pointe de feu qui arrivait sur lui.

Della, la bouche ouverte, enfonça ses ongles dans le bras de son amant. C'était encore plus fantastique que le cinérama.

La trajectoire de l'allumette semblait durer des

siècles. Et pourtant, il ne s'était pas écoulé plus de quelques fractions de secondes depuis qu'elle avait quitté la main de Ruben. Celui-ci s'admira intérieurement.

Quelle précision !

L'allumette enflammée retomba sur l'épaule gauche de Sir Jimmy, juste dans le creux de la clavicule.

CHAPITRE XVI

Les centaines de points lumineux se déplaçant sans cesse sur la Montagne Fumante ressemblaient à une ville vue d'avion. Malko avait arrêté la Toyota sur l'avenue Bangkusay, à l'endroit indiqué par Ruben. Il avait laissé les gorilles à l'hôtel, afin de ne pas les « compromettre » et, seule Nelia l'accompagnait. Il se dit que même les rats devaient porter des masques à gaz ! La puanteur de Tambaka, mêlée à celle des abattoirs tout proches, s'infiltrait malgré les glaces fermées.

Il attendait depuis une demi-heure. Aucun signe du Batang City Jail Gang. De temps à autre une ombre apparaissait, frôlait la voiture et disparaissait.

Soudain, une lueur beaucoup plus importante que celle des lucioles flamboya sur les ordures, droit devant eux. Nelia tendit l'oreille, sursauta dans une expression horrifiée.

— On dirait qu'on a crié.

Malko baissa sa vitre. Ce qu'il entendit lui glaça le sang dans les veines. Des hurlements inhumains comme ceux d'un chat pris sous un camion. Il sauta dehors.

— *Gott im Himmel !* dit-il, on assassine quelqu'un.

Nelia et Malko traversèrent l'avenue Bangkusay en courant et se ruèrent à l'assaut du tas d'ordures. Les cris continuaient et la flamme était encore assez forte pour les guider. Ils n'en étaient plus loin quand plusieurs silhouettes se dressèrent devant eux. Malko vit luire des couteaux. Ils avaient en face d'eux six ou sept garçons très jeunes, armés de poignards et de barres de fer. Malko s'avança et cria :

— *We are friends of Ruben.*

Un des garçons fit demi-tour et partit en courant. Quelques instants plus tard, il reparut avec Ruben qui fit signe aux membres de son gang de s'écarter.

— Que se passe-t-il ? demanda Malko.

— Un accident, dit Ruben.

Ils arrivèrent sur l'espace de terre battue. L'odeur était abominable. Grasse, écœurante. De Sir Jimmy, il ne restait qu'une carcasse noircie, recroquevillée contre le fût. Malko se détourna. Ruben, l'air contrit, expliqua :

— J'ai voulu le faire parler. J'ai mal calculé mon coup. Je l'avais arrosé d'essence pour lui faire peur. Je lui jetais des allumettes. Il y en a une qui est tombée trop près... Je vous jure sur la tête de ma mère que je ne l'ai pas fait exprès, dit-il d'une voix pleine de sincérité.

Omettant de préciser à Malko que sa maman était décédée depuis belle lurette.

Della s'approcha et sans un mot, envoya un long crachat sur ce qui restait de Sir Jimmy. Ce fut sa seule oraison funèbre. Malko contemplait les membres noircis avec un mélange de dégoût et de soulagement. L'homme qui venait de mourir ne méritait pas trop de pleurs. Même si ce n'était pas un accident.

— Il a dit quelque chose avant de mourir ? demanda-t-il.

— Oui. Dans cette affaire il travaillait pour Jesus Taculing.

— Qui est-ce ?

Ruben eut un sourire tordu.

— Un des hommes les plus riches et les plus puissants de Manille. Le seul à posséder une Rolls Royce. Il a un hélicoptère aussi et possède un building entier sur Ayala Avenue, à Makati. Il habite une maison superbe dans Forbes Park, avec un garage pour dix voitures !

— Il n'avait aucun lien avec Sir Jimmy ?

Ruben hésita.

— On a toujours dit à Manille que Jesus Taculing était le vrai patron des Yakusa... Quand le président Marcos a décidé de lutter contre la pègre, c'est Jesus qui a été chargé de prendre les contacts. Il est souvent à Malacanang.

Malko n'en revenait pas. L'odeur fade de la mort le prenait à la gorge. Tomber au bout de son enquête sur un intime de Ferdinand Marcos, c'était le comble. Bill Carter avait peut-être raison après tout. Il regarda le cadavre noirci attaché au fût. Le témoignage de Ruben ne pèserait pas lourd. Sa conviction profonde était faite, mais cela ne l'avançait pas beaucoup.

— Comment allez-vous vous en débarrasser ? demanda-t-il.

Ruben eut un sourire canaille, et désigna l'immensité du tas d'ordures.

— On va le mettre là-dedans... Personne ne le retrouvera jamais. Mes hommes ne parleront pas.

Malko tira de sa poche l'enveloppe avec les cinq mille dollars et la tendit à Ruben. Le chef du Batang City Jail Gang la prit et la soupesa avec un sourire. Observé par les membres du gang, il ne prononça pas une parole.

— Vous ne craignez pas des représailles ? demanda Malko.

Ruben eut cette fois un sourire de fauve.

— Avec cet argent, nous allons acheter des armes, et avec des armes on se fait respecter. Et puis un colt 45 vaut mille pesos ici et mille dollars à Tokyo. Nous allons gagner beaucoup d'argent.

Malko n'insista pas. Ce n'était pas le genre de vocation qu'il aimait susciter. Mais la vie à Tambaka n'obéissait pas aux règles normales.

— Vous êtes certain que l'information est exacte ? insista-t-il.

— Certain, affirma Ruben. Il avait trop peur pour mentir. J'ai l'habitude.

De lui-même, il tendit la main à Malko et jeta un ordre à ses hommes pour qu'on le raccompagne. Malko ne tenait pas non plus à s'éterniser. L'odeur de la chair brûlée superposée à celle de l'essence et des ordures, c'était trop. Nelia allait se trouver mal. Ils commencèrent à redescendre le flanc de Tambaka, escorté par quelques membres du gang.

*
**

Bill Carter avait écouté le récit de Malko avec une expression horrifiée et réprobatrice. Il ne croyait pas une seconde à la version de l'accident.

— J'espère que *personne* ne saura jamais ce qui s'est passé, dit-il. Parce que je ne pourrais pas vous couvrir... Un kidnapping suivi de tortures et d'un meurtre dans des conditions atroces... Sordide... C'est une honte.

— Et forcer à se prostituer une fille de treize ans, ce n'est pas une honte ? jeta Malko. C'est l'impunité de Sir Jimmy qui était choquante.

— Ce n'est pas un argument *légal,* fit Bill Carter. Nous ne sommes pas des mafiosi.

Malko eut un sourire froid.

— Si on faisait le point ? Je suis venu à Manille

pour infiltrer un complot contre Ferdinand Marcos, président d'un pays ami. Ma mission a réussi puisque, malgré certaines mésaventures, je suis parvenu à remonter jusqu'à la tête de ce complot. Nous savons qu'une équipe formée de Jesus Taculing, de Sheilah Calampang et du padre Conrado Balweg a décidé d'assassiner Ferdinand Marcos, le quinze juin. Avec un tueur à gages dont j'ai pris la place. Que comptez-vous faire maintenant ? Je ne peux pas, bien sûr, poursuivre mon action contre une personnalité de l'Establishment manillais. Allez-vous laisser les choses en l'état ?

— Certainement pas, fit vertueusement Bill Carter après un silence gêné. Vos informations sont précieuses en dépit de la façon contestable dont vous les avez obtenues. Hélas ! elles manquent de bases légales.

C'était une litote... Le témoignage de Ruben sur les aveux de Sir Jimmy serait difficilement accepté par un tribunal, même du Tiers monde.

— J'ai donc risqué ma vie pour rien, dit Malko.

— Absolument pas. Hélas ! les accusations que vous portez contre Jesus Taculing — très proche ami du président — sont difficiles à présenter officiellement. Néanmoins, j'ai l'intention de faire un rapport sur votre enquête que je transmettrai au général Ver, le patron de la NISA.

— Avec les soupçons qui pèsent sur Jesus Taculing ?

— Je le lui dirai de vive voix. C'est impossible à écrire. Cela pourrait avoir des conséquences très désagréables. Mais je pense pouvoir m'arranger pour qu'il connaisse les soupçons dont il fait l'objet. Cela suffira comme *deterrent* (1). Ce sera aux autorités locales de voir ce qu'elles ont à faire.

(1) Dissuasion.

— Où est Jesus Taculing, en ce moment ? demanda Malko.

— On va le savoir très vite, dit Bill Carter.

Il appuya sur l'interphone et demanda à sa secrétaire de se renseigner. Les deux hommes demeurèrent silencieux, chacun perdu dans ses pensées. Puis l'interphone bourdonna. Malko entendit distinctement la voix de la secrétaire :

— Mr Taculing est hospitalisé depuis hier au Philippine General Hospital. Accident cardiaque. Il est en réanimation.

— Ce n'est pas une maladie diplomatique ? interrogea Malko. Curieuse coïncidence, quand même.

— Peu probable, remarqua Bill Carter. Hier, il ne pouvait pas savoir ce qui allait arriver à Sir Jimmy. Ou il y a autre chose que nous ignorons. Mais ce sera facile à vérifier.

— Bien, admit Malko, mais pour qui roulait-il ?

— Que voulez-vous dire ?

Malko regarda Bill Carter avec un sourire en coin.

— Jesus Taculing est philippin, il connaît la politique de son pays. Or, nous nous trouvons en face d'un complot qui doit déboucher sur la disparition de Marcos, donc son remplacement. Jesus Taculing bénéficie de nombreux privilèges dans ce régime. Pour songer à le renverser, il faut qu'il ait eu des garanties. Au-dessus de lui, il y a quelqu'un. Celui qui voulait faire assassiner Marcos, pour prendre sa place, avec des chances raisonnables de réussite. Qui correspond à ce profil ?

Un ange passa et fit demi-tour, horriblement gêné.

Malko et le chef de station de la CIA se fixaient, pensant à la même chose. Les candidats se comptaient sur les doigts d'une seule main. Et là, on entrait dans un terrain super-miné.

— Vous voyez quelqu'un ? demanda Malko.

— Non, finit par lâcher l'Américain. Les officiers généraux savent bien que nous ne tolérerions pas un putsch style Pinochet...

L'ange repassa, de plus en plus horrifié.

— Il ne reste qu'une personne qui réponde aux critères, dit Malko. Ce qui expliquerait beaucoup de choses.

— Taisez-vous ! cria Bill Carter, comme si les murs avaient des oreilles. C'est une hypothèse farfelue. Ecoutez, je vais voir le général Ver dans une heure. Retrouvons-nous ensuite. OK ?

— Avec plaisir, dit Malko, un peu surpris de cette fin d'entretien abrupte.

Plongé dans ses pensées, l'Américain ne le raccompagna même pas. Malko se dit qu'il allait en profiter pour essayer de trouver quelque chose à ramener des Philippines en dehors de la malaria et des balles perdues.

***

Il était près de quatre heures et l'averse quotidienne avait commencé, chassant Malko du « Filipino Market » transformé en lac de boue. Il avait acheté assez de nappes pour trois siècles de réceptions à Liezen...

Bill Carter l'accueillit avec un sourire chaleureux.

— Je vous transmets les félicitations du général Ver, annonça-t-il. Il estime que votre enquête a été tout à fait remarquable..

— Merci, dit Malko. Comment va-t-il exploiter les résultats ?

Bill Carter eut un geste évasif.

— Honnêtement, je ne sais pas. C'est leur affaire maintenant. Ils sont prévenus de tout.

— Vous lui avez parlé de Jesus Taculing ?

— Bien sûr.

— Qu'en dit-il ?

— Pas grand-chose. Cela lui semble étonnant. Il ne s'est jamais mêlé de politique et n'a paraît-il pas la stature d'un chef d'Etat. De toute façon, il est hors de question qu'il soit interrogé pour le moment. Ils verront plus tard. Mais c'est une piste à surveiller...

Son ton était devenu plus léger, plus détendu, comme si tout cela n'avait pas beaucoup d'importance. Malko avait l'impression de rêver : tous ces risques, tous ces morts pour un rapport enfoui dans la bureaucratie philippine. Avec toujours l'épée de Damoclès d'un complot sur la tête du président Marcos. Incroyable. Il allait ouvrir la bouche pour poser une question quand Bill Carter demanda chaleureusement :

— Alors, quand repartez-vous en Europe ?

Ses yeux bleus ne souriaient pas, eux. Malko comprit immédiatement. Le sujet était classé par la « Company ». A cause d'une raison qu'il ignorait, ou plutôt qu'il ne devinait que trop. A quoi bon insister ? Il connaissait la force d'inertie des hauts fonctionnaires. Il ne fallait pas être plus royaliste que le roi... Aussi, dit-il simplement :

— Je ne sais pas encore, je vais aller voir Air France pour savoir quand part le prochain avion pour l'Europe.

— Tenez-moi au courant, demanda Bill Carter, je m'en vais tout à l'heure pour Singapour, mais je reviens demain en fin de journée. Ne partez pas sans me revoir.

∴

Nelia était gaie comme un pinson. L'absence de Bill Carter lui permettait de passer la nuit avec Malko. Ils finissaient de dîner dans la grande salle à manger solennelle au plafond scintillant de fausses étoiles du *Manila Hotel*. D'énormes lustres en cristal, un groupe folklorique anémique, recommandé par la *first lady* et du *lapu-lapu* acceptable... Nelia portait une tunique blanche transparente avec un pantalon assorti. Malko avait du mal à se déconnecter. Cette mission terminée en queue de poisson lui laissait un goût amer. Il était nerveux, n'ayant pu joindre ni le château ni Alexandra. Sentant sa tension, Nelia se déchaussa et l'asticota du pied sous la table.

— A quoi penses-tu ?

— A la personne qui est derrière ce complot ?

La jeune Philippine secoua la tête en riant.

— N'y pense plus ! Ce n'est pas important. Il y a eu des dizaines de complots contre Marcos. Certains étaient avortés, d'autres pas sérieux. Ce peut être lui, pour faire croire qu'il est menacé, ou la *first lady* ou un général. Simplement pour lui faire peur ou obtenir un peu plus d'argent. C'est toujours très compliqué ici, et il est très fort. Jesus Taculing est son ami, alors, c'était peut-être un jeu.

Un de ces jeux compliqués et cruels dont l'Asie a le secret. Malgré les noms espagnols, on était en Asie. Où la vie des exécutants ne compte pas. Des fourmis qu'on écrase. Ensuite on sauve la face.

Aucun journal ne parlait de la disparition de Sir Jimmy. Cela se réglerait dans les tréfonds du monde secret de Manille. D'autres cadavres iraient enrichir la Montagne Fumante.

— Tu n'as pas envie de connaître l'avenir ? questionna soudain Nelia.

— Pourquoi ? demanda Malko intrigué.

— Viens, je connais un endroit où il y a un mage très fort. Et de la bonne musique aussi.

Malko signa l'addition, amusé. Il connaissait la superstition des Philippins.

*
* *

Le taxi les déposa dans une petite rue de Mabini, encore ruisselante de chaleur. Une enseigne au néon rose annonçait *Coco-Banana.* On descendait dans un sous-sol d'où s'échappait une musique tonitruante et syncopée. Des couples évoluaient sur une piste carrée, entourée de canapés de rotin laissés dans une pudique obscurité, se passant des cigarettes de marijuana tout en dansant. Quelque chose frappa immédiatement Malko : à de rares exceptions près, il n'y avait que des hommes.

— Mais c'est une boîte de pédés, dit-il.

— Bien sûr, fit Nelia, c'est très amusant.

De charmants jeunes gens, l'œil légèrement maquillé, un peu transpirants attendaient, debout tout autour de la piste, frôlant Malko, dansant sur place. Avec stupeur, il reconnut un des diplomates de l'ambassade américaine, moulé dans un jean blanc avec une chemise mauve.

— Pourquoi m'as-tu amené ici ? demanda-t-il.

— Pour rencontrer quelqu'un, dit mystérieusement Nelia. Tu vas voir.

La musique s'était arrêtée. Le spectacle commençait. Des coulisses surgit une créature étonnante. Mi-homme, mi-femme, très petite, vêtue d'un déguisement de chat et arborant un maquillage style *Orange mécanique*. Tournant le dos aux spectateurs, elle se mit à onduler des reins d'une façon parfaitement obscène, puis à glisser d'un coin à l'autre de la piste, désarticulée, poussant des cris sauvages, mimant une passion diabolique. Avant de disparaître d'une dernière glissade.

Nelia ne regardait pas le spectacle, scrutant la salle. Soudain, elle plongea vers le bar, puis réapparut et prit Malko par le bras.

— Viens, je vais te présenter à la meilleure voyante des Philippines.

— Une voyante ? Pour quoi faire ?

Nelia baissa les yeux.

— Je veux savoir ce qui va t'arriver. Viens.

Malko la suivit au bar. Une jeune femme moulée dans une robe de soie rouge très courte, découvrant une poitrine splendide, de longs cheveux noirs cascadant sur les épaules, le visage outrageusement maquillé, lui tendit une main moite et enveloppante.

— Voici Yaboute, annonça Nelia.

Il y eut un rapide échange en tagalog. Puis Yaboute prit la main gauche de Malko et la posa sur le bar.

— Quelle curieuse main ! dit-elle tout de suite.

Nelia observait, béate. La voyante posa un ongle carminé sur sa ligne de vie et annonça d'une voix plus grave :

— Vous êtes en danger. Une femme vous veut du mal. Très dangereuse. Elle ajouta : je vois la mort sur vous.

— Il va mourir ? demanda Nelia d'une petite voix terrifiée.

— Ce n'est pas sûr, il a une très belle ligne de chance... Beaucoup de vitalité.

Yaboute se pencha sur la main, puis secoua la tête.

— Il y a trop de bruit ici, je ne peux pas me concentrer.

— Allons en haut, proposa Nelia.

Yaboute ouvrit la marche, faisant onduler sa croupe moulée de rouge devant le nez de Malko. En haut se trouvait une sorte de véranda où régnait la chaleur humide de la nuit. Ils s'installèrent dans de grands fauteuils. Yaboute à même le sol, devant Malko.

Elle ne dit pas grand-chose de plus, semblant fascinée par les yeux dorés de Malko. Au bout d'un moment, elle lâcha une phrase rapide en tagalog et Nelia traduisit :

— Elle dit que pour en dire plus elle doit se concentrer, venir avec nous à l'hôtel. Tu veux bien ?

Malko n'était pas chaud et se demandait pourquoi Nelia n'était pas jalouse de cette femelle provocante. En plus, il ne croyait pas beaucoup à ses prédictions.

— Je suis fatigué, dit-il, un autre jour peut-être.

Yaboute comprit, mais ne s'en alla pas. Au contraire, elle sortit une cigarette de marijuana de son décolleté, l'alluma, en tira une bouffée et la passa à Nelia.

La sueur dégoulinait sur la nuque et le torse de Malko. Il n'avait qu'une idée : retourner à l'hôtel et prendre une douche, mais Yaboute semblait décidée à ne pas les quitter.

— Il y a beaucoup de voyantes aux Philippines ? demanda-t-il pour meubler le silence.

Nelia éclata de rire.

— C'est la première industrie des Philippines ! Tout le monde a sa voyante. Certaines gagnent beaucoup d'argent. Tous les gens importants les consultent. Le président Marcos lui-même ne fait rien sans ses voyantes.

— Ah bon ? fit Malko, intéressé.

Yaboute précisa d'un air mystérieux :

— Le président a une voyante qu'il rencontre le quinze de chaque mois.

Un déclic se fit dans l'esprit de Malko. Le quinze c'était le jour fixé pour l'opération « June Bride », l'assassinat du président Marcos.

— Pourquoi le quinze ? demanda-t-il.

— Parce que c'est une date magique. Cette année, c'est juste avant les élections. Il veut savoir s'il sera réélu.

Etant le seul candidat en lice, ses inquiétudes semblaient superflues.

— Qui est cette voyante ? questionna-t-il. J'aimerais la consulter. Où habite-t-elle ?

Yaboute fit comme si elle n'avait pas entendu, le regard dans le vide, tirant sur sa cigarette de marijuana. Après quelques bouffées, elle se leva.

— Où va-t-elle ? s'étonna Malko.

— Elle redescend. Elle est vexée.

— Bon ! dit-il, allons à l'hôtel qu'elle puisse me lire mon avenir !

— Oh ! merci, fit Nelia ravie, je veux tellement savoir.

Instantanément, Yaboute retrouva son sourire.

Dans la rue, Malko prit Nelia à part :

— Il faut absolument que tu lui fasses dire qui est la voyante de Marcos et où elle demeure.

Nelia pouffa :

— Tu as plus de chances que moi d'y arriver.

— Pourquoi ?

Elle lui jeta un regard éloquent et, brusquement, il réalisa sa candeur : la voyante était un « voyant ». Un travesti.

— Mais c'est un homme ! dit-il.

— Bien sûr, fit Nelia. Tu n'as pas vu comment il te regardait. Mais c'est un très bon voyant. Il a du fluide.

— Mais qu'est-ce qu'il veut ?

Nelia n'eut pas le temps de répondre, Yaboute les avait rejoints, plus ondulant que jamais. Comment cela allait-il se terminer ? Malko se dit que vraiment la CIA l'aurait entraîné dans les situations les plus abracadabrantes.

*
* *

Yaboute glissa à travers le hall du *Manila*, rayonnant. Malko courbait la tête de honte. Dans la suite, Nelia mit de la musique pour détendre l'atmosphère et Yaboute s'assit timidement au bord d'un fauteuil. Les yeux fixés sur Malko. Ce dernier lui tendit sa paume.

— Alors que voyez-vous ?

Le travesti se pencha longuement sur sa main, la tritura dans tous les sens, pour avouer que pour le moment, il ne voyait rien. Son fluide était parti, mais il allait revenir. Il fallait le laisser méditer un certain temps. Nelia se leva et entraîna Malko dans la chambre.

— Laissons-le un peu.

Nelia était déjà en train de déboutonner sa chemise. Il l'arrêta.

— Non, quand on sera seuls.

— Il ne va pas partir tout de suite, dit-elle.

— Mais enfin qu'est-ce qu'il veut ?

— Nous regarder, souffla-t-elle, c'est tout, je te jure... Il te trouve très beau. Ensuite, il te donnera le renseignement que tu veux.

Tout en parlant, elle continuait à ôter ses vêtements. Enfin, elle le poussa sur le lit et s'agenouilla à ses pieds, dans sa posture habituelle, puis le prit dans sa bouche. Malko se laissa aller à l'exquise sensation, bercé par la musique, les yeux fermés. Soudain, il sentit une présence et ouvrit les yeux.

Yaboute les observait avec un regard brûlant, debout à côté du lit. Il sembla à Malko que la bouche de Nelia lui faisait soudain moins d'effet. Celle-ci s'interrompit, remontant le long de son torse, le léchant à petits coups. Yaboute, le regard posé sur ce que Nelia venait d'abandonner, avait carrément les yeux hors de la tête !

Déjà, le travesti avançait le visage vers lui. Malko se dit qu'il ne fallait pas tenter le diable. Il prit Nelia par la taille, la fit basculer sur le dos et s'enfouit en elle d'une seule poussée. La jeune femme semblait particulièrement excitée par la présence de Yaboute. Elle replia les jambes afin de permettre à Malko de mieux la pénétrer, venant au-devant de lui. Yaboute, les yeux fixes, tétanisé, respirait lourdement, une main posée sur le devant de sa robe. Il lança quelque chose d'une voix cassée.

Aussitôt, les jambes de Nelia retombèrent. Avec une souplesse reptilienne, elle glissa sous Malko et se retourna, offrant ses reins cambrés.

Yaboute ne se tenait plus.

Sa voix rauque fouetta Malko.

— *Fuck her, fuck her in the ass !* (1)

Malko suivit son conseil, avec une brutalité inhabituelle, la pénétrant d'un coup. Nelia était dans un tel état qu'elle ne parut pas en souffrir. Le travesti poussa un gémissement comme si c'était lui qu'on transperçait. Malko ne se retint pas longtemps et très vite se répandit dans les reins de Nelia.

Au même instant, Yaboute poussa un couinement de souris et sembla se détendre d'un coup, comme un ressort cassé. Puis, il se leva et disparut dans la pièce voisine. Nelia tourna la tête vers Malko, toujours enfoncé dans ses reins. Ses yeux brillaient, de fines gouttelettes de sueur perlaient sur tout son corps.

— Tu m'as fait jouir merveilleusement, dit-elle. D'habitude je n'y arrive pas de cette façon-là.

— C'est lui qui t'a fait cet effet ? Tu es vraiment une salope.

(1) Baise-la, baise-la dans le cul !

Nelia baissa les yeux, et avoua :

— J'aurais voulu que tu le... C'est à ça que je pensais. Je vous aurais regardés.

A quoi rêvent les jeunes filles... Malko éprouvait une sensation de malaise. Tout cela n'était pas vraiment sain.

Le travesti attendait dans le sitting-room. De lui-même, il annonça à Nelia :

— Demain, je te téléphone, je te donne le nom. Il faut que je me renseigne.

La porte claqua. Malko ne regrettait pas sa « performance ». Dans son métier, il n'y avait guère de coïncidences. Depuis le début de sa mission, il s'était demandé comment les conjurés pouvaient être aussi sûrs de trouver Ferdinand Marcos à une certaine heure et à un certain endroit. Il tenait peut-être la réponse. D'après Bill Carter il n'y avait plus de danger. Mais en vieil Asiate, il se méfiait des eaux calmes qui recelaient souvent des pièges mortels.

Ferdinand Marcos avait peut-être lui aussi rendez-vous avec la mort. Le quinze. Dans deux jours.

CHAPITRE XVII

Carlos Bubi bloqua sa respiration, l'œil vissé dans l'œilleton de son Armalite et pressa sur la détente. La détonation sèche se répercuta longuement sur les berges du canyon couvertes de jungle impénétrable. Là-bas, à deux cents mètres, le morceau de bois qui figurait une tête humaine s'éleva dans une gerbe d'eau, avant de retomber dans la petite rivière. Fixé à la rive par une corde, il ne risquait pas de dériver.

Carlos Bubi essuya la sueur qui coulait dans ses yeux, déplaça sa lunette d'une fraction de millimètre, puis tira un second coup.

Le ciment du petit barrage était brûlant sous la poitrine de Carlos Bubi. Les rares oiseaux avaient fui à cause du bruit ; il ne restait qu'un *carabao* (1) mélancolique aux trois quarts immergé dans l'eau, indifférent à la séance de tir. Carlos Bubi ne risquait pas d'être dérangé. Il s'était imposé une demi-heure de piste effroyable à partir du camp militaire protégeant l'entrée nord de Zamboanga, à la pointe sud-ouest de l'île de Mindanao. A cause des rebelles qui tenaient les collines couvertes de jungle surplombant la ville, personne ne venait dans ce coin, à part lui et quelques ouvriers entretenant le barrage.

(1) Buffle d'eau.

Carlos Bubi tira encore cinq fois, frappant sa cible à chaque fois, puis se releva, ôta le chargeur et regagna son vieux « pick-up » (1). Après deux ans de frustration, il allait enfin accomplir sa vengeance. Et de quelle façon ! Il cala l'arme à côté de lui et reprit la piste. Trente minutes plus tard, il était chez lui. Une cabane de bois sur pilotis, près du camp militaire, le long de la rivière, avec une véranda circulaire. Trois pièces sommairement meublées et, luxe suprême, un réfrigérateur marchant à l'alcool. Il se versa une bière, savourant ses derniers moments de paix. Cela lui serrait le cœur d'avoir à quitter cet endroit. Il y vivait seul, y amenant parfois une fille ramassée au marché de Zamboanga qu'il renvoyait le lendemain.

Sa bière terminée, il prit une douche, puis se sécha, coiffa ses longs cheveux noirs et lissa sa moustache au-dessous de son nez épaté. Ensuite, il passa un pantalon noir et une barang tagalog, la chemise d'apparat brodée.

Il tira de sous son lit un vieux sac de toile où il entassa quelques affaires, puis démonta l'Armalite et l'enveloppa dans une couverture. Il y joignit deux chargeurs pleins et deux grenades achetées à un soldat du camp. Il était prêt.

*
* *

Pour l'inauguration de la station d'épuration d'eau de Zamboanga, les autorités du « Water District » avaient décidé de donner une grande fête.

Des danseurs amateurs évoluaient sur la piste du préau, dans la chaleur, tandis que des élégantes en costumes hispaniques s'éventaient langoureusement. Il y avait une centaine de personnes, de la musique et

(1) Camionnette.

un vrai festin. Carlos Bubi hésita devant les tables occupées, intimidé. Soudain, une haute silhouette se détacha et vint vers lui.

— *Carlos, viene aqui.*

Le patois parlé à Mindanao était très proche de l'espagnol. Carlos suivit le padre Tomino Roca, un des prêtres de choc de Zamboanga, arrêté déjà deux fois par les troupes gouvernementales. Une stature de boxeur, des yeux noirs enfoncés et un grand crucifix brinquebalant sur la soutane élimée. Un des rares hommes à pouvoir partir à pied dans la montagne sans risquer de mauvaises rencontres. Avec le maire, farouchement anti-Marcos, c'était la figure la plus marquante de Zamboanga.

Un autre homme se trouvait à sa table. Les cheveux gris, trapu, les yeux en mouvement, il avait l'air d'un ouvrier avec ses épaules larges et voûtées.

— Carlos, je te présente le padre Conrado... Tu as entendu parler de lui ?

— *Si, si,* fit Carlos, de plus en plus intimidé.

Le padre Conrado lui broya les doigts, le transperçant d'un regard intense.

— C'est lui ? demanda-t-il.

Tomino Roca inclina la tête. Les danses avaient cessé et on se précipitait sur la nourriture. Sur chaque table était posée une bouteille de whisky. Le padre Tomino Roca en versa dans les trois verres et se leva.

— Allons nous servir.

Plusieurs cochons grillés étaient disposés autour du préau. Carlos Bubi se servit un grand morceau de peau croustillante, avec une épaisse couche de graisse et du riz au piment. Le festin. La peau craquait sous ses dents. Il avala une lampée de whisky pour effacer le goût un peu écœurant. La musique avait repris. Aux Philippines, on ne vivait pas sans musique.

Le padre Conrado mangeait en silence, la graisse dégoulinant sur son menton.

— Vous avez bien réfléchi ? demanda-t-il soudain.

Carlos Bubi inclina la tête, la gorge serrée.

— *Si, padre.*

Il ne disait pas « father » comme en tagalog. Cela faisait deux ans qu'il réfléchissait. Depuis le jour où une unité de Southern Command avait débarqué dans son village cherchant des partisans du NPA. Ivres de rage et d'alcool de riz. Ils venaient de perdre quatre hommes dans une embuscade, égorgés, émasculés. Ils avaient commencé à tirer partout au hasard. La femme de Carlos, enceinte, avait pris une des premières balles, qui avait tué l'enfant et laissé la mère hurlante, la colonne vertébrale fracassée, se traînant comme un chien écrasé. Son fils aîné, en voulant la protéger, avait eu la tête éclatée d'une rafale tirée à bout portant. Sa petite fille qui s'enfuyait avait été tuée d'un coup de pied. Comme le frère de Carlos Bubi, tentant de parlementer. Carlos, touché à la jambe, le tibia en bouillie, était tombé à son tour. Il avait fait le mort, immobile pendant des heures, tandis que les soldats pillaient et achevaient de tuer tout ce qui bougeait, même les cochons. Ce n'est que le soir tombé qu'il avait pu s'enfuir chez des cousins. Durant des jours, il était resté prostré, essayant de comprendre. Il n'avait jamais fait de politique, se moquait du gouvernement de Manille. Sa blessure avait mal guéri et finalement il lui en était resté une forte claudication.

Il était venu à Zamboanga et le padre Tomino Roca lui avait trouvé une place de contremaître à la fabrication d'une station d'épuration d'eau. Carlos Bubi s'était construit sa cabane dans la montagne et avait commencé à s'entraîner au tir. Lui qui n'avait jamais touché une arme de sa vie.

En quelques mois, il était devenu un tireur d'élite,

capable d'abattre un homme à deux cents ou trois cents mètres... Lorsqu'il avait quelques jours de congé, il partait rejoindre des bandes du NPA et devenait un tueur dangereux, avant de réintégrer son travail. Sa claudication l'empêchait de prendre le maquis et de suivre les déplacements incessants de ses compagnons. Pourtant, couché avec son Armalite, c'était une redoutable machine à tuer...

Le padre Tomino Roca le savait. C'est à Carlos qu'il avait tout de suite pensé lorsque le padre Conrado rencontré à Manille la semaine précédente dans un établissement religieux lui avait fait part de son problème : remplacer au pied levé un tueur professionnel. Les deux prêtres faisaient partie de la même frange militante du clergé, ralliée aux communistes par dégoût de l'injustice et des brutalités de l'armée. Depuis longtemps, ils avaient abandonné le goupillon pour le sabre. Au risque de leur vie. A leurs yeux, abattre le tyran responsable n'était que faire œuvre pie...

Le padre Conrado sentait que Carlos Bubi était un homme solide. Il plongea son regard dans celui du contremaître.

— Nous partirons cette nuit. Par l'avion de quatre heures du matin. Tu as tout ce qu'il faut !

— *Si, padre.*

— Tu sais que tu risques de mourir ?

— *Si, padre.*

— Tu peux toucher quelqu'un à deux cents mètres ?

— Il peut.

Tomino Roca avait répondu à sa place. Il se pencha à l'oreille de Carlos Bubi.

— Je te recevrai en confession avant ton départ. Dieu seul sait quand nous nous reverrons.

Carlos Bubi refoula la panique qui l'envahissait. Il

n'était jamais allé à Luçon, la grande île du nord, ni à Manille. La plus grande ville qu'il connaisse, c'était Davao City, à Mindanao. Mais il brûlait de pouvoir venger enfin sa famille. La pensée de la mort l'effleurait à peine. Jamais plus, il ne ressentirait cette douleur folle, brûlante, qu'il avait ressentie devant le cadavre de la femme qu'il aimait.

Les deux prêtres se levèrent et partirent à l'écart. Pensifs tous les deux. Le padre Tomino demanda :

— Tout est prêt, à Manille ?

— Oui. Nous le souhaitons, dit Conrado Balweg. Il y a eu beaucoup de contretemps. Je ne sais pas, hélas ! si ce garçon aura le temps de fuir.

— Que Dieu l'ait en sa sainte garde, soupira le padre Tomino. Ce qu'il va accomplir lui ouvrira le royaume du ciel. Je prierai pour lui et pour vous. Vous tous. Et j'écouterai la radio. Voulez-vous rester au presbytère jusqu'à cette nuit ?

— S'il vous plaît.

Ils revinrent vers la table.

Sur les vols locaux, on ne fouillait pas les bagages. A Manille, Sheilah Calampang viendrait les chercher. Ensuite, ils disposaient d'une planque sûre jusqu'à l'attaque, quelques heures plus tard.

Tous les éléments de « June Bride » allaient être en place.

*
* *

Nelia répondit au téléphone. Malko étant sous la douche. C'était Yaboute, le voyant. Nelia écouta puis nota une adresse sur un petit bloc.

Lorsque Malko émergea de la salle de bains, elle lui annonça triomphalement :

— Yaboute a téléphoné. Le président Marcos a rendez-vous cet après-midi, à quatre heures, chez sa voyante. Au numéro 12 de Harvard Road, dans Forbes Park North. Elle s'appelle Yasmina et est très connue.

On était le quinze juin, jour prévu pour « June Bride ». Il fallait prévenir Bill Carter coûte que coûte.

Le temps de s'habiller, et il se rua à l'ambassade. Le chef de poste de la CIA rentré de Singapour était en conférence, mais abandonna son meeting pour recevoir Malko. Celui-ci développa son hypothèse. Bien que Bill Carter ne semble plus considérer « June Bride » comme sa priorité numéro un, il parut impressionné par le raisonnement de Malko.

— J'appelle tout de suite le capitaine Blanco, à Malacanang, dit-il. Lui seul peut prendre les mesures adéquates.

Tandis que sa secrétaire appelait le palais présidentiel, il chercha en vain à arracher à Malko le secret de son information. Impossible de compromettre Nelia. Il eut enfin l'officier philippin en ligne, lui exposa le problème.

Malko vit son visage changer d'expression, l'entendit, avec surprise se confondre en excuses. Carter raccrocha brutalement avec un juron rentré et fusilla Malko du regard.

— Vous m'avez fait passer pour un con ! Il n'y a pas de déplacement prévu aujourd'hui pour le président ! On vous a raconté n'importe quoi... Blanco vient de vérifier auprès du responsable de la Sécurité.

L'excitation de Malko tomba d'un coup. Il s'était fait avoir par le travesti.

— Je suis absolument désolé, dit-il.

— De toute façon, ajouta le chef de station de la CIA, je les ai mis déjà en garde sur le risque d'un attentat aujourd'hui. Nous ne pouvons plus rien faire et j'aimerais bien que vous ne soyez pas à Manille quand on retrouvera le corps de Sir Jimmy.

— Je repars demain si on me confirme ma réservation, par Air France, annonça Malko.

— Il y a des tas de vols pour l'Europe, remarqua Bill Carter.

— Je tiens à Air France. Ce sont les seuls à rejoindre l'Europe avec deux escales, seulement. Avec les sièges couchettes de la *first*, on n'arrive pas en morceaux...

Il avait horreur de perdre la face. Il quitta l'ambassade, furieux. Déjà l'épisode de Sir Jimmy avait fait mauvaise impression. Il était encore fou de rage quand il retrouva Nelia au *Manila*. La jeune femme subit le contrecoup de sa mauvaise humeur sans rien dire. Ils allèrent déjeuner. Ce n'est qu'à la fin du repas qu'elle avança timidement :

— Je suis sûre que Yaboute disait la vérité. Souvent le président Marcos décide de se déplacer à la dernière minute. Il n'y a qu'une façon de savoir : allons voir là-bas.

Malko hésita. Avec la chaleur, traverser encore tout Manille... Mais d'un autre côté, à part une sieste érotique, les distractions étaient limitées. Or, il n'avait pas la tête à batifoler.

— Bon, si tu veux, dit-il. Allons-y.

*
* *

L'entrée de Forbes Park, le plus vieux ghetto de luxe de Manille se trouvait au sud de Makati. C'étaient les mêmes allées propres, aux villas luxueuses avec les curieux toits de tôle ondulée. Harvard Road était un chemin rectiligne, à la lisière est du Park, bordé de constructions plus modestes. Malko stoppa devant le numéro 12. Une maison plate et blanche, avec un petit jardinet. Il sonna et une domestique apparut.

Palabres en tagalog. Nelia expliqua qu'ils désiraient une consultation. Que Malko était un étranger de passage très riche.

La domestique disparut et revint quelques minutes plus tard, l'air renfrogné ; Sa maîtresse était désolée, elle pouvait seulement recevoir Malko vers six heures. A quatre heures, elle avait un rendez-vous avec quelqu'un de très très important...

Malko regarda sa montre : trois heures et demie ! Il dit à la bonne que ce serait trop tard et ils regagnèrent la Toyota.

Une voiture de police apparut soudain, remontant Harvard Road. Elle fit demi-tour au bout de l'impasse et revint se poster en face du numéro 12. Deux policiers en sortirent et commencèrent à faire les cent pas sous le soleil, inspectant avec un soin particulier les voitures en stationnement. L'un d'eux s'approcha de Malko.

— Vous ne pouvez pas rester ici, dit-il.

— Pourquoi ? demanda Malko.

— Le président Marcos va venir dans quelques minutes. Il faut que la rue soit dégagée.

Malko dissimula sa jubilation. Yaboute avait dit la vérité. Pour une raison inconnue, les Services de sécurité avaient menti à Bill Carter. Ferdinand Marcos allait bien se trouver à quatre heures chez sa voyante. Comme l'avaient prévu ceux qui avaient organisé l'attentat dont Malko devait être l'élément principal.

Si ce point-là était exact, pourquoi le reste ne le serait-il pas ? On se préparait sans aucun doute à assassiner Ferdinand Marcos tandis qu'il serait au numéro 12. Il restait à Malko moins d'une demi-heure pour découvrir comment.

CHAPITRE XVIII

La grosse Rolls Royce noire ralentit à peine devant le poste de garde du *Golf Club*. Machinalement, les gardes saluèrent sans même vérifier qui se trouvait à l'intérieur. Distinguant vaguement le chauffeur et une silhouette de femme. Il n'y avait qu'une Rolls à Manille et c'était celle de Jesus Taculing, membre de droit du *Polo Club* et de son annexe, le *Golf*, à trois cent cinquante mille pesos la part...

La voiture qui suivait, une petite Nissan, dut stopper pour la fouille obligatoire du coffre et l'identification des passagers. Seuls les étrangers échappaient au contrôle dû à la psychose des poseurs de bombe.

A l'intérieur de la Rolls, Sheilah Calampang eut un sourire de soulagement.

— Nous y sommes !

Il était presque trois heures et demie. Ils avaient le temps.

La maladie de Jesus Taculing avait failli tout faire rater. Sheilah Calampang avait dû prendre en charge un padre Conrado nerveux et un Carlos Bubi complètement désorienté. S'ils ne parvenaient pas à pénétrer dans le golf, c'était fichu. Elle s'était souvenue à temps qu'il existait un jeu de clefs pour la Rolls, dans une boîte magnétique fixée sous le pare-chocs. Elle l'avait récupéré de nuit, puis froidement s'était présentée chez le milliardaire en affirmant qu'il lui prêtait la voiture et était partie avec. Les domestiques, voyant qu'elle avait une clef n'avaient pas osé s'y opposer. Qui allait voler l'unique Rolls de Manille ? Ensuite, il avait suffi de mettre une casquette à Carlos Bubi et, après quelques essais, il s'était révélé un chauffeur acceptable.

Leur cœur à tous deux battaient la chamade lorsqu'ils se rangèrent au parking du golf devant le *Country Club*. A cause de la chaleur, il y avait très peu de monde.

— Prends le sac, ordonna Sheilah Calampang à Carlos Bubi.

Ce dernier ouvrit le coffre de la Rolls et en sortit un sac de clubs de golf qu'il accrocha à son épaule. Ahuri, il regardait les somptueuses installations, les gazons impeccables, les serveurs en blanc du restaurant, les parquets de teck cirés. Jamais il n'avait vu un tel luxe à Mindanao. Il claudiqua docilement derrière Sheilah Calampang.

Contournant le bâtiment du *Country Club*, ils se dirigèrent vers les links, sans que personne ne remarque cette golfeuse et son caddie.

Ils parvinrent à la hauteur du trou numéro 9, au milieu du terrain. Aucun autre joueur n'était en vue sur le moutonnement bien léché du gazon, soigneusement entretenu. Sheilah Calampang essuya la sueur qui coulait sur son visage.

— Tu vois les maisons là-bas ? demanda-t-elle à Carlos Bubi.

Bordant le golf, une rangée de villas donnaient directement sur les links. Toutes plates, hérissées d'antennes télé. L'extrémité est de Forbes Park North.

— Oui.

— Compte la quatrième à partir de la gauche. La blanche, basse, avec de grands rideaux jaunes à une des fenêtres.

— Je vois.

— C'est là.

Ils restèrent silencieux quelques instants. Carlos Bubi regardait de tous ses yeux. Son voyage se terminait ici, et il en connaissait l'issue. Il avait trop pratiqué la chasse pour s'imaginer avoir une seule chance de fuite sur cette étendue plate comme la main. On le tirerait comme un lapin. Idée qui ne fit que l'effleurer.

Sheilah Calampang consulta sa vieille montre en or et alluma une cigarette. Ses mains tremblaient et le timbre de sa voix avait changé.

— Il est trois heures quarante, dit-elle. Dans vingt minutes, Ferdinand Marcos va arriver. Il entrera dans la pièce dissimulée par les rideaux jaunes. Dès qu'il sera là, il exigera qu'on les tire.

Carlos Bubi la regarda, interloqué.

— Comment le savez-vous ?

La jeune femme sourit avec fierté.

— Cela fait partie des informations qui nous ont permis de monter l'opération. Marcos a peur qu'on puisse s'approcher de lui sans être vu. Il y aura des soldats dans le jardin. Ne t'en occupe pas. Ils ne regarderont pas par ici. Seule la baie vitrée te séparera de ta cible. Penses-tu pouvoir la toucher ?

Le front plissé, Carlos Bubi examina la maison. Les paumes de ses mains étaient moites. La sueur lui piquait les yeux. Il avait écouté avec toute l'attention dont il était capable.

— Je pense, dit-il, mais il faut que j'essaie.

— Alors, essaie.

Elle était aussi nerveuse que lui. Carlos Bubi prit le sac de golf et en tira un des « clubs ». Il ôta le capuchon de laine qui servait à les protéger, découvrant le canon noir de l'Armalite. Avec précaution, il sortit l'arme du sac, y récupéra un chargeur et le mit en place. Sheilah Calampang regardait vers le *Club House*, inquiète. Pourvu qu'on ne les observe pas !

Carlos Bubi s'allongea sur le sol, le long d'une petite butte dominant le trou numéro 9 et prit la position du tireur couché. Le contact de la crosse contre sa joue le rassura. Il essuya la lunette avec son mouchoir. Même pour le voyage, il ne l'avait pas démontée maintenant qu'elle était symbiotée. Il aurait fallu de nouveaux essais. Il colla l'œil à la lentille. Aussitôt, les rideaux jaunes apparurent, légèrement écartés. Il essaya d'imaginer la hauteur d'une tête d'homme en partant du sol. Il n'y avait aucun problème.

Il releva la tête.

— Ça ira, annonça-t-il.

— Très bien, dit Sheilah. Remets ça dans le sac. J'ai mesuré la distance : il y a exactement deux cent dix-sept mètres si tu veux régler ton fusil. A partir du moment où les rideaux s'ouvriront, tu auras au moins une demi-heure... Je vais taper quelques balles au cas où on nous observerait.

Elle choisit un club dans le sac, mit une balle en place et balança son bois. Elle était si nerveuse qu'elle arracha une motte de terre, envoyant sa balle à quelques mètres. Carlos Bubi ne put s'empêcher de sourire. Il ne connaissait rien au golf. Cela lui semblait complètement débile. La balle suivante fila dans l'herbe et Sheilah Calampang partit à sa recherche. Carlos Bubi suivait, le lourd sac à l'épaule. Son regard revenait sans cesse vers les rideaux jaunes.

Pourvu qu'il soit à la hauteur.

*
* *

Dès qu'il aperçut une cabine téléphonique, Malko sauta de la voiture et appela l'ambassade américaine.

Bill Carter venait de sortir. Il tenta alors de joindre le capitaine Blanco au palais de Malacanang : le numéro sonnait sans cesse occupé. Quatre heures moins le quart. Enfin, la ligne fut libérée. Le poste du capitaine Blanco sonna longuement, sans résultat. Malko raccrocha. Il n'avait pas le temps de se rendre à Malacanang. Il fallait intercepter Ferdinand Marcos avant qu'il aille à son rendez-vous, ou le prévenir. Il remonta en voiture où Nelia l'attendait et regagna Ayala Avenue. Il n'avait pas fait cent mètres qu'il entendit une sirène. Deux motards surgirent devant lui et lui faisaient signe de se rabattre. Un convoi le croisa à toute vitesse. Une voiture de police en tête et six limousines noires toutes semblables immatriculées FM 777 !

Le président Marcos allait à son rendez-vous !

Malko appuya sur l'accélérateur de sa poussive Toyota et donna la chasse aux voitures du président. Si attentat il y avait, quelle allait être la méthode ? Un tueur comme prévu, une bombe, un commando-suicide ? Il réfléchissait encore à la question lorsqu'il atteignit l'entrée de Forbes Park. A côté des gardes habituels, se trouvaient plusieurs soldats. On le laissa passer après avoir fouillé sa voiture. Harvard Avenue était en état de siège. Il ne put même pas y pénétrer ! Partout des soldats armés jusqu'aux dents en interdisaient l'accès. Des civils surveillaient les maisons voisines, la rue... Tout ce qui bougeait. Déjà deux d'entre eux fonçaient sur la Toyota.

— Qu'est-ce que vous voulez ?

— Voir le président, dit Malko ingénument, ou le capitaine Blanco, de la Sécurité.

— Le président n'est pas là, fit le policier contre toute vraisemblance, le capitaine Blanco non plus. Circulez.

Même s'il y avait un projet d'attentat, il semblait compromis. Malko se sentit soudain ridicule. Il n'aurait pas fait cinq cents mètres s'il avait eu de mauvaises intentions. Malko fit demi-tour, en partie rassuré. Pourtant quelque chose le tracassait : les organisateurs de « June Bride » avaient dû prévoir cet habituel déploiement de forces...

— De l'autre côté, ces maisons donnent sur quoi ? demanda-t-il à Nelia.

— Sur le golf. C'est très recherché, pourtant ce ne sont pas les plus récentes de Forbes.

Malko avait l'impression de toucher du doigt quelque chose d'important.

— On entre facilement au golf ?

Nelia eut un rire frais.

— Oh non, c'est très cher, il n'y a que les gens très riches, et les étrangers de passage.

— Comment y va-t-on ?

Ils repartirent jusqu'à McKinley Road et trouvèrent l'entrée du golf. Le garde en uniforme, devant les cheveux blonds de Malko, ne fouilla même pas la voiture. Tout respirait le luxe : les pelouses bien coupées, le somptueux *Club House* en teck, les allées ratissées. En arrivant au parking, l'attention de Malko fut tout de suite attirée par un objet qui pourtant ne détonait pas dans ce cadre luxueux : une Rolls Royce noire, immatriculée à Manille. Mais il se souvint de la remarque de Ruben. L'homme qui possédait la seule Rolls Royce de Manille était Jesus Taculing, cerveau supposé de la conspiration.

Il descendit inspecter la Rolls, sans rien voir d'anormal. Elle était fermée à clef.

— Où est Harvard Avenue ? demanda-t-il.

Nelia l'emmena près du terre-plein surplombant le golf. Juste à côté du *Club House*. A six cents mètres environ, on apercevait un alignement de maisons : c'était là. Les links semblaient déserts, avec la chaleur, cela n'avait rien d'étonnant.

— Va essayer de savoir à qui appartient cette Rolls, dit Malko et qui s'y trouvait. Je croyais que Jesus Taculing était à l'hôpital.

— Il a pu prêter sa voiture. Je vais voir.

Tandis qu'elle s'éloignait, il examina la vue devant lui. Dans le jardin d'une des maisons, il distingua plusieurs petites silhouettes : probablement des soldats. Mais aucune précaution ne semblait avoir été prise du côté du golf. Troublant, mais logique. Le golf représentait par définition un endroit sûr, pour les forces de l'ordre.

Nelia revint du *Club House*.

— Il y avait une femme et un homme, dit-elle. L'homme était le chauffeur et portait le sac de golf. Ils sont en train de jouer.

— Une femme, dit Malko. Comment était-elle ?

— Ils ne savent pas. Brune.

Comme des millions de Philippines. Il y avait trop de petits indices concordant pour que Malko rebrousse chemin, même si sa mission était officiellement terminée. Quant aux gorilles, Chris et Milton, ils étaient partis visiter l'île de Corregidor, dans la baie de Manille, théâtre d'exploits militaires durant la dernière guerre.

Il se décida d'un coup. Il valait mieux tenter le coup plutôt que d'avoir des regrets toute une vie.

— Je vais voir ce qui se passe, dit-il à Nelia.

CHAPITRE XIX

Carlos Bubi lança une prière silencieuse vers le ciel, essuyant la sueur qui coulait dans ses yeux. Couché en plein soleil, sur la pente de la butte menant au trou numéro 9, il avait l'impression d'être dans un four. Seul le canon de l'Armalite dépassait légèrement de la crête, braqué sur la fenêtre aux rideaux jaunes. Les soldats dans le jardin lui étaient de dos par rapport à lui.

Il se retourna, Sheilah Calampang avait disparu, après l'avoir averti qu'elle surveillait ses arrières. Maintenant qu'il était en place, il n'était plus question qu'il bouge. Il fallait respirer calmement, se concentrer.

Curieusement, il se sentait bien, détendu. Attentif et anxieux de voir les rideaux s'ouvrir, de pouvoir enfin caresser la détente douce de l'arme. Il avait calculé qu'il pourrait tirer quatre coups en moins de trois secondes. La cible — Ferdinand Marcos — n'aurait pas le temps de se déplacer. Une seule balle dans la tête suffisait. En dépit de son canon relativement court, l'Armalite était très précise. Il bougea un peu, cherchant à caler la grenade attachée à sa ceinture. Il en avait ôté la goupille, coinçant la cuillère par le poids de son corps. C'était toute sa défense personnelle. Si tout se passait bien, il la récupérerait et remettrait la goupille en place. Sinon, il n'aurait pas à se soucier de son sort.

Soudain, son cerveau se mobilisa. Les rideaux jaunes bougeaient ! Il concentra son regard. Lentement, les deux pans s'écartèrent jusqu'à découvrir totalement la grande baie vitrée. Carlos Bubi ferma les yeux quelques secondes : ébloui par la violente réverbération. Il ne distinguait rien de l'intérieur, même à travers la lunette. Il lui fallut un peu de temps pour que son regard s'accoutume. Enfin, il trouva ce qu'il cherchait. A droite du réticule une femme, puis une table et quelqu'un assis de l'autre côté : Ferdinand Marcos.

Il étouffa un juron : un des soldats du jardin se trouvait exactement dans sa ligne de mire, masquant totalement le président. Bien campé sur ses jambes, il ne bougeait pas. Carlos Bubi calcula rapidement. Il pouvait tirer une première fois dans le dos du soldat, le faire tomber et ajuster son second coup pour tuer l'homme assis. Mais il était à la merci d'un mauvais coup de doigt ou d'un mouvement rapide de sa victime. Après c'était fichu.

Un des autres soldats du jardin se déplaça légèrement et cela lui rendit espoir. Il fallait prendre patience. Il savait que Ferdinand Marcos allait rester une demi-heure. Pour reposer sa vue, il s'imposa de ne regarder dans la lunette que de temps en temps. A l'œil nu, il pouvait surveiller les mouvements du soldat.

Cette attente était insupportable. La sueur collait sa chemise à son dos, sa bouche était cartonnée par la soif. Il se sentit soudain abandonné, il aurait voulu appeler Sheilah, mais n'osait pas, pour ne pas attirer l'attention. Heureusement que les ondulations du terrain le cachait du *Club House*.

***

Sheilah Calampang poussa un cri de rage. Elle venait de reconnaître Malko. Les pensées se bousculèrent dans sa tête. Comment était-il venu jusque-là ? Qui les avait dénoncés ? Elle ne comprenait plus. Une chose était sûre : il fallait l'empêcher d'atteindre Carlos Bubi. Apparemment, il ne l'avait pas encore vue. Elle-même traînait son sac de clubs, comme une joueuse. Elle maîtrisa les battements de son cœur et s'arrêta comme pour frapper une balle. Puis elle prit son browning dans le holster accroché à l'intérieur du sac de golf et le glissa dans sa ceinture sur le ventre. De cette façon, son adversaire ne la verrait que de dos et la reconnaîtrait lorsqu'il serait trop tard : se trouvant nez à nez avec l'arme.

Elle commença à balancer son club, surveillant du coin de l'œil l'approche de Malko. Il ne s'attendait sûrement pas à la surprise. Elle frappa la balle qui partit très loin : bon présage. Elle en reprit une autre dans le sac, puis poussa soudain une exclamation étouffée. Les rideaux jaunes étaient grands ouverts, mais aucune détonation ne s'était fait entendre.

Que se passait-il ? Pourquoi Carlos ne tirait-il pas ? Ivre de rage et de frustration, elle avait envie de hurler.

Maintenant, il était trop tard pour bouger. Le cœur battant, elle guettait l'homme qu'elle allait tuer.

***

Nelia suivait des yeux la silhouette de Malko avançant sur le green, envahie par une appréhension bizarre. Il n'y avait qu'une seule golfeuse en vue. Une femme. Probablement celle de la Rolls. Son caddie n'était plus en vue et cela intrigua Nelia. Pourquoi traîner un sac de golf par cette chaleur ?

La golfeuse était de dos. Petite, fine, les cheveux noirs en chignon.

Nelia détourna les yeux, cherchant Malko. Ce dernier était masqué en partie par les reliefs du terrain. Elle se mit à prier pour qu'il revienne vite. Ce grand désert vert, en dépit de son calme, l'angoissait.

***

Malko se trouvait encore à une cinquantaine de mètres de la golfeuse en train de taper des balles quand il réalisa que son caddie avait disparu. Bizarre. Il modifia un peu sa trajectoire, montant sur une butte pour examiner le terrain devant lui. Et brutalement, il vit l'homme étendu, serrant une arme braquée sur la maison de la voyante.

Aussi brutalement, il réalisa qu'il n'était pas armé.

La joueuse, sans doute étonnée de ne pas le voir venir se retourna. Malgré la distance, Malko n'eut aucun doute : c'était Sheilah Calampang ! La boucle était bouclée !

Instinctivement, il se mit à courir vers l'homme couché, faisant un crochet pour éviter sa complice. Celle-ci cria quelque chose qu'il ne comprit pas, puis tendit le bras dans sa direction. Il vit son geste quelques fractions de seconde avant d'entendre la détonation. Il boula dans l'herbe pour éviter le projectile.

Personne, parmi les soldats ne semblait avoir entendu le coup de feu. Mais si elle continuait à tirer, cela risquait d'attirer l'attention.

Il démarra comme un sprinter de cent mètres, plongeant sur la pente verte. Il vit Sheilah Calampang viser à deux mains, les jambes écartées. La détonation claqua et la balle siffla à ses oreilles, ce qui signifiait qu'elle n'était pas trop proche. Il y eut encore vingt mètres dangereux, ensuite il fut hors de vue de la jeune femme, mais distinguant encore mieux l'homme allongé, l'arme braquée sur la maison où se trouvait le président Marcos.

Cette fois, il avait eu raison jusqu'au bout. Il avait enfin retrouvé celui qui l'avait remplacé. Il continua à courir vers le tueur. Ne comprenant pas pourquoi il ne tirait pas.

L'herbe étouffait le bruit de sa course et il se prit à espérer pouvoir surprendre le tueur avant qu'il n'ait eu le temps de se servir de son arme.

Soudain, l'homme au fusil tourna la tête vers lui. Il était encore trop loin pour que Malko puisse distinguer son expression mais il l'avait vu.

*
* *

Carlos Bubi eut l'impression qu'une main géante lui serrait la gorge. Les coups de feu l'avaient fait sursauter, mais il espérait que Sheilah Calampang avait pu arrêter les importuns. Il ne demandait pas grand-chose : quelques minutes de répit. Le soldat qui lui bouchait la vue allait sûrement bouger. Il *devait* bouger. Soudain, il venait de voir surgir un inconnu qui courait vers lui. Ce ne pouvait être qu'un policier. Il hésita. Avec l'Armalite, il était facile de l'abattre, mais la détonation, beaucoup plus forte que celle du pistolet, risquait de donner l'alarme. Son cerveau semblait prêt à éclater. Il n'avait pas été programmé pour une situation aussi compliquée. Il appela :

— Sheilah, Sheilah !

Pas de réponse. Ou la jeune femme avait fui, ou elle ne l'entendait pas... Il se retourna vers sa cible. Rien n'avait bougé. Ferdinand Marcos était toujours assis, caché par le soldat dans le jardin. La seule qu'il aurait pu abattre facilement c'était la voyante. Il se rendit compte soudain qu'il tremblait ! Ce n'était pas le moment. Il lui restait quelques secondes pour prendre une décision. L'homme qui courait n'était plus qu'à cinquante mètres. Dans moins de vingt secondes, il ne pourrait plus remplir sa mission.

Son œil se colla à la lunette et il retrouva facilement le dos du soldat. Quelques fractions de seconde, le doigt qui effleurait la détente. Puis la détonation sèche de l'Armalite claqua sur le green. Le recul fit perdre sa visée à Carlos Bubi. Lorsqu'il recolla son œil à la lunette, il vit le soldat tituber. Toujours dans l'axe de la fenêtre. Il était certain de l'avoir touché au milieu du dos.

Ignorant délibérément l'homme qui s'approchait, il attendit. Comme dans un film, deux choses se produisirent en même temps. Le soldat tomba très très lentement et les rideaux commencèrent à se fermer. Carlos Bubi n'eut pas le temps de voir Ferdinand Marcos. Il tira d'instinct à la place où aurait dû se trouver le président. Ne pouvant vérifier s'il l'avait touché : les rideaux venaient de se fermer.

De rage, il appuya encore une fois sur la détente, un peu sur la droite, espérant toucher Ferdinand Marcos, s'il s'était déplacé. Il ne pouvait pas faire mieux. D'ailleurs, une agitation démente régnait dans le jardin. Les soldats indemnes s'étaient mis à l'abri, face au golf cette fois, d'autres traînaient le blessé à l'écart. Plusieurs coups de feu claquèrent. Instinctivement, Carlos Bubi roula sur la pente pour se mettre à l'abri. Il se retrouva sur le dos, face à l'homme qui courait vers lui.

La sueur inondait son visage. L'arme à la hanche, il visa celui qui avait gâché son rêve.

*
* *

Malko avait l'impression de respirer du feu. Les articulations de ses genoux lui faisaient mal, et ses pieds paraissaient avoir des semelles de plomb, mais il courait comme un automate.

Il se rapprochait du tireur couché. Il était encore à trente mètres lorsqu'il entendit plusieurs coups de feu claquer. Il vit le soldat tomber, les rideaux se fermer, le tueur qui roulait sur le dos et le visait. Au même instant, avant qu'il ne tire, une balle siffla aux oreilles de Malko. Un comble : les soldats le prenaient pour cible ! Instinctivement, il plongea en avant, se recevant sur l'épaule. Au moment où Carlos Bubi l'ajustait.

Il y eut ensuite une explosion sourde et un nuage de fumée s'éleva de l'endroit où se trouvait le terroriste. Ce dernier fut rejeté en arrière et se recroquevilla en chien de fusil, les deux mains sur son ventre. Malko se releva et parcourut les dernières mètres qui les séparaient.

Ce qu'il avait entendu ressemblait à l'explosion d'une grenade. D'où sortait-elle ?

Il s'approcha du tueur. La sueur coulait sur son visage et il était livide. Il gémissait à petits coups et ne fit aucun geste pour se défendre. Malko écarta doucement les mains crispées sur le ventre. Le terroriste était complètement éventré, retenant la masse grise de ses intestins entre ses doigts écartés. Le péritoine déchiqueté, il se vidait. Comme souvent dans ce genre de blessure très grave, il ne semblait pas souffrir, anesthésié par le choc. Du sang s'écoulait sous lui. Peu à peu sa tête s'abaissait sur sa poitrine et son regard vacillait. Il fixa Malko sans le voir, essaya de dire quelque chose. Malko se pencha et entendit :

— Padre Tomino ! Padre Tomino.

Bouleversé, Malko regarda prudemment tout autour. On ne tirait plus. Des dizaines de soldats déployés sur le golf avançaient vers lui. Un hélicoptère se rapprochait à toute vitesse. Il se laissa tomber à côté du tueur.

Carlos Bubi ne sentait plus rien. Il avait l'impression d'avoir un poids énorme sur le ventre, mais ne souffrait pas. Ce qui était curieux, c'était cette sensation de froid.

Quel idiot d'avoir oublié l'existence de la grenade coincée sous lui ! Tout à son excitation, il n'avait même pas entendu le chuintement caractéristique de l'allumeur. Il avait tout pris dans le ventre, mais ça lui était égal. Il était sûr qu'il allait mourir. La seule question importante était de savoir s'il avait réussi. Il leva la tête vers l'inconnu à côté de lui et parvint à demander :

— Je l'ai tué ? J'ai tué le président ?...

Il vit les yeux très clairs posés sur lui, des yeux qui ressemblaient au soleil et il entendit une voix lui dire en anglais :

— Oui, vous l'avez eu.

Carlos Bubi ferma les yeux. Il ne sentait plus la vie s'écouler de ses blessures, ni la douleur sournoise qui commençait à monter de son ventre. Une grande paix tomba sur lui. En basculant dans l'inconscience, il revit une dernière fois les collines couvertes de jungle de Mindanao.

***

Lorsque Nelia arriva près de Malko, escortée de plusieurs soldats armés jusqu'aux dents, Carlos Bubi venait de mourir. Un second hélicoptère apparut, tournant dans le ciel comme un bourdon. D'autres soldats étaient presque arrivés au trou numéro 9. Nelia avait expliqué ce qui se passait et qui était Malko. Ce qui lui évita d'être abattu à vue.

— Le président a-t-il été touché ?

Un officier secoua négativement la tête.

— Non. Un soldat seulement. Il est reparti tout de suite, pour Malacanang.

Ferdinand Marcos risquait de ne pas remettre les pieds chez sa voyante favorite.

Malko reprit le chemin du *Club House*. Laissant les soldats se charger de Carlos Bubi. Il demanda à Nelia si on avait retrouvé Sheilah Calampang. Personne ne l'avait vue. Dans la panique, elle avait dû avoir le temps de s'enfuir. Maintenant, des soldats et des policiers arrivaient de tous les coins. On emmenait déjà dans une bâche le cadavre de Carlos Bubi.

Les gens de la Sécurité n'en revenaient pas que l'attentat ait été si près de réussir, personne ne comprenait pourquoi le tueur n'avait pas tiré plus tôt. Ce serait un mystère à tout jamais, il avait emporté son secret dans sa tombe.

Comment avait-il su que le président Marcos exigeait toujours de tirer le rideau de la pièce ? Comment avait-il connu l'existence et même l'heure du rendez-vous jalousement gardées même pour les gens de la Sécurité qui avaient été prévenus au dernier moment ? Cela laissait une impression de malaise. Malko regarda la Rolls noire de Jesus Taculing dans le parking. Quel avait été son rôle ? Pourquoi la Rolls se trouvait-elle là ? Il s'en approcha et s'arrêta soudain. Les cliquets des portes étaient en position haute, signifiant que les portières n'étaient pas verrouillées.

Quelqu'un était venu. Il ouvrit une des portes arrière. Il eut le temps de voir quelque chose de noir tassé sur le plancher, un bras tendu, un visage convulsé de haine. Même pas le temps de reculer. L'explosion lui claqua en plein visage. Il ressentit un énorme choc à la tête, curieusement dans la nuque, comme si on lui avait donné le coup du lapin. Ses jambes se dérobèrent sous lui. Le ciel devint noir et il tomba, les mains en avant.

CHAPITRE XX

Les traits souriants d'Alexandra le fixaient, flottant dans l'air. Malko ferma les yeux et lorsqu'il les rouvrit, la jeune femme avait disparu.

Il sentit une main serrer la sienne et se dit qu'elle avait fait vite, qu'elle était déjà à Manille. Il ne se souvenait plus très bien de ce qui était arrivé. Il revoyait une main tendue vers lui, mais son cerveau était comme engourdi. Il entendit une voix dire :

— Il vient d'ouvrir les yeux.

— Alexandra.

Il serra plus fort la main qui tenait la sienne et une voix répondit en anglais.

— *It's gonna be all right. Don't move.* (1)

C'était curieux qu'Alexandra ne lui parle pas allemand. Il fit un effort supplémentaire et regarda celle qui se trouvait à côté du lit. Il vit un visage triangulaire, des cheveux noirs à la Jeanne d'Arc ; des traits orientaux.

— Qui êtes-vous ? demanda-t-il. Où est Alexandra ?

Il se sentait couler de nouveau. Il tenta de bouger la tête et ressentit une douleur atroce dans la nuque.

Des gens entrèrent dans la chambre, des infirmiè-

(1) Tout ira bien. Ne bougez pas.

res, un médecin, qui l'entourèrent. Des voix douces qui le supplièrent de se calmer. De ne pas s'énerver. De nouveau, il réclama Alexandra. Il entendit une voix demander qui était cette Alexandra. Il voulait leur dire, leur expliquer, tout était très clair dans son cerveau, même le numéro de téléphone. Il fit encore un effort et brusquement, bascula dans l'inconscience avec désespoir. Alexandra n'était pas là. Elle ne savait même pas qu'il allait mourir.

Loin d'elle et de son château.

*
* *

Bill Carter se retrouva dans le couloir de l'hôpital en compagnie du chirurgien américain de Subic Bay spécialiste de traumatologie de guerre, qui avait opéré Malko.

— Qu'en pensez-vous, doc ?

Le praticien ôta ses gants de caoutchouc.

— Il a eu une chance inouïe. La balle est entrée par la joue et ressortie dans la nuque sans toucher à rien d'essentiel. A deux centimètres près, elle faisait exploser le bulbe rachidien. Il en sera quitte pour un trou dans la joue, une raideur dans la nuque et quelques semaines de repos. Il est encore faible à cause du sang qu'il a perdu. Mais ce n'est rien.

L'opération avait duré près de quatre heures. Heureusement, un hélicoptère philippin l'avait transporté immédiatement à l'hôpital américain de Subic Bay, équipé de façon ultra-moderne et il avait été opéré dans les meilleures conditions. Bill Carter avait dû faire face à l'hystérie des Services de sécurité philippins. Le président Ferdinand Marcos, revenu dans son palais, ne décolérait pas et à tout hasard, on ratissait Manille à la recherche de complices possibles.

Sheilah Calampang était morte dans les débris de la Rolls Royce noire sous un déluge de projectiles. Elle aussi, emportant son secret dans la tombe. Le tueur n'avait pas encore été identifié. Personne ne comprenait pourquoi la Rolls se trouvait là, Jesus Taculing étant, comme Malko en réanimation.

Bill Carter s'essuya le front. Il en avait encore les jambes flageolantes. Ils étaient passés à côté d'une catastrophe.

— Qui est cette Alexandra ? demanda le médecin. Il faudrait mieux ne pas le contrarier. Il n'est pas transportable avant un moment.

— Je vais me renseigner, promit Bill Carter, appeler la station de Vienne.

*
**

Malko reprit vraiment connaissance quatre heures plus tard. Nelia était toujours là. Elle lui sourit.

— Tu vas mieux.

Façon de parler. Il était bourré de tubes partout, la tête rasée et bandée, le cou immobilisé dans une minerve.

— Que s'est-il passé ? demanda-t-il.

— Sheilah Calampang était cachée dans la voiture, elle a tiré sur toi. Les soldats sont arrivés tout de suite et l'ont tuée. C'est fini maintenant, Bill est très content.

Elle lui expliqua que sa blessure n'était pas trop grave. Qu'il n'aurait aucune séquelle. Puis, d'une voix timide ajouta :

— Tout à l'heure tu as appelé une femme. Alexandra. Je crois que Bill va la faire venir. Je l'ai entendu téléphoner. N'aies pas peur, je m'en irai avant. Mais j'aimerais bien te revoir plus tard.

Elle était vraiment adorable. Malko lui serra la

main très fort. Finalement, sa blessure était une bonne chose. Il allait revoir Alexandra. Il était sûr qu'elle viendrait. Peut-être était-ce le tournant de sa vie. Il se sentait si fatigué. La douleur enrayée par les antibiotiques et la morphine ne le tracassait pas. C'était plutôt un flou, une « raideur » de l'esprit et du corps. On frappa à la porte. Malko cria d'entrer. C'étaient Chris Jones et Milton Brabeck ; celui-ci tenait un paquet qu'il posa sur le lit.

— C'est une chemise d'ici, dit-il. Pour quand vous sortirez. On est drôlement contents que vous vous en tiriez...

— Merci, dit Malko. Vous repartez ?

— Oui, dans deux heures.

Il leur serra la main avec émotion et les regarda, un peu triste, refermer la porte avec toute la douceur dont ils étaient capables.

***

Bill Carter avait mis une cravate et rayonnait. Il posa sur le lit de Malko une énorme boîte de chocolats et annonça :

— Je vais chercher votre amie Alexandra dans une heure. Elle arrive sur le vol Air France de Paris. J'espère qu'elle ne sera pas trop fatiguée.

Malko sourit, trop ému pour parler. Nelia s'était volatilisée une heure plus tôt. Sa joue le brûlait et il préférait ne pas se voir dans une glace. Pourtant, il comptait les minutes.

— Je voudrais me laver les dents, demanda-t-il.

— C'est facile.

— Et le complot ?

Bill secoua la tête.

— On ne saura jamais. J'ai l'impression que les Philippins ne veulent pas trop gratter. Parce qu'il est évident que quelqu'un très proche du président a donné des informations et se préparait à prendre le pouvoir.

— Vous pensez à...

— Bien sûr. Mais ils vont laver leur linge sale en famille. Vous avez quand même sacrément bien travaillé. A propos, j'ai une grande nouvelle à vous annoncer.

— Laquelle ?

— Je vais épouser Nelia. C'est vraiment une fille bien.

— Je vous souhaite beaucoup de bonheur, dit Malko.

Il regarda l'Américain sortir, ferma les yeux et retrouva l'image d'Alexandra.

GÉRARD DE VILLIERS

PRÉSENTE

LUIS

par ROGER MAUGE

Luis de Assis Kammembley est le héros d'une nouvelle saga extraordinaire, faite d'aventures, d'amour et de coups d'éclats fantastiques. Ce chevalier moderne va partout dans le monde et, là où il va, rien n'est plus comme avant...

Déjà parus :

1. **LUIS** CONTRE LA REINE D'ANGLETERRE
2. **LUIS** AVEC LES BRIGADES ROUGES
3. **LUIS** AU SECOURS DES BOAT PEOPLE
4. **LUIS** PUNIT LES KHMERS ROUGES

Gérard De Villiers

PRESENTE

BENNETT

par Elliot Lewis

Le plus anticonformiste des "privés"
Un tendre incompris
avec des problèmes jusqu'au cou.
Seul contre tous, il a peur
mais ne renonce jamais.
Fred Bennett : *un détective invivable,*
mauvais comme une teigne,
le plus fort de tous.

Déjà Parus

Nº 1 DEUX TÊTES VALENT MIEUX QU'UNE
Nº 2 PILULES AMÈRES
Nº 3 LA PROIE POUR L'OMBRE

L'EXECUTEUR

Parce que sa mère, son père et sa sœur ont été victimes de la Mafia, l'Exécuteur, poussé par une haine qui jamais ne s'éteindra, lui déclare une guerre implacable. Sa vengeance est simple et féroce. Tuer, tuer, tuer... Mais la puissante organisation riposte sans merci.

Titres déjà parus :

N° 1 : GUERRE À LA MAFIA
N° 2 : MASSACRE À BEVERLY HILLS
N° 3 : LE MASQUE DE COMBAT
N° 4 : TYPHON SUR MIAMI
N° 5 : OPÉRATION RIVIERA
N° 6 : ASSAUT SUR SOHO
N° 7 : CAUCHEMAR À NEW YORK
N° 8 : CARNAGE À CHICAGO
N° 9 : VIOLENCE À VEGAS
N° 10 : CHÂTIMENT AUX CARAÏBES
N° 11 : FUSILLADE À SAN FRANCISCO
N° 12 : LE BLITZ DE BOSTON
N° 13 : LA PRISE DE WASHINGTON
N° 14 : LE SIÈGE DE SAN DIEGO
N° 15 : PANIQUE À PHILADELPHIE
N° 16 : LE TOCSIN SICILIEN
N° 17 : LE SANG APPELLE LE SANG
N° 18 : TEMPÊTE AU TEXAS
N° 19 : DÉBÂCLE À DÉTROIT
N° 20 : LE NIVELLEMENT DE NEW ORLÉANS
N° 21 : SURVIE À SEATTLE
N° 22 : L'ENFER HAWAIIEN
N° 23 : LE SAC DE SAINT LOUIS
N° 24 : LE COMPLOT CANADIEN
N° 25 : LE COMMANDO DU COLORADO
N° 26 : LE CAPO D'ACAPULCO
N° 27 : L'ATTAQUE D'ATLANTA
N° 28 : LE RETOUR AUX SOURCES
N° 29 : MÉPRISE À MANHATTAN
N° 30 : CONTACT À CLEVELAND
N° 31 : EMBUSCADE EN ARIZONA
N° 32 : HIT-PARADE À NASHVILLE
N° 33 : LUNDI LINCEULS

BLADE

Suivez le récit des aventures de Blade, cet homme hors pair, quand il prend son départ fulgurant pour des dimensions inconnues.

Chez votre libraire :

Nº 1 : LA HACHE DE BRONZE
Nº 2 : LE GUERRIER DE JADE
Nº 3 : LES AMAZONES DE THARN
Nº 4 : LES ESCLAVES DE SARMA
Nº 5 : LE LIBÉRATEUR DE JEDD
Nº 6 : LE MAUSOLÉE MALÉFIQUE
Nº 7 : LA PERLE DE PATMOS
Nº 8 : LES SAVANTS DE SELENA
Nº 9 : LA PRÊTRESSE DES SERPENTS
Nº 10 : LE MAÎTRE DES GLACES
Nº 11 : LA PRINCESSE DE ZUNGA
Nº 12 : LE DESTRIER DORÉ
Nº 13 : LES TEMPLES D'AYOCAN
Nº 14 : LES RÊVEURS DE XURA
Nº 15 : LA TOUR DES DEUX SAGESSES
Nº 16 : LES MERS DE CRISTAL
Nº 17 : LES CHASSERESSES DE BREGA
Nº 18 : L'ÉCHIQUIER VIVANT DU HONGSHU
Nº 19 : LES RAVAGEURS DE THARN
Nº 20 : LES BARBARES DE SCADOR
Nº 21 : LES CONSACRÉS DE KANO
Nº 22 : L'EAU DORMEUSE DE DRAAD
Nº 23 : LES CINQ ROYAUMES DE SARAM
Nº 24 : LES DRAGONS D'ANGLOR
Nº 25 : LA TRIBU ROUGE DES KARGOIS
Nº 26 : LES ANDROÏDES DE MAK'LOH
Nº 27 : LA COURTISANE DE DAHAURA
Nº 28 : LE MAGICIEN DE RENTORO

IMPRIMÉ EN FRANCE PAR BRODARD ET TAUPIN
7, bd Romain-Rolland - Montrouge.
Usine de La Flèche, le 25-09-1981.
6173-5 - N° d'Editeur 10887, 4e trimestre 1981.